W0200875

Rote Krimi

Von Louis Weinert-Wilton
sind außerdem im Goldmann Verlag lieferbar:

Der Drudenfuß. 233
Die Königin der Nacht. 281
Die Panther. 5
Der schwarze Meilenstein. 4741
Der Teppich des Grauens. 106
Die weiße Spinne. 2

LOUIS WEINERT-WILTON

Die chinesische Nelke

Kriminalroman

Wilhelm Goldmann Verlag

Herausgegeben von
Friedrich A. Hofschuster

Gesamtauflage: 146000

Made in Germany · 11/83 · 9. Auflage · 1391146

Umschlagentwurf: Atelier Adolf & Angelika Bachmann, München
Umschlagfoto: Richard Canntown, Stuttgart
Satz: Presse-Druck Augsburg
Druck: Elsnerdruck GmbH, Berlin
Krimi 53
Lektorat: Peter Wilfert · Herstellung: Harry Heiß
ISBN 3-442-00053-X

I

Es war am 23. Dezember, zwischen zehn und elf Uhr vormittags, als in dem Schicksal der schönen, aber arg bemakelten Miss Maud Hogarth und einiger anderer, weniger anziehender, dafür aber höchst geachteter Persönlichkeiten durch das Zusammentreffen verschiedener kleiner Zufälle plötzlich eine entscheidende Wendung herbeigeführt werden sollte.

Die Sache fing damit an, daß ein sehr gut und sehr jugendlich aussehender Gentleman, der sich Donald Ramsay nannte, diesen Londoner Wintermorgen völlig hoffnungslos fand. Die Welt vor den Fenstern des unscheinbaren Hauses nahe der Westminster-Brücke in Lambeth steckte in einem dicken schmutziggelben Dunst, und der Gedanke, sich durch diese triefende Finsternis hindurchtasten zu müssen, hatte gar nichts Verlockendes.

Also stemmte der junge Mann die Füße wieder gegen den wärmenden Kamin und nahm nochmals die »Times« auf.

Aber erst auf der wappengeschmückten Seite mit den Personalnachrichten und sonstigen Anzeigen blieben seine lebhaften Augen plötzlich auf einer Stelle haften, und dann spitzten sich die bartlosen Lippen zu einem dünnen Pfiff. »Das läßt sich hören . . .«, murmelte er und las die Ankündigung noch ein zweites Mal.

Sie betraf das Weihnachtsessen des Piccadilly-Hotels am 25. Dezember um 8 Uhr abends, das Gedeck zu sechs Guineen. Für diese Kleinigkeit gab es neunzehn erlesene Gänge.

»Imperial Pfahlaustern – Marinière – fein . . .«, wiederholte der Gentleman, nachdem er mit dem Studium der Speisenfolge zu Ende war, und zog entschlossen das Tischtelefon heran, um die wichtige Angelegenheit sofort zu erledigen. Das Gespräch mit der Hotelleitung gestaltete sich kurz und ergab keine Schwierigkeiten.

»Nein, besondere Wünsche wegen des Platzes habe ich nicht«, erklärte Ramsay, und als ihm daraufhin ein Vorschlag gemacht wurde, war er ohne weiteres damit einverstanden. »Gut, also Nummer 28, äußerste Reihe rechts. Die Tischkarte wird noch im Laufe des heutigen Tages abgeholt werden. – Danke.«

Der junge Mann legte den Hörer auf und warf einen Blick auf die Uhr. Da diese eben ein Viertel vor zehn zeigte, klingelte er.

Bereits in der nächsten halben Minute tauchte nach einem schüchternen Klopfen Mrs. Machennan auf. Sie war eine zierliche, immer noch recht hübsche Frau mittleren Alters, aber das Anziehendste an ihr war die Sanftmut, die sich in ihrem ganzen Wesen offenbarte. Sie hatte geradezu rührend sanfte Rehaugen, eine sanfte, sehr angenehm klingende Stimme, und um den etwas üppig geratenen kleinen Mund spielte ewig ein gewinnendes Lächeln.

Donald Ramsay empfing sie mit einem freundlichen Nicken, und Mrs. Machennan schlug verschämt die sanften Rehaugen nieder. Dann atmete sie tief auf und ließ ihre angenehme Stimme hören.

»Ich hoffe, daß alles nach Ihren Wünschen ist, Mr. Ramsay«, sagte sie. »Leider konnte ich in der Eile . . .«

»Es ist alles ganz nach meinen Wünschen, und ich fühle mich bei Ihnen sehr behaglich«, versicherte der neue Hausgenosse lebhaft, und das Lächeln um den Mund der Frau wurde geradezu glückselig. »Machen Sie also meinetwegen keine weiteren Umstände. Die Nachbarschaft könnte sonst vielleicht aufmerksam werden, und das wäre mir nicht angenehm.«

Mrs. Machennan lächelte unentwegt und schüttelte den Kopf. »Die Nachbarschaft kümmert sich nicht um uns, Mr. Ramsay«, erklärte sie. »Ich habe gar keinen Verkehr, und das Mädchen ist etwas menschenscheu und sprechfaul. Außerdem benützen wir stets den Ausgang durch den Hof, und dort gibt es nur Kontorgebäude.«

»Das ist mir lieb«, sagte Donald Ramsay. »Im übrigen werde ich in einigen Stunden aufs Land fahren und erst übermorgen nachmittag zurückkehren. – Ja – und am Abend werde ich dann das Weihnachtsessen im Piccadilly mitmachen.«

Mrs. Machennan, die sehr aufmerksam zugehört hatte, neigte den kokett frisierten Kopf. »Da werden Sie also den Frack benötigen; ich werde alles zurechtlegen. Wünschen Sie auch eine Blume fürs Knopfloch, Mr. Ramsay? – Und was für eine?«

Der junge Mann hob die Oberlippe und zeigte seine kräftigen

tadellosen Zähne. »Donnerwetter, Sie denken doch wirklich an alles, liebe Mrs. Machennan. Natürlich eine Blume. Aber was für eine – jawohl . . . Das ist sehr wichtig . . . Sagen wir also eine . . .«

Der Gentleman überlegte mit großer Gründlichkeit. »Ja – also sagen wir: eine chinesische Nelke. Sie verstehen mich? Nicht eine gewöhnliche Gartennelke, sondern eine richtige Chinesen-Nelke. Vielleicht können Sie so etwas auftreiben?«

»Oh, sicher werde ich sie bekommen«, erwiderte Mrs. Machennan und wurde mit einem Mal gesprächig. »Zufällig weiß ich genau, wie solch eine chinesische Nelke aussieht, man kann mir daher nicht etwas anderes aufhängen«, erklärte sie. »Ich habe nämlich diese Blume bei der aufregenden Verhandlung gesehen, die vor einigen Monaten in Old Bailey gegen Miss Maud Hogarth stattfand, weil die junge Dame einen Offizier erschossen haben sollte. Die Sache war sehr geheimnisvoll, und es haben dabei gerade solche chinesischen Nelken eine gewisse Rolle gespielt. Deshalb hat auch ein ganzer Strauß davon vor dem Richter gestanden, und die Leute haben sich um die Blumen förmlich gerauft, als das Urteil gesprochen war. – Leider ist der rätselhafte Fall nicht aufgeklärt worden, und Miss Hogarth wurde nur freigesprochen, weil die Geschworenen keine Beweise hatten . . . Ja.«

Mrs. Machennan brach etwas unvermittelt und verwirrt ab, denn ihr zerstreuter Zuhörer sah mit sichtlicher Ungeduld wieder nach der Uhr.

»Es dürfte nun bald ein Mann kommen«, sagte er.

»Der Mann ist bereits hier«, lispelte Mrs. Machennan mit ihrem allersanftesten Lächeln. »Ich habe ihn allerdings auf den Hof geschickt, damit er sich die Schuhe gründlich reinigt. Ich werde ihn sofort heraufbringen.«

Als sich die Tür hinter der geschäftigen Frau geschlossen hatte, sah sich Donald Ramsay veranlaßt, die kurze Anzeige von der Chinesen-Nelke zum dritten Male zu überfliegen.

»›DIE CHINESISCHE NELKE‹ hat neue Blüten getrieben. Wenn sie ins Haus kommt, hat man genau fünf Tage Zeit, nochmals die Wahl zu treffen«, las er halblaut Wort für Wort vor sich hin und wurde so nachdenklich, daß er diesmal das schüchterne Klopfen völlig überhörte.

2

»Der Mann . . .«, meldete Mrs. Machennan und griff hinter sich, um eine schwerfällige Gestalt mit sanfter Gewalt ins Zimmer zu schieben. Hierauf verschwand sie lautlos, und der Besucher ließ einen tiefen Schnaufer der Erleichterung vernehmen. Er trug die wetterfeste verschossene Kleidung der Leute vom Hafen, aber seine derben Stiefel glänzten äußerst feiertäglich. Auch sonst hatte er offenbar für seinen äußeren Menschen ein übriges getan, und dabei waren einige Hautstreifen von den lederartigen Wangen und dem Bulldoggenkinn am Rasiermesser hängengeblieben.

Peter Owen sah weder nett noch sonderlich vertrauenerweckend aus, aber Ramsay nickte befriedigt und schob sogar einladend einen der behaglichen Klubsessel zurecht.

»Setzen Sie sich und zünden Sie sich eine Zigarre an«, sagte er freundlich und dämpfte dann seine Stimme, so daß sie eben nur bis zum Ohr des Besuchers reichte. »Ich habe gehört, daß Sie sehr zuverlässig sind und allerlei Winkel Londons kennen, die man nicht so leicht zu sehen bekommt. Vielleicht läßt es sich machen, daß Sie mich in der nächsten Zeit ein bißchen herumführen und mir auch sonst in Verschiedenem an die Hand gehen?«

Er sah den vierschrötigen Mann erwartungsvoll an, aber dieser vermochte noch immer nicht, ins Gleichgewicht zu kommen. Er drehte den dicken Glimmstengel unschlüssig zwischen den noch dickeren Fingern, schielte scheu nach der Tür, durch die Mrs. Machennan davongeschlüpft war, und ließ die Zigarre schließlich mit einem bösartigen Knurren in der Tasche verschwinden. Dann tastete er mit der Zungenspitze verzweifelt im Munde herum, begann mit den gewaltigen Kiefern zu mahlen, und erst, als die saftige Verwünschung, die ihn würgte, hinuntergeschluckt war, kam Peter Owen endlich zur Sache.

»Natürlich läßt es sich machen, Sir«, erklärte er bereitwillig. »Sie müssen mir nur so beiläufig sagen, was Sie sehen wollen.« In seinen Augen lag eine gespannte Frage, und um den breiten zerschundenen Mund spielte ein verschlagenes Lächeln.

Der junge Gentleman betrachtete sehr angelegentlich das Lichterspiel in dem kristallenen Kronleuchter. »Ich möchte zunächst einmal unter recht viele Leute kommen«, bemerkte er ausweichend. »Besonders auch unter ausländisches Volk. Das weitere wird sich dann vielleicht ergeben.«

Peter kraulte sich nachdenklich das rostbraune struppige Kalbfell auf dem wuchtigen Schädel. »Recht viele Leute und ausländisches Volk ... Das wäre also einmal Tims feine Bude draußen im Dockwinkel«, überlegte er halblaut. »Da gibt es alles, was in der Welt auf zwei Beinen herumläuft. Aber mancher der Jungens sieht aus, als ob sein Vater und seine Mutter noch auf den Bäumen spazieren geklettert wären. Vielleicht ist das wirklich das, was Sie suchen, Sir, nur ...«

Er schnitt eine nachdenkliche Grimasse, und der Blick, mit dem er sein Gegenüber aus verkniffenen Augen musterte, verriet, was er sagen wollte. Er war für solche Führerdienste immer zu haben und nahm es selbst mit einer ganzen Hölle voll tückischer Teufel auf, aber wenigstens ein bißchen mußte sein Begleiter sich seiner Haut doch auch allein wehren können, wenn es not tat. Er hatte schon mit verschiedenen Leuten zusammengearbeitet, aber da hatte man auf den ersten Blick gesehen, daß sie für solche Möglichkeiten das nötige Handwerkszeug bei sich hatten. Dieser Gentleman hingegen schien blutjung, und mit den langen schmalen Händen, die er über dem aufgezogenen Knie gefaltet hatte, konnte man wohl kaum ein ordentliches Nasenbein kaputt schlagen oder einen Magen ins Schaukeln bringen. Das war schlimm, weil ...

Weiter kam Peter in seinen Erwägungen nicht, denn der andere schnellte plötzlich mit einem federnden Sprung auf die Beine.

»Schön, abgemacht – beginnen wir also mit Tims feiner Bude«, sagte er unternehmend. »So bald wie möglich. Vielleicht schon am ...«

Während Ramsay schlüssig zu werden suchte, erkannte Peter, daß die jugendlichen Züge ihn bisher getäuscht hatten. Der Gentleman mußte weit älter sein, als er bei der ersten flüchtigen Betrachtung erschien. Nun, da das volle Licht des Lüsters auf das gebräunte Gesicht fiel, traten um die Mundwinkel scharfe Linien hervor, und auf dem dichten dunkelblonden Haar schimmerte hier und dort bereits ein leichter Reif.

Mit einem Mal gab es dem Manne vom Hafen einen gewaltigen Ruck, und er polterte unter ziemlichem Lärm in die Höhe, um sich krampfhaft in Positur zu stellen.

»Ja«, schreckte Donald etwas verwundert auf – »also vielleicht am zweiten Weihnachtsfeiertag? Da wird es dort gewiß einen besonders großen Betrieb geben.«

»Zu Befehl, Sir«, brüllte Peter mit seiner heiseren Stimme und stand steif wie ein Stock. Dann schnappte er aufgeregt nach Luft und ging in ein gedämpftes Krächzen über. »Vor acht Jahren, Sir, wenn Sie sich zu erinnern belieben ... Bootsmaat Peter Owen. Auf ...«

Ramsay fuhr blitzschnell mit der Hand an Peters offenem Mund vorbei, als ob er nach einer Fliege haschte. »So«, sagte er freundlicher, aber mit Nachdruck, »damit wäre diese Sache ein für allemal abgetan. Und am zweiten Weihnachtstag können Sie mich so um die neunte Abendstunde hier abholen. Nehmen Sie in Zukunft immer den Weg durch den Hof. Mrs. Machennan wird ihn Ihnen zeigen.«

Er machte Miene, den Klingelknopf zu drücken, aber Peter Owen geriet so außer Rand und Band, daß er jeglichen Respekt vergaß und dem anderen in den Arm fiel.

»Tun Sie's nicht, Sir«, stieß er ängstlich hervor, »ich finde den Weg schon allein. Wo der Hof ist, weiß ich bereits. Sie hat mich ja dreimal mit der Bürste hinausgeschickt, weil ihr meine Stiefel nicht blank genug waren. Es wird vielleicht besser sein, wenn ich einfach immer vor dem hinteren Eingang auf Sie warte, Sir ... Es ist nämlich wegen des Priems«, erklärte er auf den verwunderten Blick Ramsays etwas verlegen und gallig. »Ich muß so was im Mund haben, wenn ich auf dem Damm sein soll, aber die Lady hat gesagt, daß ein Teppich kein Themsewasser ist, und daß man es nachher im ganzen Haus riecht. Als ob unsereiner keine Manieren hätte und fortwährend nur so wild 'rumspuckte! Das hab' ich ihr auch gesagt, aber sie hat mich sehr freundlich angelächelt und hat gesagt: ›Geben Sie das Ding heraus.‹ Ich aber habe darauf ebenso freundlich gesagt: ›Nein‹, und da ist sie mir auf einmal mit einem Kochlöffel, den sie hinter dem Rücken versteckt hatte, blitzschnell zwischen die Zähne gefahren und hat mir den Priem einfach herausgefischt. Er war gut einen halben Finger lang und gerade frisch . . .«

»Die sanfte Mrs. Machennan?« fragte Ramsay mit einem ungläubigen Lächeln.

Peter verzog bedenklich den linken Mundwinkel, besann sich aber noch rechtzeitig auf den Teppich und auf seine guten Manieren.

»Sie ist eine Schottin, Sir, was ich sofort gehört habe. Das hat immer den lieben Gott auf der Zunge und den Teufel im Leib. Wie gesagt, ich werde nächstens lieber draußen warten. Von acht Uhr an bin ich zur Stelle. Und vielleicht wird es gut sein, wenn Sie sich so herrichten, daß Sie zu mir passen. Es kommen ja manchmal auch feiner angezogene Leute in den ›Durstigen Stockfisch‹, aber da gibt es dann immer ein albernes Hälserecken und Tuscheln. Besonders seitdem die Geschichte mit dem Mann passiert ist, der behauptet hatte, daß so eine lumpige chinesische Nelke fünfhundert Pfund wert sei . . .«

»Wie?« entfuhr es Ramsay, und Peter blickte ihn ganz verdutzt an, weil die kurze Frage gar so scharf geklungen hatte.

»Natürlich ist das Unsinn«, glaubte er sich rechtfertigen zu müssen, »aber der Mann hat es wahrhaftig gesagt. Vielleicht hatte er schon ein bißchen zuviel getrunken, obwohl man ihm davon nichts anmerkte. Er hat nur schrecklich protzig getan, und deshalb hat sich sofort eines der aufgetakelten Barmädchen zu ihm gesetzt. Und weil diese diebischen Weiber immer erst mit Kleinem anfangen, wollte sie ihm zunächst einmal die Blume ziehen, die er im Knopfloch stecken hatte. Aber da hat ihr der Mann auf die Finger geklopft, daß es nur so klatschte, und hat ganz laut geschrien: ›Davon laß deine Pfötchen, mein Kind, das ist nichts für dich. Das ist eine chinesische Nelke, die gut ihre fünfhundert Pfund wert ist.‹ – Tja, dabei wäre natürlich weiter nichts gewesen, aber zwei Stunden später hat eine Polizeipatrouille den Mann in der nächsten Gasse mit eingeschlagenem Schädel aufgefunden. – Und wenn wir schon davon reden«, schloß der vorsichtige Peter Owen, indem er sich wieder einmal geräuschvoll das Kalbfell kratzte, »möchte ich sagen, daß es auch gut wäre, wenn Sie etwas Sicheres zu sich steckten, Sir . . .«

»Soll geschehen«, erwiderte Donald Ramsay etwas zerstreut, denn seine Gedanken waren bei der chinesischen Nelke, von der er in der letzten Stunde von drei Seiten so verschiedene Dinge vernommen hatte.

3

Auch Maud Hogarth hatte die Ankündigung von der chinesischen Nelke gelesen, und kaum eine Stunde später war ein großer Strauß dieser ihrer Lieblingsblumen ohne jede Begleitzeile für sie abgegeben worden.

Wenn sie noch im Zweifel gewesen wäre, ob die Botschaft in der »Times« wirklich ihr gelte, so mußte ihr diese Aufmerksamkeit von unbekannter Seite darüber volle Gewißheit bringen. Aber Maud war sich über den Sinn und Zweck der Anzeige bereits von dem Augenblick an im klaren, da sie sie zu Gesicht bekommen hatte. Und sie nahm sie um so ernster, als man nicht einmal den Weg der Öffentlichkeit gescheut hatte, um der Aufforderung besonderen Nachdruck zu geben.

Nach kurzem Aufatmen sollte also für sie der unheimliche Kampf von neuem beginnen; ein Kampf um eine Sache, die für sie alles bedeutete, und gegen einen geheimnisvollen Gegner, der vor keinem Mittel zurückschreckte. Sie hatte das bereits einmal erfahren, und sooft sie daran dachte, schien es ihr geradezu ein Wunder, daß sie in der tückisch gestellten Schlinge nicht wirklich hängengeblieben war.

Immerhin aber hatte sie einen hohen Preis zahlen müssen. Die Gesellschaft, von der sie bisher umschwärmt und verwöhnt worden war, hatte sie plötzlich fallen lassen, und es war recht einsam um sie geworden. Maud empfand das zwar nicht allzu hart, aber das Verhalten ihrer Bekannten empörte ihren Stolz.

Diese Erbitterung spiegelte sich in ihrer ganzen Persönlichkeit wider. Sie trug die ohnehin mehr als mittelgroße Gestalt hoch aufgerichtet, der rassige Kopf mit dem leicht gewellten tiefbraunen Haar war zurückgeworfen, in dem dunklen Gesicht stand zwischen den seidig schimmernden Brauen eine scharfe Falte.

Alles das mochte es wohl bewirken, daß die ungewöhnliche Schönheit der kaum zwanzigjährigen Lady kalt und herb wirkte.

›Hoheitsvoll und streitbar‹ hatte sie ein Reporter in seinem Bericht über die Gerichtsverhandlung genannt. Es waren aber auch Stimmen laut geworden, die von einer ›vollendeten Komödiantin in wohlberechneter Pose‹ gesprochen hatten, von einer ›geradezu zynischen Art, die bei einem jungen Mädchen von solcher Herkunft und Erziehung doppelt unfaßbar erscheinen muß‹.

Maud hatte allen Grund, sich dieser und anderer noch weit üblerer Dinge heute lebhafter denn je zu erinnern. Sie wußte nur zu gut, daß die an sie gerichtete neuerliche Aufforderung keinen bloßen Schreckschuß bedeutete, sie wußte aber auch, daß ihr die Möglichkeit einer Wahl genommen war. Mit dem, was man forderte, durfte und wollte sie ihre Ruhe nicht erkaufen. Wenn man glaubte, daß die vielfachen Foltern der letzten Monate sie furchtsam und mürbe gemacht hätten, sollte man sich getäuscht sehen. Vorläufig konnte sie nichts anderes tun, als die weiteren Dinge abwarten, um zu erfahren, woher die neue Gefahr drohte.

Trotz dieser beklemmenden Gedanken vermochte Maud äußerlich ihre Gelassenheit zu bewahren. Sie war sogar imstande, sich mit den unheilverkündenden Blumen völlig unbefangen zu beschäftigen und sie in einer Vase zu ordnen.

Mrs. Adelina Derham, die noch immer bei ihrem ersten Frühstück saß, verfolgte das Tun ihrer Nichte mit scheuen Augen. Sie kannte zwar die Bedeutung des Straußes nicht, aber Nelken, ob nun chinesische oder nichtchinesische, waren ihr seit der schrecklichen Geschichte furchtbar unheimlich. Hatte sie doch wegen dieser Blumen Aufregungen durchmachen müssen, die ihr angeborenes und überdies noch in volle hundertvierundneunzig Pfund gebettetes Phlegma arg ins Wanken gebracht hatten. Sie brauchte nun wirklich Ruhe, und Maud ließ sie nicht dazu kommen. Das Kind hatte ewig irgendwelche unmöglichen Einfälle. Wie eben jetzt wieder dieses Weihnachtsdinner.

Tante Ady war darüber so bekümmert, daß ihr nicht einmal das Frühstück so recht munden wollte. Sie löffelte das dritte Ei nur aus, weil es eben da war, aber dann seufzte sie sehr tief und hörbar. »Du solltest dir die Sache doch noch einmal überlegen,

Maud«, begann sie zaghaft, und ihre müde Stimme klang geradezu flehend. »Es würde schrecklich werden. Wenn ich daran denke, daß . . .«

Die kurze, eigenwillige Kopfbewegung des jungen Mädchens ließ sie mutlos abbrechen.

»Es wird nicht schrecklich werden, Tante Ady, und es bleibt dabei«, erklärte Maud sehr bestimmt. »Eine bessere Gelegenheit kann sich nicht ergeben. Wir werden so ziemlich alle unsere lieben Freunde und Bekannten von einst beisammen finden und nicht mehr auf zufällige Begegnungen angewiesen sein, um ihnen zu zeigen, wie wenig wir uns aus ihnen machen.«

»Entsetzlich . . .«, hauchte Mrs. Derham.

»Warum entsetzlich?« brauste Maud auf. »Schämst du dich etwa meinetwegen? Oder fürchtest du dich vor den Leuten, die uns mit alberner Frechheit anstarren werden? Ich, die es ja vor allem angehen wird, fürchte mich nicht. Im Gegenteil, ich freue mich, denn was sie sehen werden, dürfte ihnen wenig behagen. Aber ich verlange, daß auch du Haltung bewahrst. Du bist trotz deiner zweiundvierzig Jahre noch immer eine Frau, die sehr gut wirkt, und du bist sogar das, was man eine majestätische Erscheinung nennt.«

Es war einiges in diesem energischen Zuspruch, was der wirklich sehr stattlichen Mrs. Derham ganz angenehm klang, aber der Gedanke an das unausbleibliche Spießrutenlaufen war für ihr wenig kriegerisches Gemüt gar zu fürchterlich. Sie machte daher noch einen letzten verzweifelten Versuch, das Schreckliche durch mehr praktische Bedenken abzuwenden.

»Die beiden Gedecke werden zwölf Guineen kosten, Maud«, rechnete sie dieser vor. »Für dieses viele Geld könnten wir doch ganz etwas anderes haben. Das Menü ist allerdings ausgezeichnet und reichlich«, gab sie etwas schwankend zu, »aber ich werde kaum die Hälfte von all diesen guten Dingen . . .«

»So wird eben die andere Hälfte stehen bleiben«, schnitt ihr die hartnäckige Nichte auch diesmal wieder das Wort ab. »Im übrigen werde auch ich nicht die ganze Speisekarte heruntersessen, aber doch so viel, daß die Leute sehen, wie wenig sie mir den Appetit verdorben haben.«

Damit setzte Maud die Vase mit den chinesischen Nelken so nachdrücklich in die Mitte des Tisches, daß die empfindsame Mrs. Derham ganz erschreckt zusammenfuhr und schleunigst aus der Nähe der ihr so widerwärtigen Blumen rückte. Sie dachte nicht daran, noch weiter zu widersprechen. Das unberechenbare Kind hatte offenbar wieder einmal einen seiner eigensinnigen Tage, und da war mit ihm nichts anzufangen.

4

Das sollte auch Mr. William Gardner erfahren, der als einziger Besucher um die Mittagsstunde in dem vornehmen, hinter einer hohen Mauer und dichten Baumkronen versteckten Haus in Notting Hill vorsprach. Maud Hogarth war von seinem Kommen unangenehm überrascht, und ihre Begrüßung fiel äußerst kühl aus.

Dabei durfte der gepflegte und korrekte Mann eigentlich auf einen freundlicheren Empfang Anspruch erheben, denn er hatte ihr in dem Gerichtsverfahren als Anwalt zur Seite gestanden.

Mauds Wahl war auf ihn gefallen, weil er sich ihr als erster und mit besonderem Eifer angeboten hatte, als bekannt geworden war, daß sie aus irgendeinem Grund die Verteidigung durch den berühmten Sir Thomas Hamerton abgelehnt hatte. Dieser völlig unverständliche Schritt war damals zu Ungunsten der Angeklagten ausgelegt worden. Sir Thomas war mit Mauds verstorbenem Oheim und Vormund eng befreundet gewesen und galt als ein Mann von strengen Rechtsanschauungen, die er auch seinen Klienten gegenüber vertrat. Man schloß also, daß Miss Hogarth Dinge zu beichten haben mochte, die sie sich scheute, einer ihrer Familie nahestehenden Persönlichkeit von solcher Denkart anzuvertrauen.

Der kaum dreißigjährige Gardner war bis dahin ein unbekannter Anwalt gewesen, aber der Fall Hogarth hatte mit einem Schlag die Aufmerksamkeit der großen Öffentlichkeit auf ihn gelenkt, obwohl ihm in der Verhandlung eigentlich keine besondere Rolle zugefallen war. Die Angeklagte hatte ihre Verteidigung fast ganz allein geführt, und ihr Rechtsbeistand hatte sich damit begnügen müssen, die Schwächen der Anklage möglichst eindrucksvoll aufzuzeigen. Bei der Lage der Dinge war dies jedoch eine ziemlich schwierige Aufgabe gewesen, denn es gab einige wichtige Punkte, über die Maud Hogarth einfach jede Aussage verweigerte.

So schwieg sie vor allem hartnäckig auf die Frage, was die flüchtig hingeworfenen Zeilen zu bedeuten hätten, die in der Schreibunterlage des ermordeten Majors Foster gefunden worden waren:

Die Andeutung hat großen Eindruck gemacht. M. H. kommt heute abend zu mir, um sich selbst zu überzeugen. Sobald . . .

Außer dieser unvollendeten Mitteilung ohne Anschrift wies das Briefblatt nur noch eine mit Farbstift vermerkte Zahl auf, und der junge ehrgeizige Inspektor Travers von Scotland Yard hatte auch diesen winzigen Anhaltspunkt aufgegriffen. Er vermutete, daß Foster das Schreiben vielleicht deshalb nicht beendet hätte, weil er eine telefonische Verständigung vorzog, und tatsächlich stellte sich heraus, daß die notierte Zahl mit der Telefonnummer des bekannten ›Klubs der Globetrotter‹ in Chelsea übereinstimmte. Irgendwelchen praktischen Erfolg zeitigte aber diese Entdeckung nicht. Major Foster war weder Mitglied des Klubs gewesen noch dort überhaupt bekannt, und bei der großen Zahl der täglichen Gespräche ließ sich auch nicht ermitteln, ob und wen er an dem betreffenden Tag vielleicht angerufen hatte.

Das Geheimnis dieser Sätze konnte während des ganzen Gerichtsverfahrens nicht gelüftet werden. Maud Hogarth gab lediglich zu, was sie nicht in Abrede stellen konnte: daß sie sich zu einem gewissen Zwecke in Fosters Wohnung begeben hätte und daß die Waffe, aus der der tödliche Schuß abgegeben worden war, ihr gehöre. Sie gab sogar weiter zu, daß es zwischen ihr und dem Major zu einer heftigen Auseinandersetzung, ja zu einem förmlichen Handgemenge gekommen sei, wobei ihr vom Mantel die drei chinesischen Nelken abgerissen wurden, die man in der verkrampften Hand des Toten gefunden hatte. Aber sie bestritt mit unerschütterlicher Hartnäckigkeit, den Schuß abgefeuert zu haben. Sie habe ihn auch nicht gehört, da sie nach der stürmischen

Unterredung die vier Stockwerke des Hauses in großer Erregung und fluchtartiger Eile hinabgestürzt sei.

Diese Aussage mußte im wesentlichen als unglaubhaft angesehen werden, da sich sonst zu dem einen unlösbaren Rätsel des Falles noch ein zweites gesellt hätte. Kaum zwei Minuten, nachdem die verstörte junge Dame an dem verwunderten Pförtner, der im Tor stand, vorbeigeschlüpft war, hatte nämlich Oberst Wilkins die Portierloge angerufen und ersucht, Major Foster zu verständigen, daß er ihn verabredungsgemäß in etwa einer Viertelstunde abholen werde. Das Telefon in der Wohnung des Majors scheine nicht in Ordnung zu sein, hatte Wilkins hinzugefügt, da er keine Verbindung erlangen könne.

Da der Pförtner bestimmt wußte, daß Foster gegen sieben Uhr heimgekommen und seither nicht mehr ausgegangen war, hatte er zunächst versucht, die Mitteilung durch das Haustelefon weiterzugeben, war aber ebenfalls ohne Antwort geblieben. Das erschien dem Mann auffallend, und er fuhr daher mit dem Lift in das vierte Stockwerk, nachdem er vorher wegen der späten Stunde – es war bereits ein Viertel vor zehn – rasch noch das Haustor versperrt hatte. Vor der Tür des Majors angelangt, bemerkte er dann sofort, daß diese nicht ganz geschlossen war, da sich ein Zipfel des Korridorläufers zwischen die Flügel geklemmt hatte. Diese Entdeckung veranlaßte ihn, nun ohne weiteres in die Wohnung zu stürzen, wo er Foster mit einer Schußwunde im Hinterkopf leblos vorfand. Einige Schritte von der Leiche lag auf dem Teppich ein kleiner Browning, und neben dem Schreibtisch das Telefon, das aus der Kontaktdose gerissen war.

Der entsetzte Mann hielt sich nur etwa eine Minute auf, dann verständigte er von seiner Loge aus die Polizei. Diese erschien fast gleichzeitig mit Oberst Wilkins, der in seinem Wagen vorfuhr.

Aus diesen klaren und bestimmten Angaben des Portiers ging hervor, daß nach Maud Hogarth niemand mehr unbemerkt das Haus verlassen konnte. Einen anderen Ausgang als das vom Pförtner versperrte Haupttor gab es nicht, und eine Flucht über eine Feuerleiter oder über die Dächer kam, wie ein eingehender Lokaltermin erwiesen hatte, überhaupt nicht in Frage.

Damit brach eigentlich die Verteidigung Maud Hogarths völlig zusammen, und der gewissenhafte Richter unterließ es auch nicht, die Geschworenen in seinem Schlußwort auf alle Umstände aufmerksam zu machen: auf das verstockte Schweigen der Angeklagten über gewisse Punkte, wofür sie wohl sehr triftige Gründe haben müßte; und auf die Ergebnisse der Untersuchung, die einen Selbstmord Major Fosters unbedingt ausschlössen.

Noch mit demselben Atemzug aber sprach der erfahrene Richter plötzlich davon, daß selbst die belastendsten Indizien trügen können, da zuweilen der Zufall mit geradezu unheimlicher Tücke am Werke sei; und daß es Seelenkonflikte von so tragischer Art gebe, daß sie sich der Beurteilung nach gemeingültigen Ansichten und Begriffen entzögen.

Und dann hatte der würdevolle Richter unter atemloser Stille der hundertköpfigen Zuhörerschaft auch noch von dem ihm zustehenden Recht Gebrauch gemacht, seine persönliche Ansicht zu äußern.

»Ich stehe nicht an, zu erklären«, hatte er gesagt, »daß es mir trotz allem schwerfällt, an die Schuld der Angeklagten zu glauben. Es fällt mir schwer, weil die Menschenkenntnis, die ich mir an dieser Stelle in vielen Jahrzehnten erworben habe, gegen die Schuld spricht. Und es fällt mir schwer, an die Schuld zu glauben, weil es mir einfach unfaßbar erscheint, daß ein junges Mädchen von so sorgfältiger Erziehung und so makellosem Lebenswandel plötzlich einer solchen Tat fähig sein sollte; oder daß es, wenn es schon durch irgendwelche unseligen Umstände dazu getrieben wurde, nicht wenigstens den Mut fände, seine Schuld freimütig zu bekennen. Das widerspräche zu sehr dem Geist des ererbten Blutes, das sich, wie wir hier gehört haben, in schwerer Zeit durch Heldenhaftigkeit und andere außerordentliche Leistungen für das Gemeinwohl hervorgetan hat.«

Diese eindrucksvolle Andeutung des Richters bezog sich auf die Feststellung, daß Mauds Vater wie auch ihr Onkel Derham im Kriege gefallen waren, und sie bezog sich vor allem auch auf den erst kürzlich verstorbenen Bruder ihrer Mutter, Sir Herbert Bexter, der während des Krieges eine sehr bedeutende Rolle gespielt hatte. Wenn auch nicht Soldat, sondern Gelehrter, war seine Tätigkeit doch in ungezählten Fällen von entscheidendem Einfluß auf die Geschehnisse gewesen. Sir Herbert war nämlich ein Mann, dem zu seinem erstaunlichen Sprachentalent noch das Talent gegeben war, Geheimschriften mit derselben Leichtigkeit zu entziffern, mit der manche Leute Rätsel lösen. Die kürzeste Zeit genügte ihm, um auf das System zu kommen, und dann machte er sich in einem förmlichen Taumel mit unfehlbarer Sicherheit an die Arbeit. Das Büro, das man ihm im Hause der Admiralität eingeräumt hatte, war Tag und Nacht von einem Doppelposten bewacht, und niemand konnte ohne Angabe eines besonderen Losungswortes Zutritt erlangen. Für diese wertvollen Dienste war Sir Herbert mit den höchsten Auszeichnungen und Ehren bedacht worden, und auch nach dem Krieg war er für Downing Street eine wichtige und geschätzte Persönlichkeit geblieben.

Er war aber auch ein Mann von großer Herzensgüte gewesen, und seit dem vor einigen Jahren erfolgten Ableben ihrer Mutter hatte die nun völlig verwaiste Maud in ihm einen zärtlichen und fürsorglichen Vormund gefunden. Dafür liebte sie ihn geradezu abgöttisch, und sein jäher Tod hatte ihr eine schwere seelische Erschütterung gebracht.

Die Schlußworte des Richters waren während der martervollen Tage auch die einzige Gelegenheit gewesen, bei der Maud Hogarth für einige Augenblicke ihre bewundernswerte Fassung verloren hatte. Sie war plötzlich mit einem Wehlaut zusammengebrochen, und ein verzweifeltes Schluchzen hatte ihren ganzen Körper geschüttelt. Aber gerade, als die Geschworenen sich anschickten, sich zur Beratung zurückzuziehen, war sie ebenso plötzlich wieder aufgeschnellt, und ihre dunkle Stimme hatte die Jury zurückgehalten:

»Ich schwöre, daß ich es nicht getan habe – obwohl . . .«

Man erwartete in höchster Spannung irgendwelche Sensation, aber sie blieb aus. Die Angeklagte warf wieder einmal den Kopf zurück und preßte die Lippen zusammen, wie sie es so oft getan hatte. Und manche fanden, daß sie durch dieses seltsame Verhalten die wohlwollende Äußerung des gütigen Richters bedenklich abgeschwächt habe.

Vielleicht war es wirklich so gewesen, denn der Spruch der

Geschworenen brachte kein eindeutiges ›Nicht schuldig‹. Lediglich dem ›Mangel an Beweisen‹ hatte Maud Hogarth ihren Freispruch zu verdanken.

5

Mr. Gardner allerdings gab Maud Hogarth mit großer Selbstgefälligkeit und zudringlicher Ausdauer immer wieder zu verstehen, daß vor allem seine Verteidigung sehr wesentlich zu diesem glücklichen Ausgang beigetragen habe. Das machte ihr den Mann, der in seiner strohblonden Sauberkeit wie ein frisch geschrubbtes Riesenbaby aussah, doppelt unangenehm. So unangenehm, daß sie ihn dies bei jeder Gelegenheit merken ließ. Aber die rosige Kinderhaut des Anwalts war dick. Er fand allwöchentlich irgendeinen Vorwand, um vorzusprechen, und in dieser Woche kam er nun sogar bereits zum zweiten Male.

Maud machte aus ihrem Mißvergnügen kein Hehl, obwohl der bekümmerte Ernst in Gardners rundem Gesicht diesmal auf etwas Besonderes deutete.

Zunächst aber starrte der Anwalt mit seinen etwas gestielten wasserblauen Augen fast erschrocken auf den Nelkenstrauß, dann schüttelte er sorgenvoll den peinlich gestriegelten Kopf, und das ungeduldige junge Mädchen traf ein vorwurfsvoller Blick.

»Ich bin wirklich sehr beunruhigt, Miss Hogarth«, begann er endlich. »Wenn Sie mir schon nicht Ihr Vertrauen schenken wollen, sollten Sie wenigstens vorsichtig sein. Es wäre gewiß nicht zu Ihrem Besten, wenn die alte Geschichte, aus der wir Sie so glücklich herausgebracht haben, plötzlich irgendwie wieder aufgerührt werden sollte . . .«

Maud ahnte sofort, worauf er anspielte, aber ihr Mißtrauen gegen den Mann ließ sie auf der Hut sein. »Wovon sprechen Sie eigentlich?« fragte sie mit geradezu verletzender Schärfe.

»Davon!« Gardner holte mit übertriebener Umständlichkeit eine Zeitung hervor, faltete sie bedächtig auseinander und tippte dann mit dem fleischigen Zeigefinger auf eine Stelle. »Ich bin nämlich überzeugt, daß diese Anzeige von der chinesischen Nelke entweder Ihnen gilt oder aber von Ihnen ausgegangen ist. Und alle, die den Prozeß verfolgt haben, dürften das gleiche vermuten. Das Kennwort ist zu außergewöhnlich, um nicht in diesem Sinn gedeutet zu werden, denn vor Ihrem Prozeß hat man von dieser Blumenart hierzulande kaum etwas gewußt. Und die Fassung der Zeilen erinnert daran, daß verschiedene Dinge ungeklärt geblieben sind. Sie können sich denken, daß es da ein begieriges Rätselraten geben wird. Ich gestehe offen, daß ich mich auch damit beschäftigt habe, weil ich es geradezu für meine Pflicht hielt, aber ich bin aus der Sache nicht klug geworden. Ich habe nur das Gefühl, daß Sie sich noch immer in irgendwelchen Schwierigkeiten befinden und eines ehrlichen Beraters bedürfen. Deshalb bin ich gekommen. Worum es sich auch handeln mag, Miss Hogarth, ich würde bestimmt alles, was Sie bedrückt, ein für alle Mal in aller Stille und zu Ihrem Besten aus der Welt schaffen. Von meiner Ergebenheit für Sie sollten Sie doch schon überzeugt sein.«

Der rosige und rundliche Mr. Gardner war immer eindringlicher und wärmer geworden, und um seiner Ergebenheit noch beredteren Ausdruck zu geben, legte er nun auch noch seine gepolsterte Rechte auf die schlanken Finger, die krampfhaft die Lehne des Sessels umklammert hielten.

Diese Berührung ließ Maud jäh auffahren.

»Sie meinen also, daß man auf die Vermutung kommen könne, ich selbst hätte die Anzeige aufgegeben?«

»Gewiß, auch das.« Der Anwalt nickte nachdrücklich und erging sich darüber mit großer Wichtigkeit. »Man kann annehmen, daß Sie auf irgend jemanden einen Druck ausüben wollen, um etwas zu erreichen, was Ihnen damals vielleicht nicht gelungen ist. Oder man kann auch vermuten, daß Sie ein Interesse daran haben, gewisse geheimnisvolle Umstände anzudeuten, um die seinerzeitigen Ereignisse in einem andern Lichte erscheinen zu lassen. Das eine wäre ein sehr gefährliches Spiel, Miss Hogarth, das andere aber völlig zwecklos. Das Urteil ist nun einmal gesprochen, und . . .«

»Danke«, fiel ihm Maud ins Wort, und es konnte kein Zweifel

bestehen, daß sie die Unterredung damit für beendet hielt. Gardner war sichtlich betroffen, gab aber nicht alle Hoffnung auf.

»Überlegen Sie sich also meinen Vorschlag«, drängte er. »Ich stehe Ihnen jederzeit zur Verfügung. Aber rufen Sie mich nicht zu spät. Ein zweites Mal würde es wohl unmöglich sein . . .«

Maud Hogarth hob ungeduldig die Hand. »Ein zweites Mal«, sagte sie mit unheimlicher Ruhe, »dürfte alles viel einfacher und klarer sein, Mr. Gardner. Denn das nächste Mal – wenn es dazu kommen sollte – werde ich wahrscheinlich wirklich das tun, wessen man mich das erste Mal beschuldigt hat . . .«

Der Anwalt war über diese Antwort so bestürzt, daß seine ausdruckslosen Augen sekundenlang starr auf der hoch aufgerichteten Mädchengestalt hafteten. Das hatte bedenklich entschlossen geklungen, und Gardner überkam plötzlich das unbehagliche Gefühl, daß seine Aufgabe sich nicht nur sehr schwierig, sondern sogar höchst gefährlich gestalten konnte.

6

So gegen Mitternacht fand Mr. Gardner Gelegenheit, sich darüber im ›Klub der Globetrotter‹ auszusprechen.

Der ›Klub der Globetrotter‹, dessen Mitgliedschaft mit besonderer Vorliebe auf den Besuchskarten vermerkt wurde, war in den sechziger Jahren des vorigen Jahrhunderts von einem wahrhaftigen Herzog mit langmächtigen Titeln und märchenhaft viel Geld gegründet worden, und man mußte damals eine richtige Weltreise nachweisen, um Aufnahme zu finden. Heute stand an der Spitze des Klubs der geschmeidige Mr. Edward Page, ein Mann von sehr vielseitigen und bisweilen dunklen Geschäften, und unter den Mitgliedern gab es viele, die in ihrem Leben noch keine andere Luft als das dicke Londoner Gemisch geschnuppert hatten. Immerhin aber wies die Klubliste eine stattliche Reihe wirklich weitgereister Persönlichkeiten auf, und in den ausgedehnten Räumen wurden in buntem Durcheinander so ziemlich alle Sprachen der Welt gesprochen. Das gab dem Klub seine besondere Note und übte eine so starke Anziehungskraft aus, daß die Mitgliederzahl von Jahr zu Jahr anwuchs. Dadurch wurden natürlich bauliche Vergrößerungen notwendig, und man ging dabei den einfachen Weg, die anstoßenden Wohnhäuser nach und nach aufzukaufen, äußerlich ein bißchen herzurichten und im Innern miteinander in Verbindung zu bringen. So war mit der Zeit ein sehr stattlicher Block einbezogen worden, und nur ganz wenige Eingeweihte wußten genau zu sagen, wo in den beiden Parallelgassen in Chelsea, die am Themseufer mündeten, das Klubheim der Globetrotter begann, und wo es aufhörte. Aber die Mitglieder fühlten sich in diesem Labyrinth von Ein- und Ausgängen, von winkligen Korridoren und dunklen Höfen so wohl und geborgen wie nirgends sonst.

Auch Gardner kannte sich in dem wirr verästelten Bau nur ganz oberflächlich aus, obwohl er bereits seit mehreren Jahren hier verkehrte. Bloß zu den großen Gesellschaftsräumen fand er sich zurecht – und zu einer unscheinbaren Tür in einem Dachgeschosse, zu der man über eine dunkle halsbrecherische Holztreppe sich hinauftasten mußte. Diesen Weg war er zum ersten Mal geführt worden, als Maud Hogarth verhaftet worden war, und er hatte ihm Glück gebracht. Damals in ewigen Nöten, denen er durch nicht ganz einwandfreies Spiel und allerlei anderen bedenklichen Erwerb vergeblich zu entrinnen suchte, war er heute ein gemachter Mann. Damit hätte aber diese geheimnisvolle Beziehung auch ihr Ende finden sollen. Es war gar nicht nach dem Geschmack des Anwalts, daß er für den ihm zugeschanzten Erfolg nun gewisse Gegendienste zu leisten hatte. Die seinerzeitige Weisung, mit Maud Hogarth auch weiter in Verbindung zu bleiben, bedeutete ja an sich keine Zumutung, aber in der verflossenen Nacht hatte er telefonisch einen bestimmt lautenden Auftrag erhalten, der ihn seit dem mißglückten ersten Versuch am heutigen Morgen in steigende Unruhe versetzte. Gardner gab sich keiner Täuschung darüber hin, daß er blindlings in ein Abhängigkeitsverhältnis geraten war, das sehr ernste Gefahren barg. Man hatte ihn gleich bei der ersten Begegnung an einige Entgleisungen in seiner Vergangenheit erinnert, die genügten, um ihn für immer zu erledigen, und schon das wenige, was er bisher von dem geheimnisvollen Apparat kennengelernt hatte, sagte ihm, daß er an bedenkenlose Männer geraten war.

Die Tür lag in einem versteckten Winkel, zu dem auch nicht ein Laut des lebhaften Klubbetriebes drang. Diese Totenstille ließ den Anwalt noch beklommener werden, und er mußte einen Augenblick an der Wand Halt suchen, da er eine alberne Schwäche in den Knien verspürte.

Endlich trocknete er die feuchte Stirn, schöpfte noch einmal tief Atem und drückte dann entschlossen auf den federnden Endknopf der Klinke. Nach einigen Sekunden tat sich die Tür mit einem leisen Knacken gerade mannsbreit auf, und der etwas zur Fülle neigende Gardner hatte einige Mühe, sich an der dicken Polsterung vorbeizudrücken. Dann gab es wieder ein Knacken und ein metallisches Geräusch, das von dem Einschnappen einer schweren Verschlußstange herrührte.

Der hinter der Tür liegende Raum war offenbar ein Teil eines ehemaligen Korridors. Er war schmal und fensterlos und nur durch eine matte Glühbirne erleuchtet. An der einen Schmalseite befand sich ein Schrank, an der andern standen ein Tisch und ein Stuhl. Von dorther kam mit einem Turban auf dem Kopf und vorgeschlagenem Gesichtsschleier ein gedrungener Mann, öffnete wortlos den massiven Schrank und forderte den Anwalt durch eine kurze Geste auf einzutreten. Gardner leistete auf etwas widerspenstigen Beinen Folge und ließ sich, erschöpft wie nach einer ungeheuren Anstrengung, auf die kleine Sitzbank fallen. Im nächsten Augenblick setzte sich der Aufzug in Bewegung und glitt scheinbar endlos in die Tiefe, um dann ebenso endlos wieder aufzusteigen und schließlich nochmals hinunterzufahren ...

Die umständliche Reise endete schließlich in einem gewölbten Gang, wo der Begleiter zurückblieb, während der Anwalt sich durch eine halbgeöffnete schwere Tür in undurchdringliche Finsternis zwängte.

Aber plötzlich sprang aus dem Dunkel um ihn eine so stechende Helle, daß Gardner sekundenlang die Augen schließen mußte. Als er sie vorsichtig wieder öffnete, sah er sich abermals einem stummen, verhüllten Mann gegenüber, der auf ein Haar jenem glich, der ihn hierher geleitet hatte. Alles übrige war hier jedoch anders als im Dachgeschoß und übertraf sogar noch die Gediegenheit der Klubräume. Der spiegelnde Parkettboden des großen Zimmers war mit kostbaren Teppichen belegt, die Wände hatten bis zur halben Höhe eine Verkleidung aus lichtem gemasertem Holz, das wie gelber Marmor schimmerte, und der hohe Plafond trug kunstvolle Stuckarbeit. Das allzu grelle Licht kam von einem großen kristallenen Kronleuchter und einem dicken Kranz von Lampen, der rings um die Wandverkleidung lief. Vor dem Kamin gab es einen Tisch mit Zeitschriften, Zigarren, Zigaretten und Aschenbechern sowie einige Klubsessel.

Der schweigsame Diener wies auf die Tabakwaren, aber Gardner zögerte und blickte mit einer scheuen Frage nach der gegenüberliegenden glatten und leeren Wand. Der Verhüllte schüttelte den Kopf und wiederholte seine Einladung, und der Anwalt zündete sich nun mit unsicheren Fingern eine Zigarette an. Anscheinend mußte er diesmal warten, obwohl seine Nerven bereits am Ende ihrer Spannkraft waren ...

7

Mr. Gardner mußte warten, weil das sonst auf die Minute eingeteilte Tagesprogramm des Herrn dieser Räume, den man einfach den ›Chef‹ nannte, heute durch einen kleinen Zwischenfall eine Verschiebung erfahren hatte.

Durch diesen Zwischenfall hatte sich zunächst sein Kommen um eine volle Viertelstunde verzögert, und nun war er genötigt, sich auch noch eine geraume Weile mit seiner linken Hand zu beschäftigen.

Diese auffallend kleine, wohlgeformte und gepflegte Hand war garstig zugerichtet. Am Ballen klaffte eine breite, tiefgehende Wunde, die stark blutete und auch äußerst schmerzhaft sein mußte. Aber in dem blassen Gesicht, zu dem weder das glatt zurückgekämmte tiefschwarze Haar noch der buschige dunkle Schnurrbart und die dichten Brauen passen wollten, spiegelte sich nicht die geringste Empfindlichkeit, während der schlanke

Mann unter Zuhilfenahme seiner weißen Zähne mit großer Sorgfalt und Kunstfertigkeit einen Verband anlegte.

Als er damit endlich fertig war, warf er zunächst die blutigen Tücher in die Glut des kleinen Füllofens und machte sich daran, im Garderoberaum die Spuren seiner Tätigkeit zu tilgen.

Schließlich war auch das getan, und er betrat das anstoßende Gemach, das ganz in Weiß und Gold gehalten war. Sein erster Blick galt der altertümlichen Standuhr auf dem großen Schreibtisch und sie sagte ihm, daß hinter der nächsten Wand der Rechtsanwalt Mr. Gardner nun bereits volle zweiundzwanzig Minuten wartete. Aber obgleich der Herr dieser Räume die Pünktlichkeit auf die Minute trieb, da für ihn eine einzige Minute Erfolg oder Verderben bedeuten konnte, gab es augenblicklich für ihn noch Wichtigeres zu tun.

Er drückte mit der gesunden Hand gegen die Schreibtischplatte, bis diese zurückwich und eine lange Reihe winziger bunter Tasten mit geheimnisvollen Zeichen freilegte. Dann berührte er einen der Knöpfe und nahm einen Hörer auf. Die Verbindung dauerte etwas lange, aber so dringend die Sache war, der Mann verriet keine Ungeduld; nur die verletzte Linke ballte und streckte sich unruhig. Endlich klang ein kurzes gehauchtes Wort aus dem Hörer, und der Chef begann sofort zu sprechen.

»Sie werden in der nächsten Zeit die Augen besonders offenhalten müssen. Sehen Sie sich von heute ab die Leute im Klub ganz genau an, und wenn Ihnen einer irgendwie nicht ganz geheuer scheint, so will ich sofort davon wissen.«

Bereits mit dem letzten Worte schaltete er die Verbindung wieder aus und setzte die Scheibe des Tischtelefons in Bewegung. Diesmal nannte er zunächst den Namen einer Person, die er zu sprechen wünschte, aber er mußte noch eine zweite und sogar eine dritte Nummer drehen, bevor er endlich Erfolg hatte.

»Ihre verdammte Spielwut macht Sie unzuverlässig«, zischte er gereizt in den Apparat. »Das ist nicht der Ort, an dem Sie um diese Stunde sein wollten. Sie wissen, wieviel davon abhängen kann, daß ich Sie jederzeit sofort erreiche. Das gilt von nun an doppelt, denn ich habe das Gefühl, als ob Gefahr im Verzuge wäre. Vielleicht sogar von mehreren Seiten. Lassen Sie also gefälligst die Karten, und setzen Sie sich sofort in Bewegung. Natürlich muß die Sache in Notting Hill schleunigst zu einem Ende gebracht werden. Ich fürchte, es war ein großer Fehler, daß wir sie nicht schon längst wieder energischer betrieben haben, aber Sie haben mich ja immer wieder beruhigt. Das Weitere hören Sie um zwei Uhr in Walworth. Seien Sie pünktlich.«

Wie vordem machte er auch diesmal Miene abzubrechen, ohne seinem Zuhörer Zeit zu irgendeiner Erwiderung zu lassen, aber plötzlich fiel ihm noch etwas ein. »Ja«, fügte er hastig hinzu, »damit Sie davon wissen: Es wird heute ein grauer Wagen sein. Den andern mußte ich außer Dienst stellen, da ich vor einer Stunde angefallen wurde. Der Bursche kam wohl aus der Dockschenke. Das kommt davon, wenn nicht ganze Arbeit getan wird.«

Mit dieser Bemerkung, die sehr scharf und ärgerlich klang, beendete der Chef nun wirklich das Gespräch und berührte sofort wieder eine der farbigen Tasten.

8

Obwohl Gardner eine halbe Stunde lang Sekunde für Sekunde auf das leise Klappen gewartet hatte, fuhr er nun, da es sich endlich hören ließ, doch schreckhaft zusammen und schielte scheu nach der fensterartigen Öffnung, die sich schräg gegenüber in der Wandtäfelung aufgetan hatte. Der stumme Diener war lautlos irgendwohin verschwunden, aber der Anwalt wagte nicht, sich aus seinem Sessel zu rühren. Auf die Gefährlichkeit des engmaschigen Drahtnetzes vor der Öffnung hatte man ihn schon bei seinem ersten Besuch ausdrücklich aufmerksam gemacht; es war nicht ausgeschlossen, daß es noch andere derartige Teufeleien in diesem unheimlichen Bau gab. Er zog es daher vor, sich krampfhaft in die Lederpolsterung zu drücken, und dann räusperte er sich, um den trockenen Hals etwas freizubekommen.

»Nun«, erklang es auch schon von jenseits der Wand, »wie haben Sie Ihren Schützling gefunden? Hat er verstanden? Hat die Ankündigung gewirkt? Hat er sich Ihnen anvertraut?«

Gardner bemühte sich, diese überstürzten und ungeduldigen Fragen gewissenhaft zu beantworten.

»Ich bin überzeugt«, sprudelte er lebhaft los, »daß sie sie gelesen und vollkommen verstanden hat. Übrigens habe ich sie in ganz unauffälliger Weise auch noch selbst auf die Anzeige aufmerksam gemacht. Aber vorläufig scheint dadurch leider gerade die gegenteilige Wirkung erzielt worden zu sein. Ich habe sie schroffer und unzugänglicher denn je gefunden, und sie hat sich sogar zu einer ernsten Drohung verstiegen.«

»Zu welcher Drohung?«

»Zu der Drohung, das nächste Mal wirklich das zu tun, dessen sie im Falle Foster beschuldigt war«, berichtete er mit all der Beklemmung, die er darüber empfand. »Es scheint also ganz so, daß sie zum Äußersten entschlossen ist. Und wie ich sie kenne . . .«

»Ach so . . .«, sagte die Stimme nebenan nach sekundenlanger Pause. »Das sind natürlich bloße Redensarten. Setzen Sie Ihre Bemühungen unbeirrt fort. Vielleicht geschehen schon in den allernächsten Tagen Dinge, die die eigensinnige junge Dame doch veranlassen, Ihren Rat einzuholen. Wie dieser zu lauten hat, wissen Sie ja. Sobald Sie das Buch in Händen haben, bringen Sie es persönlich hierher. Es hat gar keinen Zweck, daß Sie sich selbst irgendwie damit beschäftigen. Die englische Übertragung der alten rührsamen Geschichte von der Chinesischen Nelke würde Sie wahrscheinlich sehr langweilen, und mit den handschriftlichen Notizen wüßten Sie nichts anzufangen. Geben Sie sich also damit erst gar keine Mühe. Sollte eine besonders günstige Wendung eintreten, erhalten Sie einen Wink und weitere Befehle. Ich erwarte aber, daß Sie es dann geschickter anstellen als der Mann, der den ersten Versuch unternommen hat.«

Noch in das letzte Wort klang bereits wieder das leise Knakken, und die Wand gegenüber lag glatt und stumm wie vordem; und neben der Tür stand plötzlich auch wieder der Verhüllte und machte eine auffordernde Handbewegung.

Aber der Anwalt war so erregt, daß er sie zunächst übersah. Der Schlußsatz von »dem Mann, der den ersten Versuch unternommen hat«, hatte ihm einen lähmenden Schrecken eingejagt, denn er mußte unwillkürlich an die geheimnisvollen Vorgänge um den Tod des Majors Foster denken.

Und den gleichen Weg gingen in dem gleichen Augenblicke auch die Gedanken des Herrn mit dem buschigen Schnurrbart und der verletzten Hand . . .

9

Es war bereits später dunkler Nachmittag, als Donald Ramsay am ersten Weihnachtstag das Taxi unweit der Westminster Brücke bezahlte und auf einem Umweg in sein Heim zurückkehrte.

»Oh«, empfing ihn Mrs. Machennan auf der Diele und setzte dabei ihr allersanftestes Lächeln auf, »wie schade; gerade vor einigen Minuten hat sich das kleine Telefon gemeldet.« Und dann deutete sie plötzlich zur Seite auf eine offene Tür, die von irgend etwas ausgefüllt wurde, und fügte hinzu: »Das ist Pheny, das Mädchen, Mr. Ramsay. Sie sieht zwar etwas unbeholfen aus, ist aber in allem sehr geschickt und unbedingt verläßlich.«

Pheny, das Mädchen, sah aus, als ob sie in aller Eile aus einigen wuchtigen Baumstämmen zusammengenagelt und dann rasch noch ein bißchen zurechtgeschnitzt worden wäre. Ihr derbes Gesicht war bis auf drei ausgedehnte gelbliche Sommersprossenfelder knallrot, und darüber hatte ihr der Schönheitssinn der sanften Mrs. Machennan eine blütenweiße Haube aufgestülpt. Für gewöhnlich gab sich Pheny nicht netter als ein phlegmatisches Flußpferd, aber nun hatte sie freundlich den großen Mund geöffnet und zeigte ihr ganzes starkes Gebiß. Gleichzeitig schwang sie abwechselnd einen der beiden Stämme, auf denen sie stand, und stierte mit verglasten Augen auf ihre Herrin.

»Also, Pheny – schön«, sagte der neue Hausgenosse in seiner liebenswürdigen Art, aber etwas zerstreut. »Und das kleine Telefon, jawohl. – Danke, liebe Mrs. Machennan.«

Damit schnellte er auch schon die Treppe hinauf, und Pheny wischte sich mit dem Handrücken den Schweiß von der Stirn.

Gottlob war Mrs. Machennan zufrieden. »Für das erste Mal ist es mit dem Knicks ganz gut gegangen«, sagte sie, »aber wir müssen doch noch fleißig weiterüben. Immer mittags und abends, wenn Sie mit Ihrer Arbeit fertig sind. Ich kann mir doch nicht nachsagen lassen, daß ich meine Hausmädchen aus dem Zoologischen Garten beziehe.«

»Kchchch . . .«, stimmte Pheny zu. Da sie das H nicht aussprechen konnte, und weil das C, das G und das K sich ihr immer am Gaumen spießten, kaprizierte sie sich auf diese Laute, auch wenn sie nicht am Platze waren. Aber Madame hatte ihr schon gesagt, daß das ebenfalls anders werden müsse. Es habe einmal ein Mann gelebt, der auch so eine schwere Zunge gehabt hätte, aber dann habe er eines Tages einen Stein darauf gelegt und plötzlich so schön und fließend gesprochen wie ein Prediger. So hoch hinaus wollte zwar Pheny gar nicht, weil sie auch so ganz gut auskam, aber probieren konnte man die Sache ja schließlich. Wenn also Mrs. Machennan auf Besorgungen aus war, steckte Pheny, das Mädchen, zuweilen ein Fünfunzengewicht von der Küchenwaage in den Mund und lief damit ein bis zwei Stunden herum. Bis jetzt konnte sie jedoch noch nicht feststellen, daß dies etwas genützt hätte.

»Ich gehe nun wieder nach vorne ans Fenster«, sagte Mrs. Machennan mit ihrer sanften Stimme, »und Sie schauen auf der Küchenseite hinaus. Und wenn Sie jemanden bemerken sollten, der sich unser Haus allzu neugierig anguckt, so rufen Sie mich. Sollte ich aber vielleicht gerade oben bei unserm Herrn sein, so passen Sie auf den nichtsnutzigen Herumstreicher scharf auf. Und wenn er gar klingeln sollte, um einen Blick hereinzutun, legen Sie ihm die Hand auf die Augen, wie ich es Ihnen zeigte.«

»Kchchch . . .«, machte Pheny wieder, und Mrs. Machennan glitt mit einem befriedigten Nicken davon.

Mittlerweile saß Ramsay oben vor einem kleinen Apparat, der auf seiner Scheibe rote Ziffern und seltsame Zeichen hatte, und gab auf einige kurze Fragen Bescheid.

»Heute? – Heute bin ich im Piccadilly. Es ist ja volle sechs Jahre her, daß ich so ein richtiges Weihnachtsessen mitgemacht habe. – Ob ich allein bin? Nun, ja und nein. Man sorgt besser immer vor, weil man ja nie weiß . . . All right Danke.«

Wenn der recht anspruchsvolle Mr. Donald Ramsay nicht bereits längst gewußt hätte, wie gut er bei der freundlichen Mrs. Machennan aufgehoben war, so hätte ihn die nächste Stunde unbedingt davon überzeugen müssen. Vom Bad bis zu den vielen Kleinigkeiten, die ein Herr benötigt, um zu einem Festessen wirklich gut angezogen zu sein, fand er alles so wohl vorbereitet, wie selbst der vertrauteste Kammerdiener es nicht geschickter besorgen konnte. Sogar die goldene Zigarettendose lag zum Füllen aufgeschlagen und darin ein kleiner in Papier gehüllter Gegenstand. Der eigenartige Siegelring darin war das einzige, was der äußerst vorteilhaft aussehende Gentleman verschmähte und rasch wieder in eine Schublade tat; dafür entnahm er aber nach kurzer Überlegung derselben Lade etwas, was seine fürsorgliche Hauswirtin doch nicht vorgesehen hatte, weil man es für gewöhnlich zu Festessen nicht zu sich zu stecken pflegt, und ließ es in die Hüfttasche gleiten. Ramsay war eben im Begriffe, Mrs. Machennan heraufzubitten, um ihr ein paar nette Worte zu sagen, als ihm ihr Klopfen zuvorkam.

10

Mrs. Machennan erschien mit einer Vase voller Blumen und stellte sie auf den Tisch.

»Es ist ein Viertel vor sieben, Mr. Ramsay«, sagte sie lächelnd, »und ich dachte mir, daß Sie bereits fertig sein würden. – Wünschen Sie einen Wagen?«

Der Wagen wurde abgelehnt, aber dafür bekam Mrs. Machennan so viele schmeichelhafte Dinge zu hören, daß sie völlig außer Fassung geriet.

»O bitte . . .«, wehrte sie ab. »Das war doch selbstverständlich. Und es hat mir gar keine Mühe gemacht. Überhaupt . . .«

Hier verlor sie den Faden, aber da fiel ihr hilfloser Blick auf die Vase, und nun war die schreckliche Verlegenheit mit einem Mal überwunden.

»Ja«, fuhr sie fort, und ihre angenehme Stimme geriet wieder einmal in ein melodisches Rieseln, »hier sind die chinesischen Nelken. Ich habe gleich mehrere genommen, weil ich sie ja schon gestern besorgen mußte und nicht wußte, wie sie sich halten würden. Eine Blume fürs Knopfloch muß aber immer besonders frisch sein, wenn sie nach etwas aussehen soll. Ich werde daher auch die übrigen in Papier einschlagen und in Ihren Mantel stekken, für den Fall, daß etwa die eine gedrückt werden sollte. Diese hier« – sie nestelte eine der Blüten aus dem kleinen Büschel – »ist allerdings die schönste, und wenn Sie gestatten, werde ich sie Ihnen anstecken. Selbst kommt man damit nicht so rasch zurecht, und Sie könnten sich auch stechen, was für einen Herrn in Frackhemd und weißer Weste recht unangenehm ist . . .«

»Sie sind die liebenswürdigste und reizendste Hauswirtin, der ich je begegnet bin«, erklärte Ramsay ehrlich und beschwor damit neuerlich einen kritischen Augenblick herauf. Aber Mrs. Machennan hob sich rasch auf die Zehenspitzen, konzentrierte ihre Augen starr auf das Knopfloch, die Blume und die Stecknadel und ließ dann ihre Zunge wieder ebenso flink gehen, wie ihre geschickten Finger.

»Es sind wirklich echte chinesische Nelken – oder doch das, was man so nennt. Eigentlich bilden sie nämlich, wie man mir sagte, keine besondere Art, sondern sind aus der Tibetnelke gezogen. Jedenfalls sind sie aber von unseren sofort zu unterscheiden, denn sie sind größer und voller, und auch ihr Duft ist viel stärker. Ich bin in drei Geschäften gewesen, bis ich sie endlich bekam. Obwohl der Laden sehr voll war, wurde ich mit großer Zuvorkommenheit bedient, und der Verkäufer ließ sich mit mir sogar in ein längeres Gespräch ein. Er dachte, daß die Blumen für Miss Maud Hogarth bestimmt seien, von der ich Ihnen ja erzählte. Sie soll die Hauptabnehmerin dieser Blumen sein. Die ersten wurden von ihrem Oheim, Sir Herbert Bexter, bestellt, der wenige Tage vor seinem Tod in dem gleichen Geschäft danach fragte. Damals mußte man sie aber erst aus einer Züchterei kommen lassen . . .«

Mrs. Machennan schöpfte etwas Atem und trat einen Schritt zurück, um zu begutachten, ob die Blume auch wirklich gut säße. Sie zupfte hier und dort noch ein bißchen herum.

»Natürlich haben die anderen Leute zugehört«, plauderte sie dabei unbefangen weiter, »und als ich wegging, hat sich mir ein Herr angeschlossen. Er war schrecklich neugierig, und obwohl ich ihm sehr deutlich zu verstehen gab, daß ich auf seine Unterhaltung keinen Wert lege, war er nicht abzuschütteln. Er ist mir sogar bis in den Bus gefolgt und dann von der Brücke durch die Straßen hierher. – Und schließlich –«, das hübsche Gesicht erglühte, und die feinen Finger zitterten ein wenig – »ist er unverschämt geworden und wollte sich einhängen . . .«

Die sanfte Mrs. Machennan besah sich neuerlich ihr Werk, und diesmal fand es ihr Wohlgefallen. »So, nun sitzt die Blume, wie sich's gehört«, sagte sie und begann die übrigen Nelken vorsichtig in eine weiche Papierhülle einzuschlagen. »Diese hier werde ich also in die äußere Manteltasche stecken. Ja, und als er hinfiel«, fügte sie plötzlich mit einem gewaltigen Gedankensprung hinzu, »hörte ich etwas klirren und hob es auf, da ich glaubte, daß es vielleicht ein Geldstück wäre. Aber es war nur das hier, und wegen eines so wertlosen Gegenstandes wollte ich mich nicht aufhalten.«

Mrs. Machennan hatte ihre kleine Hand geöffnet, und Ramsay griff neugierig nach der abgescheuerten Messingmarke, die darin lag. Sie wies auf der einen Seite eine Blumengravierung und einige verschnörkelte Schriftzeichen auf und auf der andern mehrere unsymmetrisch angeordnete Kerben.

»Das sieht ja fast so aus wie . . .«, murmelte der Gentleman überrascht, nachdem er das Plättchen unter dem großen Kronleuchter eine Weile betrachtet hatte, und Mrs. Machennan nickte lebhaft.

»Wie Nelken, jawohl«, sagte sie und heftete ihre sanften Augen auf Ramsays verwundertes und nachdenkliches Gesicht.

»Und der Mann?«

Mrs. Machennans Augen flüchteten rasch wieder zu Boden. »Den mußte ich leider liegen lassen«, erklärte sie, und man hörte aus dem Ton, wie schwer dies ihrem guten Herzen geworden war. »Es war ein sehr kräftiger, untersetzter Herr, und eine schwache Frau wie ich konnte da nicht viel machen. Wenn ich aber um Hilfe gerufen hätte, hätte es zu viel Aufsehen gegeben, und man hätte sich vielleicht von mir wer weiß was gedacht. Er wird aber auch so bald zu sich gekommen sein, denn ich habe ihm ja ...«

Mrs. Machennan konnte nicht weitersprechen, weil sie eben einige Stecknadeln zwischen die Lippen geschoben hatte, und der Herr im Frack mußte auch nichts mehr wissen. Er blickte lange Sekunden mit fast scheuer Bewunderung auf die zarten flinken Hände seiner sanften Hauswirtin, und dann sagte er nur:

»Donnerwetter!«

II

Die Weihnachtsessen im Piccadilly hatten ihre große Überlieferung und ihr sozusagen ererbtes Publikum. Sie zählten zu den feststehenden gesellschaftlichen Ereignissen des Jahres, und die verrunzelte klapprige Lady, die heute im Kreis ihrer erwachsenen Enkelkinder hier speiste, hatte seinerzeit bei demselben Anlaß in denselben Räumen stolz ihr erstes Abendkleid getragen.

Dieser vornehmen Tradition und den vornehmen Gästen entsprach auch die Aufmachung. Der langgestreckte Speisesaal und seine Nebenräume waren in einen Wintergarten umgewandelt, und das schlichte, satte Grün benahm dem Prunk seine Kälte. Alles war auf anheimelnde Behaglichkeit abgestimmt, um diesem Dinner sein besonderes Gepräge zu wahren. Es sollte keine steife öffentliche Festtafel, sondern ein stimmungsvolles großes Familienessen sein, und dieser Eindruck sollte so wenig wie möglich gestört werden. Darauf hatte man vor allem bei der Anordnung der Tische Bedacht genommen, die in weiten Zwischenräumen und in gemütlicher Unregelmäßigkeit gruppiert waren, so daß die einzelnen Gesellschaften sich völlig unter sich fühlen konnten.

Bereits kurz nach halb acht begann vor dem strahlend erleuchteten und von betreßten Bediensteten flankierten Portal die Auffahrt der Wagen. Sie bildete ein Schauspiel für sich, und die aufgebotenen Verkehrspolizisten hatten gehörig zu schaffen, um die immer mehr anwachsende Schlange in Form und Bewegung zu halten.

Donald Ramsay hatte nicht den Ehrgeiz, inmitten dieser Auslese von Luxuswagen mit seinem bescheidenen Taxi vorzufahren, und ersparte dadurch eine Menge Zeit. Immerhin kam er aber im Garderoberaum bereits in ein arges Gedränge, und es währte ziemlich lange, bis er endlich ablegen und sich dann zu einem der großen Wandspiegel durchdrücken konnte, um Frack und Weste ordentlich in Sitz zu bringen.

Ramsay aber sah weder nach rechts noch nach links. In dem kurzen Verbindungsgang zum Speisesaal gab es immer wieder eine Stauung, und Ramsay konnte nur Schritt für Schritt vorwärtskommen. Anders der gedrungene Mann mit den breiten Schultern, dem knochigen gelben Gesicht und dem strähnigen schwarzen Haar, der ihm plötzlich entgegenkam. Der seltsame Dinnergast bahnte sich seinen Weg mit rücksichtsloser Härte und schien seine Eile als genügende Entschuldigung anzusehen.

Ramsay ahnte, was dieses Gehaben bezweckte. Er erfaßte genau den Augenblick, da die kräftige Schulter des andern eben seine linke Brustseite treffen sollte, und wich mit einer leichten Wendung aus. Der Eilige aber hatte so sicher damit gerechnet, bei seinem wuchtigen Anprall einen Halt zu finden, daß er ins Stolpern geriet und mit dem runden Schädel an die Wand geschlagen wäre, wenn Ramsay nicht auch schon hilfreich zugefaßt hätte. Seine Rechte fuhr dem Fallenden blitzschnell zwischen Nacken und Kragen und brachte ihn mit einem einzigen Ruck wieder auf die Beine.

Die Hilfeleistung war ziemlich unsanft geraten; der Mann war völlig außer Atem und sah arg zerknittert aus. Der Blick seiner tiefliegenden tückischen Augen verriet auch keineswegs Dankbarkeit, sondern mühsam beherrschte Wut, aber der harmlos lächelnde Gentleman mit der chinesischen Nelke wurde dadurch nur noch heiterer gestimmt. Und in seiner guten Laune, und weil der andere in ihm verschiedene Erinnerungen weckte, ließ er sich zu einer Bemerkung bewegen, die zwar etwas unverständlich, aber von außerordentlicher Wirkung war.

»Falls Sie es einmal mit Hsu-Tien-Yun zu tun bekommen sollten«, sagte er mit freundlichem Nicken, »werden Sie finden, daß ich ihm den Griff ganz brav abgeguckt habe.«

Es schien, als ob der fahle Mann neuerlich den Boden unter den Füßen verlieren würde, aber Ramsay kümmerte sich nicht weiter um ihn. Er war zufrieden, daß er wenigstens etwas von der chinesischen Nelke zu sehen bekommen hatte – obwohl er noch nicht ahnte, was diese Kenntnis für ihn bedeuten sollte.

12

Je näher der schreckliche Abend rückte, desto beklommener wurde der ruhe- und friedliebenden Mrs. Derham zumute, und sie versuchte daher noch in allerletzter Stunde, Maud wenigstens ein kleines Zugeständnis abzuringen.

Ganz gegen ihre sonstige Gewohnheit entwickelte sie bei der Toilette eine Ungeduld, über die sich die altjüngferliche Zofe allerlei heitere Gedanken machte, und es war noch nicht ganz halb sieben, als sie bereits in vollem Staat in die Zimmer der Nichte rauschte. Sie war trotz ihrer Fülle, der sie übrigens heute gehörig Gewalt angetan hatte, wirklich immer noch eine sehr gutaussehende Frau, und selbst die kritischen Blicke Mauds fanden an ihr nichts auszusetzen. Aber so glatt ging es nicht ab.

»Du kannst noch etwas mehr Schmuck anlegen«, sagte Maud mit einem kleinen boshaften Lächeln. »Vor allem das große Perlenkollier, das ja an dir genug Platz hat und daher besonders zur Geltung kommen wird.«

Mrs. Derham wußte zwar nicht recht, wie sie mit dieser Bemerkung daran war, aber sie nickte bereitwillig. »Gut. Ich dachte nur – weil du doch sonst nicht dafür bist . . .«

»Ich bin allerdings nicht dafür«, erklärte Maud, indem sie vor dem Spiegel mit der Fingerspitze an der bösen Falte zwischen den Brauen herumradierte, »aber andere sind es. Es gibt sogar Frauen, die so viel für diese Dinge übrig haben, daß sie die Gelbsucht bekommen, wenn sie solchen Schmuck am Halse einer andern sehen. Also, bitte, recht viel, liebste Tante Ady, und das Protzigste, was du unter unserem Familienschmuck auftreiben kannst.«

»Ich werde mich beeilen«, versicherte Mrs. Derham und fand, daß nun vielleicht eine günstige Gelegenheit sei, ihren Vorstoß zu wagen. »Mittlerweile wirst du wohl auch fertig sein, und dann können wir gleich fahren«, sagte sie. »Ich habe den Wagen auf sieben Uhr bestellt. Je früher wir dort sind, desto besser. In der letzten Viertelstunde kommt man immer in ein so furchtbares Gedränge . . .«

Sie bemühte sich, ihre Gründe möglichst unbefangen und überzeugend vorzubringen, war aber ihrer Sache gar nicht sicher, und ihr Herz klopfte gewaltig. Wenn das Kind wieder »Nein« sagte . . .

»Nein«, sagte das Kind tatsächlich. »Wir werden in kein Gedränge kommen, denn wir werden die Letzten sein. Und ich hoffe, daß unseren lieben Freunden gerade der beste Bissen im Munde stecken bleiben wird, wenn wir auftreten.«

»Oh«, hauchte Mrs. Derham verstört und weinerlich, »da werde ich ja so schrecklich lange in meinem hohen Mieder herumlaufen müssen!«

»Du kannst es noch reichlich eine Stunde ablegen«, erwiderte Maud ungerührt. Und es blieb so, wie sie es bestimmt hatte.

Und es geschah auch alles andere fast genauso, wie sie es sich gedacht hatte.

Es ging bereits gegen neun Uhr, als durch den großen Speisesaal plötzlich eine spannungsvolle Stille zu fluten begann. Sie kam vom Haupteingang her, wo das Stimmengemurmel mit einem Male abbrach und die wohlerzogenen Gäste jäh zu steifer Förmlichkeit erstarrten. Und dann lief sie von Tisch zu Tisch bis an die äußersten Enden des Saales, wo sich neugierig die Köpfe reckten.

Der Weg, den der geschmeidige Hoteldirektor die beiden Neuankömmlinge geleitete, war weit, aber nun, da es keine Rettung mehr gab, marschierte ihn Mrs. Derham mit dem Mut der Verzweiflung. »Haltung!« hatte ihr Maud vor der Flügeltür noch einmal ins Ohr gezischt, und der schneidende Ton war Tante Ady wie eine Stahlsäge in die zitternden Beine gefahren. Ihren Oberkörper aber straffte das hohe Mieder, und den Kopf hielt das breite Band kirschkerngroßer erlesener Perlen, das vom Halsansatz bis unter das Doppelkinn reichte. Nur die Augen richtete die tapfere Frau zu Boden.

Die endlose Minute wäre für die arme Mrs. Derham weniger schrecklich gewesen, wenn sie gewußt hätte, daß man sie trotz ihrer Stattlichkeit zunächst so gut wie gar nicht beachtete, da die Hunderte von offenen und verstohlenen Blicken ausschließlich ihrer Nichte galten.

Maud Hogarth hätte aber sicher auch unter anderen Umständen und in einem anderen Kreis die allgemeine Aufmerksamkeit auf sich gezogen, denn sie war unbestritten von ganz außergewöhnlicher Schönheit. Überraschenderweise hatte sie heute alles Herbe abgelegt, und sogar die kleine Falte an der Nasenwurzel war verschwunden. Sie schritt durch die starrenden Gruppen mit der Miene einer höchst uninteressierten jungen Dame und tat so, als ob sie nicht einem einzigen dieser gespannten Gesichter je im Leben begegnet wäre; und auch als sich sogar hier und dort ein Kopf zu einem verschämten Gruß neigte, hatte sie dafür nur kühles Befremden.

Mit einer einzigen Ausnahme ...

Auch Admiral Sheridan hatte überrascht aufgeblickt, als es rings um ihn plötzlich so still geworden war, und dann hatte er das Besteck niedergelegt und mit seinen scharfen, lebhaften Augen den Auftritt verfolgt. Er war ein Mann von sehr impulsiver Art und hatte schon wiederholt vor aller Öffentlichkeit verblüffende Beweise davon gegeben.

Die Teilnehmer an diesem ereignisvollen Weihnachtsdinner sollten nun eine neue Geschichte von Sir John erzählen können.

Es geschah, als die bedauernswerte Mrs. Adelina Derham auf ihrem Leidensweg auf ungefähr zehn Schritte an seinen Tisch herangekommen war. In diesem Augenblick gab der Admiral seinem Sessel einen kräftigen Ruck und stand auch schon zu seiner vollen gewaltigen Höhe aufgerichtet; breitbeinig und gebieterisch, wie auf der Kommandobrücke seines Flaggschiffes. Dann ließ er den Blick durch den Saal gehen, als ob es gälte, eine Horde aufmuckender Blaujacken zu bändigen. Und als Mrs. Derham wie eine Nachtwandlerin an ihm vorübertappte, neigte er den wuchtigen weißhaarigen Kopf zum Gruße; kurz, militärisch, aber sehr ehrerbietig.

Tante Ady hielt das wahrscheinlich für Spuk und marschierte krampfhaft weiter; der alte Gentleman kümmerte sich jedoch nicht darum. Er wartete, bis er Mauds Augen begegnete, und dann wiederholte er die Begrüßung. Sie fiel diesmal äußerst herzlich aus, denn Sir John fühlte sich veranlaßt, dabei ermunternd zu blinzeln und seine Linke an die breite Brust zu drücken.

Da ließ auch Maud Hogarth für Sekunden ihre Maske fallen, und Admiral Sheridan erntete ein so liebes, dankbares Lächeln, daß sich sein Nußknackermund von einem Ohr bis zum andern verzog. Hierauf sah Sir John noch einmal über die Tische hinweg und rückte schließlich seinen Sessel ebenso kräftig wieder zurecht, wie er ihn vorher zurückgeschoben hatte.

Mrs. Derham saß bereits, und die Perlen an ihrem Hals wogten lebhaft auf und nieder. Sie behauptete später, als sie zu sprechen imstande war, daß ihre Kräfte auch nicht einen einzigen Schritt weiter gereicht hätten.

Dagegen hatte Maud es gar nicht so eilig, sich der peinlichen Aufmerksamkeit zu entziehen. Diese war übrigens plötzlich sehr abgeflaut. Die so nachdrücklich unterstrichene Höflichkeit des Admirals hatte wie eine kalte Brause gewirkt, denn Sir John war jemand und galt auch in der Gesellschaft etwas. Dabei war mit ihm nicht gut Kirschen essen. Man zog es daher vor, die unterbrochenen Tischgespräche rasch und unbefangen wieder aufzunehmen und die große Sensation nur im Flüstertone zu verarbeiten.

Maud Hogarth wußte das, und es störte sie so wenig, daß sie mit gelassener Umständlichkeit den Pelzumhang ablegte, bevor sie Platz nahm. Zum Unterschied von der wirklich effektvoll behangenen und besteckten Tante Ady trug sie als einziges Schmuckstück eine Brillantspange, die drei weiße Blüten festhielt.

Es waren wundervolle chinesische Nelken, und man fand, daß diese Kühnheit allem die Krone aufsetzte.

*

13

Ramsay saß an einem kleinen Tisch dicht an dem mit Lorbeerstauden verkleideten Säulengang, der für das bedienende Personal bestimmt war. Er beschäftigte sich ausschließlich mit dem Dinner und hatte anscheinend für seine Umgebung keinen einzigen Blick. Trotzdem wußte er genau, daß der gewisse aufgeregte Mann einige Tische weiter zu seiner Linken ihn scharf beobachtete und von Minute zu Minute in immer größere Unruhe geriet. Zum dritten Male war er eben in seiner wuchtigen Art in das Vestibül gestürzt. Donald nahm die Weinkarte auf und winkte aus dem Säulengang einen älteren Kellner heran.

»Musigny«, sagte er nach kurzer Überlegung, »und Pommery Nature.« Dann fügte er rasch noch einige leise Worte hinzu, und der Mann entfernte sich mit wohlabgewogener Würde.

Der unruhige Gast blieb diesmal eine geraume Weile aus, aber als er zurückkehrte, trug er ein stark verändertes Wesen zur Schau. Er zeigte nun ebenfalls nur mehr Interesse für die wechselnden Platten und Schüsseln, und erst als sich Maud Hogarths Einzug unter so allgemeinem Aufsehen vollzog, wurde er wieder zappelig. Seine gespannte Aufmerksamkeit galt jedoch nicht der blendenden Erscheinung der jungen Dame, sondern einzig und allein wieder seinem Gegenüber mit der chinesischen Nelke, an dem sich seine stechenden Augen förmlich festsogen.

Doch er bekam nichts zu sehen, denn Donald Ramsay vermochte selbst dieses Ereignis nicht aus seiner Gleichgültigkeit aufzurütteln. Er hob zwar flüchtig den Kopf, weil die plötzliche Stille auch ihn berührte, aber schon in der nächsten Sekunde handhabte er sein Besteck gelassen weiter, obwohl ihn diese Entwicklung der Dinge doch einigermaßen beschäftigte. Er war Maud Hogarth noch nie im Leben begegnet, ahnte aber sofort, wer die Frau war, die eine derartige Bestürzung in dieser wohlerzogenen Gesellschaft hervorrief. Und es schien ihm mit einem Mal sicher, daß alle Andeutungen über die chinesische Nelke, die ihm seit dem vorgestrigen Morgen zugeflogen waren, vor allem aber die kleine Episode, die er eben erlebt hatte, ausschließlich mit dieser stolzen Schönheit in Beziehung standen.

Ramsay blinzelte nach der Blume in seinem Knopfloch und bedauerte in diesem Augenblicke fast, sie so hartnäckig verteidigt zu haben. Die Geheimnisse um Miss Hogarth interessierten ihn nicht, obwohl sie von besonderer Art zu sein schienen. Er hatte sich um Wichtigeres zu kümmern, und was damit nicht zusammenhing, durfte ihn nicht ablenken. Sein sechster Sinn hatte ihn diesmal offenbar getäuscht, und die chinesische Nelke hatte für ihn wahrscheinlich weiter keine Bedeutung. Er hätte sie jetzt gerne abgelegt, denn es war ihm nicht entgangen, daß auch die junge Dame die gleichen ungewöhnlichen Blüten trug. Das konnte auffallen und zu allerlei phantasievollen Fehlschlüssen verleiten. Aber er sagte sich, daß er die Sache nur verschlimmern würde, nachdem sein Knopflochschmuck von wenigstens zwei Personen bereits höchst unliebsam bemerkt worden war. Er konnte nichts Klügeres tun als sich völlig unbefangen geben und vorerst einmal den Wein abwarten, der ihm trotz der sonst so tadellosen Bedienung noch immer nicht serviert worden war.

Es dauerte aber noch eine weitere Viertelstunde, bis der Kellner wieder auftauchte, den Kübel mit dem Champagner absetzte und den weißen Burgunder entkorkte. Dann rückte er die Flasche auf dem Tisch so zurecht, daß der Gast die Marke gerade vor Augen hatte, und zog sich mit einer steifen Verneigung zurück.

Erst nach einer Weile goß Ramsay sich von dem Burgunder ein, und dabei blieb ein kleines Papierröllchen in seiner Hand. Es war auf ein gespaltenes Streichholz aufgewickelt, und Donalds lässig auf dem Tischtuch tändelnde Finger hatten keine besondere Mühe, den schmalen Zettel unauffällig zu entfalten und zu glätten. Der Mann mit den tückischen Augen sandte zwar immer wieder einen blitzschnellen Blick herüber, der gleichzeitig auch Maud Hogarth streifte, aber damit erschöpfte sich seine Aufmerksamkeit. Ramsay konnte in aller Ruhe die flüchtig hingekritzelten Zeilen überfliegen, die sich von dem Papierstreifen unter seinem lose aufgelegten Handteller abhoben:

Der Erste nach Bild Iwan Simonow. Asiatische Abteilung Nr. L 19. – Gefährlich. – Letzter Anruf: Klub der Globetrotter. – Der andere . . .

Donald Ramsay las weiter, was der Zettel ihm über den zweiten Mann zu sagen hatte, dem seine chinesische Nelke so ins Auge gefallen war, und der nun hier im Saal in Gesellschaft speiste. Diese Auskunft lautete weit weniger bedenklich als die erste. Sie war die bloße Abschrift einer Besuchskarte, die Eintritt in die allerersten Kreise gewährte – und doch bestimmte sie den Gentleman mit der chinesischen Nelke, sein Verhalten mit einem Schlag zu ändern.

Während er mit Daumen und Zeigefinger der rechten Hand das dünne Papier förmlich zu Mehl zerrieb, begann er mit der Linken auffallend an der Blume im Knopfloch zu nesteln und versuchte plötzlich ganz unverhohlen, die Aufmerksamkeit Maud Hogarths auf sich zu lenken.

Diese saß etwas schräg gegenüber in der Mitte des Saales, ihr Gesicht war jedoch durch eine große Vase mit Mistelzweigen und Rivierablüten verdeckt. Donald mußte den Platz wechseln, wenn er Ausblick gewinnen wollte, und er scheute nun sogar auch davor nicht zurück. Auf seinen Wink kam der Aufsichtskellner, der wieder seinen Posten im Säulengange bezogen hatte, neuerlich herbeigestelzt und legte mit einigen geschickten Handgriffen das Gedeck um. Dann rückte er den Stuhl davor zurecht, aber bevor Ramsay seinen neuen Platz einnahm, blieb er einige Sekunden hoch aufgerichtet stehen und sah in so aufdringlicher Art zu den beiden Frauen hinüber, daß sich an den nächsten Tischen bereits einige Köpfe in gespannter Neugierde hoben.

Nur Maud Hogarth merkte von diesem taktlosen Gebaren ebenso wenig wie von allem andern, was um sie vorging. Sie sprach unablässig lebhaft auf Tante Ady ein, und diese nickte ebenso unablässig lebhaft zurück. Sprechen konnte Mrs. Derham noch nicht, denn der schreckliche Einzug lag ihr noch immer ein bißchen in den Gliedern. Aber etwas wohler fühlte sie sich bereits, denn das Dinner war wirklich erstklassig.

Donald Ramsay mußte also einen günstigen Augenblick abwarten, und er gab sich alle Mühe, diesen nicht zu verpassen.

Über den Mann am Nebentisch aber war plötzlich eine starre Ruhe gekommen. Er saß mit gesenktem Kopf und eingezogenen Schultern, und der Gentleman mit der chinesischen Nelke wußte, daß er nun auf der Hut zu sein hatte.

14

Admiral Sheridan speiste mit Sir Frederick Legett, aber die Unterhaltung war sehr einsilbig. Erst nach dem Erscheinen von Mrs Derham und deren Nichte kam sie für eine kurze Weile einigermaßen in Fluß.

»Man scheint die Ärmste ganz infam zu behandeln«, sagte Sir John, als er sich nach seiner aufsehenerregenden Begrüßung mit großem Nachdruck wieder niedergelassen hatte, und seine von Stürmen und Nebeln aller Meere angerostete Stimme trug diese vertrauliche Bemerkung in einen ziemlichen Umkreis. »Wenn ich so etwas wie ein Haus führte, würde ich die Geschichte rasch in einen anderen Kurs bringen. Aber ich glaube, das Mädel braucht niemanden. Sie weiß, was sie wert ist, und ist zu gescheit, um sich aus den Leuten etwas zu machen.«

Sir Frederick stocherte zerstreut auf dem Teller herum, und um seinen verkniffenen Mund zeigte sich der Anflug eines dünnen Lächelns. Er war der ausgesprochene Gegensatz von Sheridan. Mittelgroß und beängstigend hager, wirkte seine Persönlichkeit mit dem spitzen Gesicht und dem ebenfalls spitzen und fast haarlosen Kopf höchst unbedeutend. Nur in seinen kalten Augen lag etwas Besonderes, aber Legett schien zu wissen, daß sie nicht angenehm wirkten, denn er schlug sie nur selten auf. Der schweigsame Mann von aalglatten Umgangsformen war überall zu sehen, und man sprach sehr viel von ihm, weil seine Beziehungen und sein Einfluß der Öffentlichkeit ein unlösbares Rätsel aufgaben. Er bekleidete keine offizielle Stellung, gehörte nicht zu irgendwelchen maßgebenden Parteikreisen, und doch genügte sein Erscheinen in Downing Street, um ihm den Zugang zu jedem Minister selbst während der wichtigsten Beratungen zu erschließen.

Nach einer kleinen Pause bewegte Sir Frederick kaum merkbar die Lippen, und diesmal bestand für die Nebentische keine Möglichkeit, auch nur ein Wort seiner Erwiderung aufzufangen. Er sprach so leise, daß sogar sein Tischgenosse ihm die hauchartigen Laute förmlich vom Munde ablesen mußte.

»Es ist Schlag auf Schlag über die beiden Frauen hereingebrochen. Erst der jähe Tod Bexters und gleich darauf noch das andere . . .«

»Der arme Bexter, jawohl!« Sheridan ließ ein gefühlvolles Schnauben hören und bemühte sich, diesmal ebenso leise zu sein wie sein Tischgenosse. »Sie wissen nicht, Legett, wie oft ich in der letzten Zeit an unseren lieben Freund denke. Ich habe ihn ja schon immer sehr geschätzt, aber nun wird mir erst richtig klar, was wir an ihm verloren haben. Wäre er noch am Leben, wüßten wir längst, woran wir mit diesem verdammten Spuk sind.«

Der andere hob für den Bruchteil einer Sekunde den Blick, um ihn ebenso rasch wieder zu senken.

»Etwas Neues?«

»Nein«, knurrte der Admiral übellaunig. »Seit der vorgestrigen Nacht ist es völlig still geblieben. Aber heute oder morgen kann der Unfug wieder losgehen, wie es ja schon seit Wochen der Fall ist. Und dabei kommen wir mit unseren Nachforschungen nicht vom Fleck. Bis jetzt konnten wir bloß feststellen, daß es sich um keinen der zugelassenen Kurzwellensender handelt, und daß die Station in nächster Nähe steckt und mit den modernsten und stärksten Apparaten ausgestattet sein muß. Die letzte Funkerei ist von unseren Schiffen in den Heimathäfen, im Atlantik, im Pazifik und in den indischen Gewässern mit gleicher Deutlichkeit aufgenommen worden. Das nützt uns jedoch nichts, denn soviel man die Morsezeichen auch dreht und wendet, sie ergeben nach keinem der gebräuchlichen Codes und in keiner Sprache einen Sinn. Nur Bexter wäre mit der Sache fertig geworden.«

Sheridan fuhr sich mit dem Zeigefinger verzweifelt in den Kragen, der seinen kräftigen Hals zu beengen schien, und dann neigte er den grauen Kopf ganz dicht zu seinem Nachbar.

»Was ich davon halte, habe ich Ihnen ja schon gesagt«, zischte er. »Ich will mir hier auf dem Fleck ganze fünf Gallonen dreckiges Hafenwasser eingießen lassen, wenn ich nicht recht habe. Die Dinge, die wir in Singapur vorbereiten, liegen gewissen Leuten gewaltig im Magen, und deshalb ist seit Monaten der Teufel los. Wir spüren es auf den Werften, in den Arsenalen und in allen Häfen, aber bisher konnten wir noch in keinem einzigen Fall zugreifen. Und diese kleinen Schnüffeleien machen mir auch keine besondere Sorge, denn sie können nicht viel Unheil anrichten. Aber ich fürchte, daß hinter diesen Kleinigkeiten ein wohlorganisiertes System steckt, das nur auf eine günstige Gelegenheit wartet, um aufs Ganze zu gehen. Und ich habe das Gefühl, daß wir etwas mehr darüber wüßten, wenn wir diesen geheimnisvollen Sender verstünden.« Sheridan setzte sich mit hochrotem Gesicht wieder auf und warf einen raschen Blick nach einem der Tische. »Übrigens scheint man auch an anderer Stelle bereits irgend etwas in die Nase bekommen zu haben. Oberst Wilkins ist nämlich gestern plötzlich wegen einer gar nicht so dringlichen Angelegenheit bei mir erschienen und hat dabei einige Bemerkungen eingeflochten, die mich stutzig machten.«

Wieder einmal ließ Sir Frederick kurz die kalten, stechenden Augen sehen. »Sie haben sich mit ihm ausgesprochen?« fragte er.

»Ausgesprochen?« Der Admiral zog die Mundwinkel herab und schüttelte entschieden den Kopf. »Ist mir nicht eingefallen. Ich habe getan, als verstünde ich nicht, und da Wilkins nicht deutlicher wurde, sind wir von der heiklen Sache glatt abgetrieben. Die Herren sollen sich um ihre Angelegenheiten kümmern, meiner Haut wehre ich mich schon selber. Besonders, wenn Sie mir helfen, Legett. Da habe ich die Beruhigung, daß die Geschichte völlig unter uns bleibt, falls etwas los sein sollte.«

»Wir wollen es hoffen«, hauchte Sir Frederick bescheiden, und Sheridan nickte zuversichtlich und erleichtert. Dann aber beugte er sich plötzlich nochmals zu dem Ohr des andern, um eine ganz zusammenhanglose Frage zu tun.

15

»Donnerwetter!« murmelte Admiral Sheridan in der nächsten Minute ehrlich verblüfft, denn das erste, was ihm in die Augen fiel, war eine schneeweiße Möwe, die ihre starren Schwingen als Verbrämung um den Brustausschnitt einer Abendrobe aus tiefschwarzem Samt breitete.

Lady Falconer durfte es sich gestatten, derartige umstürzlerische Neuheiten der Modeschöpfung einzuführen, denn sie war die geeignete Frau, um derartiges zu tragen. An ihrer schlanken und doch ein klein bißchen üppigen Figur wirkte alles kleidsam und geschmackvoll.

Dabei war Lady Falconer nicht mehr ganz jung und auch nicht das, was man eine schöne Frau nennt. Ihre Jahre konnte ihr London zwar nicht nachrechnen, aber sie hatte unbedingt die Dreißig überschritten. Vielleicht schien sie auch älter, als sie in Wirklichkeit war, weil ihrem Gesicht jede Zartheit fehlte. Die etwas zu starke Nase, der breite Mund und das ausgeprägte Kinn gaben ihm einen Ausdruck von Härte und Strenge, den Lady Falconer allerdings durch ihr ganzes Wesen Lügen strafte. Sie konnte, wenn sie wollte, von bestrickender Liebenswürdigkeit sein, und wenn sie nicht wollte, wußte sie ihre kleinen Bosheiten in eine sehr amüsante Form zu kleiden.

Mit diesen Eigenschaften hatte sie sich innerhalb der letzten zwei Jahre die Gesellschaft erobert, obwohl man ihr dies nicht allzu leichtgemacht hatte. Der letzte Marquis Falconer war nicht in der Lage gewesen, seiner Gattin zu dem alten klangvollen Namen auch die entsprechende Stellung zu bieten, denn er hatte bis dahin seine kümmerlichen Tage schlecht und recht ziemlich weit abseits seines Standeskreises verbracht. Man erfuhr überhaupt erst von seinem Dasein, als plötzlich eine Lady Helen Falconer nicht nur mit diesem hochtönenden Titel, sondern auch mit dem entsprechenden Prunk auf den Plan trat. Sie sprach das Englische mit einem merklichen amerikanischen Akzent, und sie wirkte bereits sehr frauenhaft – also war sie für die überraschte Welt eine reiche amerikanische Witwe, die ein glücklicher Zufall dem bereits alternden Lord in den Weg geführt hatte.

Falconers Freude über diese geradezu märchenhafte Wendung der Dinge war so unbändig, daß er sich in seinem neuen fürstlichen Heim in Bayswater Tag für Tag gründlich, aber ohne jedes Ärgernis betrank, während die weit ehrgeizigere Lady daran ging, seinem alten Namen neuen Glanz zu verleihen. Sie unterzog sich dieser schwierigen Aufgabe mit großer Geduld, gewiegter Menschenkenntnis und bewundernswertem Takt. Es geschah nie, daß sie auch nur den geringsten Annäherungsversuch an die zu frostiger Abwehr bereite Adelsclique unternommen hätte, zu der sie sich unbedingt zählen durfte, und sie gewann sich dadurch die mit Bitterkeit erfüllten Herzen jener Gesellschaftsschicht, die ihr Los teilte: jener Leute, die sich infolge ihres so und so erworbenen Reichtums für unten bereits zu vornehm dünkten, oben aber einer sehr kühlen Schulter begegneten. Diesen erschien die vereinsamte Lady Falconer als ein neues, verheißungsvolles Gestirn, und binnen kurzer Zeit war sie von einem förmlichen Hofstaat umgeben, der es in seiner ganzen Lebensführung mit dem andern Lager sehr wohl aufnehmen konnte.

Darüber wurde man drüben allmählich etwas unruhig, und man wurde noch unruhiger, als verschiedenes aus dem andern Kreis durchsickerte. Lady Falconer ließ dort ihr Licht leuchten, und ihr Gefolge pries sie als entzückend geistreiche und ungemein schlagfertige Frau. Man hatte auch allen Grund dazu, denn die Lady bereitete ihren Getreuen eine ungeheure Genugtuung und ein außerordentliches Vergnügen. Sie stürzte allmählich die Götter, vor allem aber die Göttinnen, um deren Gunst man sich vergeblich bemüht hatte, daß es nur so rumpelte. Sie hatte die Gabe, an jedem eine kleine Schwäche oder Lächerlichkeit zu entdecken, und die zierlichen, aber spitzen Pfeile, die sie versandte, saßen so gut, daß die Betroffenen sie sehr bald höchst unangenehm empfanden.

Eine derartige Gegnerin war doppelt gefährlich, da sie theoretisch ja immerhin zu dem eigenen bevorzugten Kreis gehörte. Hatte doch irgendein König einem Marquis Falconer für sich und seine Nachkommen das Recht verliehen, zu jeder Tages- und Nachtzeit im bloßen Hemd bei Hof zu erscheinen, und es gab selbst unter dem höchsten Adel nur wenige Geschlechter, die sich eines so ehrenvollen Privilegs hätten rühmen können.

Man war also geneigt, mit Lady Helen ehestens Frieden zu schließen und wartete nur auf eine Gelegenheit, die diese Kapitulation nicht allzu schmählich erscheinen ließ. Diese günstige Gelegenheit schuf der gefällige Lord Falconer, indem er nach kaum halbjähriger Ehe in besonders glückseliger Stimmung eine oder die andere Flasche seines geliebten französischen Kognaks zu viel trank und für immer einschlief.

16

Lady Helen nahm mit ihrer Begleitung einen großen Tisch gerade in der Mitte des Saales ein, aber der Platz zu ihrer Linken blieb vorläufig leer. Man wußte, daß er für Oberst Wilkins bestimmt war, der bei allen Gelegenheiten dieses Vorrecht genoß. Heute war er allerdings früher gekommen und saß noch im Kreise einiger jüngerer Herren. Er hatte sich darauf beschränkt, Lady Falconer von ferne mit artiger Vertrautheit zu begrüßen, und diese hatte ihr kurzes Nicken auf die gleiche Note abgestimmt.

Und dieses kurze Nicken wiederholte sie nun von ihrem Tisch aus noch viele Minuten nach allen Seiten und in allen möglichen Schattierungen. Man war glücklich, solch einen flüchtigen Gruß zu erhaschen, und Lady Helen geizte damit nicht. Sie nickte auch Admiral Sheridan zu, als sie dessen wenig ermunterndem Blick begegnete, und da ihre Freundlichkeit unerwidert blieb, nickte sie sogar noch ein zweites und drittes Mal mit geradezu herausfordernder Liebenswürdigkeit. Aber Sheridan sah so starr drein wie ein geistesabwesender Bullenbeißer, und Lady Falconer fand dies riesig lustig.

»Sir John scheint heute besonders unverdaulich zu sein«, tuschelte sie ihrer Begleitung zu. »Man sollte ihm vielleicht ein Schaff mit Salzwasser auf den Tisch stellen, damit er ein bißchen in Stimmung gerät. Aber in Gesellschaft des ›Fragezeichens‹ mag das wirklich keine leichte Sache sein. Ich gäbe etwas darum, zu erfahren, was die beiden unterhaltenden Gentlemen einander zu erzählen haben.«

Augenblicklich war es etwas ganz Belangloses, aber die Lady Falconer hätte sich doch sehr amüsiert, wenn sie es hätte mit anhören können.

»So«, knurrte Sheridan befriedigt, »das hätte ich besorgt. Es war so deutlich, daß sie es gemerkt haben muß, und nun wird sie mich mit ihrer messerschafen Zunge vornehmen. Aber da kann sie lange hacken, bevor es durch meine Haut geht.« Der Admiral zischte etwas, was man glücklicherweise nicht verstand, und verstieg sich dann zu einem bissigen Urteil, für das er absolut nicht maßgebend war. »Eine Möwe – mitten auf der Brust. – Total verrückt . . . Bis jetzt habe ich diesen Vogel immer nur auf einer Rahe oder einer Flaggenstange sitzen sehen, wo er sich ordentlich ankrallen konnte. – Na, diese gefärbte Ziege muß ja schließlich am besten wissen, wie es darum bei ihr bestellt ist . . .«

Der schweigsame Sir Frederick, von Lady Falconer mit dem Spitznamen »Das kleine Große Fragezeichen« bedacht, hüstelte etwas erschreckt, worauf Sheridan eiligst in ein längeres Räuspern überging.

Lady Falconer aber ließ in diesem Augenblick ein leises überraschtes »Oh!« hören, denn sie hatte eben Mrs. Derham und Maud Hogarth entdeckt. Sie sah lange und mit großem Interesse nach deren Tisch hinüber, und ihre Umgebung war äußerst gespannt, was sie zu diesem Ereignis sagen würde. Man wußte, daß die beiden Frauen den Wettlauf um die Gunst der Lady Helen nie mitgemacht hatten und erhoffte daher ein ganzes Bündel nadelspitzer Pfeile. Man wurde aber enttäuscht. Lady Falconer tat die Sache auffallend kurz und glimpflich ab.

»Maud sieht ganz gut aus«, bemerkte sie leichthin, »nur schrecklich unliebenswürdig. Sie müßte das nicht so zeigen, man glaubt es ihr ohnehin. Dafür ist die liebe Tante Ady noch immer so nett und harmlos wie früher, und auch ihr Appetit ist gottlob derselbe geblieben. Sie ißt für zwei.«

Oberst Wilkins stellte sich erst beim Nachtisch ein, aber Lady Falconer schien dies nicht als Vernachlässigung zu empfinden.

»Sie müssen mir sehr dankbar sein, daß ich Sie für heute beurlaubt hatte; es hat etwas lange gedauert, bis ich fertig wurde. Ich glaube, wir sind wirklich die letzten gewesen. Leider scheinen wir dadurch einiges versäumt zu haben. Vor allem hätte ich sehr gern mit angesehen, wie man Maud Hogarth aufgenommen hat. Hoffentlich waren Sie schon hier, als sie kam, und können uns darüber berichten.«

Sie heftete ihre grauen Augen erwartungsvoll auf sein regelmäßiges dunkles Gesicht, in dem sich eine Spur von Verlegenheit zeigte; aber schon in der nächsten Sekunde hatte Wilkins wieder sein glattes, unbefangenes Lächeln.

»Es hat natürlich ziemliches Aufsehen gegeben«, sagte er. »Miss

Hogarth hat sich ja seit Monaten von allen gesellschaftlichen Veranstaltungen ferngehalten, und man war daher sehr überrascht, als sie heute plötzlich erschien.« Der Oberst betrachtete sehr angelegentlich seine gepflegten Hände. »Admiral Sheridan geriet sogar derart außer Fassung, daß er die Damen mit überschwenglicher Herzlichkeit begrüßte.«

»Sheridan? – Oh . . .« Lady Falconer hatte jäh die feinen, kunstvoll geschwungenen Linien hochgezogen, die die Brauen andeuteten, und es schien fast, als hätte die Mitteilung einen ganz besonderen Eindruck auf sie gemacht. Aber dann spitzte sie plötzlich schalkhaft die Lippen, und in ihrem Gesicht lag wieder der Zug von überlegener Ironie, der es so interessant machte.

»Der bärbeißige Neptun als galanter Ritter – großartig«, lachte sie. »Und ich glaubte, daß er einen besonders schlechten Tag habe, weil er mich völlig übersah, obwohl ich ihm dreimal zunickte. Aber man muß offenbar jung und hübsch sein, wie Maud Hogarth, um vor seinen Augen Gnade zu finden. Bei der nächsten Gelegenheit werde ich jedoch alle Minen springen lassen.« Sie sah sich rasch im Kreise ihrer lebhaft plaudernden Tischgesellschaft um und neigte sich dann näher zu Wilkins. »Die Schwäche des ›Großen Fragezeichens‹ kenne ich bereits«, flüsterte sie ihm zu. »Der gute Mann spielt.«

»Legett?« fragte der Oberst betroffen.

»Jawohl, dieser geheimnisvolle alte Musterknabe spielt. Es geschieht zwar nur in kleinen Klubs, aus denen nie etwas herausdringt, aber wenn eine Frau etwas wissen will, erfährt sie es doch. Ich habe Ihnen ja schon wiederholt gesagt, daß der Mann mich beschäftigt, aber Sie haben mich im Stich gelassen. Dabei sollten Sie in Ihrer Stellung über ihn und seine Verhältnisse doch einigermaßen unterrichtet sein.«

Wilkins verriet ein leises Unbehagen, und der Ton, in dem er erwiderte, klang weniger verbindlich, als es sonst seine Art war. »Ich habe in meiner Stellung mit Sir Frederick nicht das mindeste zu tun. Ich weiß von ihm nur, daß er einige Jahre in den Kolonien und dann im Foreign Office tätig war. Er ist aber schon lange aus dem Dienste geschieden, und ich glaube, daß man ihm weit mehr Einfluß zuschreibt, als er wirklich hat.«

»Vielleicht«, sagte die hartnäckige Frau, »aber ich bin nun einmal schrecklich neugierig. Vorläufig genügt es mir zu wissen, daß der liebe Sir Frederick kein so lederner Heiliger ist, wie es den Anschein hat. Ein Mann, dem der Spielteufel im Nacken sitzt, ist mir bei weitem nicht so rätselhaft und unheimlich wie ein Asket, der für keine Freude dieser Welt etwas übrig hat.«

»An den Spielteufel glaube ich bei Legett nicht«, wandte der Oberst mit einem entschiedenen Kopfschütteln ein. »Man hat da wohl übertrieben. Es wird ja in jedem Klub gespielt, und jeder von uns macht hier und da bei einer Partie mit . . .«

17

»So, nun können wir gehen«, sagte Maud ganz unvermittelt, als der letzte Gang abgetragen war. »Die Leute sollen sehen, daß wir nur des Essens wegen gekommen sind, nicht um ihretwillen.«

Sie hatte allen Grund, mit dem Verlauf des Abends zufrieden zu sein, denn es war alles so gegangen, wie sie es gewünscht hatte. Und dazu war noch die unverhoffte Genugtuung gekommen, zu der ihr Admiral Sheridan verholfen hatte. Sie wußte, daß diese Aufmerksamkeit des angesehenen und gefürchteten Mannes, über deren Absichtlichkeit sie sich völlig klar war, die glänzendste gesellschaftliche Rehabilitierung bedeutete, die ihr hatte zuteil werden können, und sie war dem alten Gentleman für sein ritterliches Eintreten von Herzen dankbar . . .

Sie war sich aber auch bewußt, daß sie dieses Eintreten vor allem dem freundschaftlichen Gedenken zuzuschreiben hatte, das Sir John ihrem verstorbenen Onkel bewahrte – und damit hatte sich ihr plötzlich doppelt schreckensvoll auch wieder der Gedanke an die neue Gefahr aufgedrängt. Die Sache mit der ›Chinesischen Nelke‹ war ja noch nicht zu Ende, sondern wollte wieder aufleben, und es lag nicht an ihr allein, daß der Name Herbert Bexter, der so viel gegolten hatte, auch diesmal von jedem Makel verschont blieb. Das eine Mal war es ihr zwar gelungen, und sie hatte sogar auch den gewissen verhängnisvollen Zettel in ihre Hände bekommen, aber sie wußte ja nicht, ob außer diesen Zeilen und der ›Chinesischen Nelke‹ nicht doch ein weiteres gefährliches Papier vorhanden war. Daß die andere Seite den Kampf wieder aufnahm, ließ fast darauf schließen, daß ihr neue Waffen zu Gebote standen.

In Maud hatte sich alles gesträubt, an eine Verfehlung Onkel Bexters zu glauben, aber schließlich hatte sie sich vor der Wucht der Tatsachen beugen müssen. Das entsetzliche Schuldbekenntnis wies die charakteristischen kritzeligen Schriftzüge Bexters auf und lautete so klar und bestimmt, daß an seinem Inhalt nichts zu deuten war. Die Sache war Maud unfaßbar, aber sie mußte sie gelten lassen. Um so mehr, als es noch etwas gab, was immerhin für ihre Möglichkeit sprach. Schon Wochen bevor sie von der Existenz des Zettels und seiner Bedeutung erfuhr, hatten Maud Hogarth die letzten Augenblicke ihres Oheims sehr viel zu denken gegeben. Bexter hatte die Nacht vor seinem Tod fieberhaft über einer Arbeit gesessen, und der Diener fand ihn noch am Morgen am Schreibtisch. Er berichtete in der Gesindestube, daß der Herr ungemein aufgeregt sei, und kaum eine Viertelstunde später trat die unerwartete Katastrophe ein. Als Maud als erste herbeieilte, konnte Herbert Bexter nur mehr unter Aufbietung der letzten Energiekräfte einige Worte lallen. Seine halb gelähmte Hand tastete dabei nach einem umfangreichen Briefumschlag auf der Tischplatte.

»Chinesische Nelke ... Gut aufbewahren ... – Niemandem ...«, keuchte er mühsam, und in seinem erlöschenden Blick lag ein erschütterndes Flehen. Dann wollte er offenbar noch etwas hinzufügen, denn seine Lippen bewegten sich weiter, aber seine Stimme versagte bereits ...

Das war das zweite Mal, daß Maud von der ›Chinesischen Nelke‹ gehört hatte. Zwei Tage vorher hatte ihr der Oheim plötzlich einen Strauß dieser Blüten gebracht – es war seine letzte Aufmerksamkeit für sie, und seither liebte sie diese Blumen.

»Ja«, hatte Bexter auf ihren Dank zerstreut und bedrückt erwidert, »sie sehen wirklich sehr hübsch aus, aber ...«

Maud hatte diese halbe Bemerkung zunächst nicht beachtet, und erst als ihr von dem Sterbenden der geheimnisvolle Briefumschlag mit so verzweifelter Besorgtheit anvertraut worden war, schloß sie auf irgendwelche Zusammenhänge. Jedenfalls deutete sie die letzten Worte ihres Oheims dahin, daß sie die versiegelten Papiere sicher aufbewahren und niemandem übergeben sollte, und sie hielt sich daran. Der schriftliche Nachlaß Sir Herbert Bexters wurde von einigen höheren Offizieren, unter denen sich auch Oberst Wilkins befand, sehr gründlich gesichtet und zum Teil übernommen; von den Dokumenten der chinesischen Nelke aber war dabei nicht die Rede.

Erst von Major Foster hatte sie einige Wochen später wieder davon gehört . . .

All diese furchtbaren Dinge, mit denen sie allein fertig werden mußte, hatten Maud in der letzten halben Stunde derart beschäftigt, daß sie plötzlich verstummt war und kaum noch den Blick gehoben hatte. Tante Ady war damit sehr zufrieden, denn sie machte sich nichts aus Konversation; besonders bei Tisch nicht. Sie fühlte sich so wohl, daß sogar die Erinnerung an die Peinlichkeit des Einzuges in ihr bereits völlig verblaßt war.

Aber Mauds »So, nun können wir gehen . . .« gemahnte sie mit einem Schlag wieder daran und bereitete ihrem Behagen ein jähes Ende. Sie versuchte daher auch diesmal wieder einen Einspruch, aber er klang wenig hoffnungsvoll. »Wir könnten doch wirklich noch ein Weilchen bleiben. Die Musik ist ja so wunderschön . . .«

»Die kannst du zu Hause auch haben, wenn du dich ans Radio setzt«, erwiderte Maud und fügte ein ungeduldiges »Also . . .!« hinzu, gegen das es keine Widerrede gab.

So begann Mrs. Adelina Derham unter mächtigem Herzklopfen und mit unsicheren Händen ihre Kleinigkeiten zusammenzusuchen, während Maud bereits stand und den kostbaren Hermelinkragen umlegte. Dabei glitt ihr Blick zum ersten Male über die nächsten Tische – um plötzlich starr und mit einem Ausdruck jähen Schreckens auf einem Punkte haften zu bleiben . . .

Die chinesische Nelke im Knopfloch des tadellosen Fracks hätte in ihr vielleicht sonst bloß ein flüchtiges Interesse für den Träger geweckt, aber die alarmierende Botschaft vom vorgestrigen Tage und ihre augenblickliche Stimmung ließen sie nun darin eine neue Drohung sehen. Das auffällige Benehmen des Unbekannten sagte ihr auch ganz deutlich, daß er die Blumen wirklich ihretwegen trug, und sie glaubte in den zwingenden Augen, die sich in die ihren bohrten, eine Herausforderung zu lesen, die sie das Schlimmste befürchten ließ. Major Foster hatte offenbar einen Nachfolger gefunden, und es schien, als ob dieser die Angelegenheit noch rücksichtsloser betreiben wollte. Jener war heimlich zu ihr gekommen, dieser aber scheute sich nicht, ihr den Kampf vor aller Welt anzusagen. Zuerst in der Zeitung – und nun sogar unter Hunderten von begierigen Augen.

Wann würde dieser Kampf beginnen? Was hatte man noch in der Hand, um sie zur Herausgabe der Papiere zu zwingen? In welche neuen Teufeleien würde sie verstrickt werden?

Maud Hogarth fühlte plötzlich, daß ihre seit Monaten mühsam aufgepeitschte Spannkraft zu versagen drohte. Noch vor Stunden hatte sie den kommenden Dingen ziemlich gefaßt entgegengesehen, aber seither war ihr doppelt eindringlich zum Bewußtsein gekommen, worum es ging und welche Verantwortung auf ihr ruhte. Sie durfte nicht warten, bis die Gefahr da war, sondern mußte ihr begegnen. Sie mußte wissen, was man im Schilde führte – noch heute – noch in dieser Nacht mußte sie es wissen . . .

Tante Ady war fertig. Sie schlug noch einmal verzweifelt die Augen auf und holte tief Atem, dann wandte sie sich nach dem Mittelgang, den sie gekommen waren. Aber Maud berührte leicht ihren Arm und wies nach der Seite.

»Dort, bitte . . .«

Mrs. Derham wechselte mit überraschender Beweglichkeit die Richtung, denn dieser Weg war ihr weit sympathischer. Dort gab es zur Linken nur ganz wenige Tische mit einzelnen Herren.

Maud folgte ihr auf dem Fuß. Sie ging hoch aufgerichtet und sah gleichgültig über die vielen Köpfe, die plötzlich wieder in lebhafte Bewegung gerieten, hinweg. Auch der Gentleman mit der chinesischen Nelke war für Maud Hogarth nicht mehr vorhanden . . .

Einige Schritte vor seinem Tisch hob sie den Arm, um auf der winzigen Brillantuhr flüchtig nach der Zeit zu sehen.

Und dann ging sie an ihm vorüber. Ihr Fuß stockte nicht den

Bruchteil einer Sekunde, sie zeigte nicht das leiseste Anzeichen irgendwelcher Erregung, und auch ihre Lippen bewegten sich kaum.

Aber Donald Ramsay vernahm ganz deutlich, wie sie sagte:

»In zwei Stunden Westbourne-Park-Station, Südseite.«

Und während der Herr mit der chinesischen Nelke bedachtsam die Asche von seiner Zigarette klopfte, gab er ebenso leise, aber ebenso deutlich zurück:

»All right.«

Die neugierige Lady Falconer war sehr befriedigt, sie lächelte verständnisvoll und ein ganz klein wenig ironisch. »War das nicht riesig unterhaltend?« tuschelte sie Oberst Wilkins zu, der noch immer die Unterlippe zwischen den Zähnen hatte. »Vielleicht war es der Anfang eines richtigen Liebesromans. Ich habe ganz deutlich bemerkt, daß sie im Vorübergehen etwas murmelte, und daß der unternehmende Herr darauf erwiderte. Diese Maud Hogarth sieht zwar sehr kühl und unnahbar aus, aber man weiß ja nie, was hinter der Maske einer Frau steckt. Das zeigt sich erst, wenn der Richtige kommt – und es richtig anstellt.«

Der Tonfall der letzten Worte rüttelte Wilkins jäh aus seiner teilnahmslosen Versunkenheit auf. »Ich wäre sehr glücklich, Lady Helen«, flüsterte er mit einem werbenden Blick zurück, »wenn ich diese Bemerkung als einen kleinen Fingerzeig auffassen dürfte. Wenn man das Empfinden hat, der Richtige zu sein, ist es ja nicht so schwer, es richtig anzustellen.«

»Als kleinen Fingerzeig?« Die interessante Frau ließ ihr angenehmes dunkles Lachen hören. »Sie wollen wohl sagen als Wink mit dem Zaunpfahl? Nein, das sollte es nicht sein. So leicht darf man es den Männern nicht machen.«

»Sie machen es mir aber zu schwer«, beklagte sich der Oberst gereizt. »Wenn ich Ihnen etwas mehr wäre als ...«

»Pschtscht«, gebot Lady Helen leise. »An einem so festlichen Abend bin ich nicht in der Stimmung, über so tragische Dinge zu sprechen.«

»Natürlich.« Es klang sehr bitter. »Das höre ich ja bei jeder Gelegenheit. Und ich muß mich wohl allmählich mit dem Gedanken vertraut machen, daß Sie überhaupt nie in dieser Stimmung sein werden.«

Lady Falconer blickte aufmerksam in den goldenen Taschenspiegel und tupfte mit dem Handschuh an den Konturen ihrer Lippen herum. »Das kann man nicht wissen«, erwiderte sie mit bedächtigem Ernst. »Vielleicht . . .«

Sie sprach indessen nicht weiter, und Oberst Wilkins zuckte unwillig die Achseln. Dieser verwünschte Abend stellte an ihn Anforderungen, denen seine Selbstbeherrschung nicht gewachsen war.

Auch Admiral Sheridan fühlte sich gewissen Dingen nicht gewachsen. »Es ist so, wie ich Ihnen sagte«, fauchte er seinem Tischgenossen aufgeregt ins Ohr. »Auf meine Augen kann ich mich verlassen. Es hat irgend etwas zwischen den beiden gegeben. Mir ist ja schon die Nelke aufgefallen. Was, zum Teufel« – sein fein besaiteter Nachbar zuckte zusammen, und der Admiral beendete rücksichtsvoll –, »kann da los sein?«

»Wir werden es abwarten müssen«, flüsterte Sir Frederick noch leiser als sonst.

18

Donald Ramsay saß unbefangen an seinem Tisch und überlegte: zwei Stunden waren für ihn eine sehr knapp bemessene Zeit, denn er würde wohl einige Schliche anwenden und vielleicht einen großen Umweg machen müssen, um sich hartnäckigen Beobachtern zu entziehen. Damit hatte er unbedingt zu rechnen. Nicht weil der wilde Mann, den er vor sich hatte, nun mit geradezu steinerner Ruhe auf der Lauer lag, sondern auch, weil er wußte, daß auch noch andere, weit heimlichere Augen nicht von ihm ließen. Und diese Augen voll fieberhafter Unruhe bedeuteten weit mehr, als der immerhin ganz interessante Simonow.

Donald Ramsay leerte bedächtig sein Champagnerglas und entnahm dem Etui eine frische Zigarette. Der Aufsichtskellner kam herbei, um ihm Feuer zu reichen. Dann holte er die Flasche aus dem Eiskübel und füllte das leere Glas nach.

Der Gast hatte aber noch ein anderes Anliegen. »Halten Sie sich bereit«, sagte er in seiner leisen, lässigen Art. »Sowie Sie sehen, daß ich aufbreche, bringen Sie den Wagen an den vereinbarten Ort. Es wird vielleicht etwas länger dauern, bis ich komme, aber dann muß es sofort losgehen. Vorläufig will ich mich hier noch ein bißchen umschauen, und es wird gut sein, wenn auch Sie die Augen offenhalten. Also«, schloß der Gast mit einem kurzen Nicken, »bleiben wir bei einigen gesalzenen Mandeln.«

Der Kellner, der mit der verbindlichen Miene seines Berufes zugehört hatte, erwiderte: »Sehr wohl, Sir«, und verschwand im Seitengang.

Einige Minuten später – die bestellten Mandeln standen bereits vor ihm – erhob sich Ramsay plötzlich und begann langsam durch den Saal zu schlendern. Der lauernde Mann am Nachbartisch schlug blitzschnell die schweren Lider auf und war einen Augenblick unschlüssig, wie er sich verhalten sollte. Aber dann bemerkte er, daß drüben noch das Zigarettenetui lag, und hielt endlich die Gelegenheit gekommen, zu handeln . . .

Im Saal wurde es eben rege, denn es war eine Viertelstunde nach Mitternacht, und viele der Gäste rüsteten zum Aufbruch. Ramsay kam nur sehr langsam vorwärts, und sein Rundgang durch den Saal nahm eine ziemliche Weile in Anspruch.

Der Mann, der Simonow hieß, wenn er es auch vorzog, sich anders zu nennen, bemühte sich mit ausdrucksvoller Mimik, eines Zahlkellners habhaft zu werden, und da ihm dies nicht gleich gelang, machte er sich in seiner Ungeduld auf die Suche. Nach einigen Bemühungen hatte er endlich Erfolg. Er beglich seine Rechnung mit überstürzter Hast und stürmte auch schon in höchster Eile dem Ausgang zu. Nicht einmal der Herr mit der chinesischen Nelke, der eben langsam zu seinem Platz zurückschlenderte, interessierte ihn mehr . . .

Donald Ramsay setzte sich so behaglich zurecht, als ob er sich noch für längere Zeit einrichten wollte, und begann einige Mandeln zu knabbern. Dann griff er langsam nach dem noch immer vollen Glase und leerte es fast bis zur Neige . . .

In der nächsten Minute schauerte er plötzlich zusammen und starrte mit unheimlich geweiteten Augen und zuckendem Gesicht um sich. Er versuchte aufzuspringen, vermochte sich aber nur mühsam auf die Füße zu stellen und mußte an Tisch und Stuhl eine Stütze suchen, um nicht zu Boden zu gleiten ...

Zum Glück war auch schon der Aufsichtskellner an seiner Seite und riß ihn mit einem kräftigen Schwung in den Seitengang.

19

Der Vorfall hatte sich so unvermittelt und rasch abgespielt, daß er den übrigen Gästen völlig entgangen war. Nicht einmal die neugierige und scharfäugige Lady Falconer hatte ihn bemerkt, da sie ihre Gesellschaft eben mit liebenswürdigen Bemerkungen über die verschiedenen Persönlichkeiten unterhielt, die nach und nach den Speiseraum verließen.

Draußen im Gang zu den Wirtschaftsräumen erregte der Transport des offenbar Schwerkranken allerdings einiges Aufsehen. Sogar der Geschäftsführer eilte aufgeregt herbei, und als er den Aufsichtskellner gewahrte, verriet er größte Bestürzung. Der Mann war mit einer jener Empfehlungen bei ihm erschienen, die unbedingtes Entgegenkommen forderten, und es war möglich, daß es vor der versammelten vornehmen Welt eine peinliche Szene gegeben hatte. »Ich hoffe ...«, stieß er in banger Sorge hervor, aber der Kellner schnitt ihm ungeduldig das Wort ab.

»Rasch ein Zimmer.«

Der Geschäftsführer riß eigenhändig die Tür zum nächsten Aufzug auf und bediente ihn selbst. Aber erst im obersten Stockwerk, wo die Unterkunftsräume für das Personal lagen, ließ er ihn halten und öffnete geschäftig eine der kleinen Kammern. Die Sache war nichts für die Augen der Hotelgäste.

»So, das genügt«, sagte der Kellner, der sich als ein Mann von Entschlossenheit erwies. »Nun können Sie auch noch diese Nummer anrufen« – er zog einen Bleistift und einen Streifen Papier hervor und schrieb sie auf – »und bestellen, man möge sofort einen Krankenwagen für Daniel herschicken. Bestimmen Sie auch gleich, wo er halten soll. Zuschauer brauchen wir nicht, Sie selbst werden sich das wohl auch kaum wünschen.«

Der Geschäftsführer schüttelte den gescheitelten Kopf, und der Kellner faßte ihn an der Schulter und schob ihn ohne Umstände zur Tür hinaus.

»Schön. Wenn es soweit ist, verständigen Sie mich.«

Donald Ramsay, der wie ein lebloses Bündel auf der Ottomane gelegen hatte, richtete sich jetzt gemächlich auf, und seine erste Sorge galt Frack und Weste, die bei dem Abenteuer etwas in Mitleidenschaft gezogen worden waren.

»Wie war das also, Brook?« fragte er endlich.

»So gemein und tückisch, wie der ganze Bursche aussieht«, erklärte dieser gelassen. »Er hat übrigens, worauf ich Sie ja aufmerksam machte, das gewisse Zeichen, und als er gar so auffällig herumzurennen begann, hatte ich sofort den Verdacht, daß etwas kommen würde. Richtig ließ er auch, als er an Ihrem Tisch stehenblieb, irgend etwas in Ihr Glas fallen, und es wird wohl nichts Bekömmliches gewesen sein. Jedenfalls war es nicht appetitlich, und ich habe daher das Glas lieber schnell ausgewechselt. Fast wäre ich nicht rechtzeitig fertig geworden, denn ich mußte den richtigen Moment abpassen. Man hat zuviel nach dem Tisch gesehen . . .«

Der große Mann mit dem schrecklich gelangweilten Gesicht machte eine bedeutsame Pause, aber die Frage, die kam, galt etwas anderem, als er erwartet hatte.

»Was haben Sie mit dem Inhalt des Glases gemacht?«

»Den habe ich hier«, erwiderte Brook, indem er eine kleine Flasche aus der rückwärtigen Fracktasche zog. Und Ramsay nickte.

»Lassen Sie die Sache sofort untersuchen. Wir werden mit dem Galgenvogel nun vielleicht öfter zu tun bekommen, und es ist gut, seine Tricks zu kennen. Von dem Burschen habe ich bereits einiges gehört.«

»Und ich bin ihm bereits einige Male begegnet, Sir. Als Sie mich auf ihn aufmerksam machten, wußte ich auch sofort, woran ich mit ihm war. Zuletzt traf ich ihn in Nanking. Damals, als eben der Rummel in den nördlichen Provinzen losging. Er trieb sich dort herum und gab eine Menge Geld aus.«

»Für wen?« forschte Ramsay lebhaft.

»Natürlich für seine Landsleute, die Roten. Die zahlten am besten.«

Der Herr mit der Nelke warf jäh den Kopf zurück und spitzte die Lippen zu einem dünnen, gedehnten Pfiff. Plötzlich aber lachte er belustigt auf. »Der kleine Spaß hat also einen tieferen Sinn gehabt«, sagte er. »Ich habe ihm nämlich völlig ahnungslos etwas von Hsu-Tien-Yun zugeflüstert.«

»Von Wang?« Auch Brook lächelte, sah aber dabei aus, als ob er Krämpfe hätte. »Es wird ihm nicht angenehm geklungen haben. Fast hätte ihn ja ›Ein Hieb‹ wirklich unter seine geschickten Hände bekommen. Man hatte einen unbequemen General der Zentralregierung um die Ecke gebracht, und Simonow sollte die Sache gemanagt haben. Er ist aber rechtzeitig ausgerissen.«

»So . . .« Ramsay war mit einem Mal sehr nachdenklich geworden. »Er hat also mit dem Klub der Globetrotter telefoniert?«

»Ja, das konnte ich noch ermitteln. Um etwas von dem Gespräch mitzuhören, war ich leider zu spät gekommen.«

Ramsay beschäftigte sich schon wieder mit etwas anderem. »Sobald der Wagen da ist, überwachen Sie alles«, ordnete er an. »Es ist möglich, daß es dabei den einen oder den anderen Neugierigen geben wird. Das Weitere bleibt so, wie ich es Ihnen gesagt habe, aber Sie werden nun wohl kaum lange auf mich warten müssen. Der nette Einfall dieses Banditen hat mir die Sache wesentlich erleichtert.«

Eine Viertelstunde später gab es an der spärlich erleuchteten rückwärtigen Front des Hotels eine kleine Menschenansammlung. Zwei kräftige Männer hoben eine verdeckte Bahre behutsam in einen Krankenwagen, und einige Hotelangestellte sahen ihnen dabei mit ernsten Mienen zu. Auch einige Passanten machten halt, und als die Wagentür zufiel, wandte sich ein stämmiger Mann mit hochgeschlagenem Kragen teilnehmend an einen Kellner.

»Es hat wohl einen Unfall gegeben?«

Der Angestellte kehrte sich ihm höflich zu. »So etwas Ähnliches«, erwiderte er leise, und seine Stimme klang so bewegt, daß sich Simonow mit großer Erleichterung in Trab setzte.

*

20

Maud Hogarth befand sich in einer Erregung, die ihr weder die Absonderlichkeit noch die Gefährlichkeit ihres Schrittes zum Bewußtsein kommen ließ. Sie dachte unausgesetzt nur an das, was sie zu verteidigen hatte.

Nach der schweigsamen Heimfahrt – Tante Ady war mit einem seligen Lächeln bereits im Wagen eingeschlummert – zog sich Maud gleich zurück und kleidete sich in aller Eile um. Dann wartete sie mit nervöser Ungeduld, bis das Haus zur Ruhe käme.

Kurz nach ein Uhr war es endlich soweit. Maud schlüpfte in einen pelzgefütterten Mantel, drückte einen Sporthut tief in die Stirn und schlich in den Park. Die Garage lag an der rückwärtigen Umfassungsmauer und hatte eine direkte Ausfahrt nach einem Nebenweg, so daß man das Haupttor nicht passieren mußte. Auch der Zweisitzer, den sie zu benützen pflegte, wenn sie selbst steuerte, stand bereit, und schon in wenigen Minuten hatte sie ihn aus der Garage gebracht und schloß diese nun wieder ab. Sie ging dabei möglichst geräuschlos zu Werke, fand es aber nicht notwendig, auch sonst noch irgendwelche besondere Vorsicht zu beobachten. Ohne sich auch nur einmal umzusehen, stieg sie in den Wagen und lenkte ihn auf die Hauptstraße.

Donald Ramsay war trotz des zeitraubenden Zwischenspiels im Hotel pünktlich. Als er Brook in der Nähe der Westbourne-Park-Station halten ließ, fehlte an den vereinbarten zwei Stunden noch fast eine halbe. Aber er wollte sich den Platz zunächst etwas genauer ansehen, denn nun, da er in diesem unerwarteten Abenteuer so weit gelangt war, durfte es auf keinen Fall durch ein leidiges Mißverständnis sein Ende finden.

Wenn er noch vor Stunden im Zweifel darüber gewesen war, ob er seine Zeit an das Rätsel der ›Chinesischen Nelke‹ verschwenden durfte, so hatten ihn die Ereignisse des Abends die Überzeugung gewinnen lassen, daß er von seiner Eingebung wirklich wieder einmal ganz unbewußt geleitet worden war. Noch ahnte er zwar von dem Kern der Sache so gut wie nichts, aber seine scharfen Augen hatten ihn Dinge und Zusammenhänge sehen lassen, die unbedingt der Aufklärung wert waren. Und dann hatte ihm so nebenbei Brook auch noch von der Tätigkeit dieses Simonow in Nanking erzählt . . .

Donald war sich darüber klar, daß seiner Zusammenkunft mit Maud Hogarth eine ganz besondere Bedeutung zukam, denn schon allein der Umstand, daß Maud auf die chinesische Nelke an seinem Frack reagierte, hatte die andern veranlaßt, sofort zu den äußersten Mitteln zu greifen. Die junge Dame mußte also sehr viel und sehr Gefährliches wissen, und wenn es ihm gelang, sie zum Sprechen zu bringen, würde er wohl mit einem Schlage klarer sehen. Aber er war dieses Erfolges nicht ganz sicher. Er hatte sich eine Rolle zugelegt, die ihm völlig fremd war, und er tappte bezüglich der Dinge, in die er einzugreifen beabsichtigte, völlig im dunkeln. Wenn er irgendeinen kleinen Fehler beging und sie die Täuschung merkte, konnte er kurz vor dem Ziel noch scheitern.

Die Situation bei der Westbourne-Park-Station war nicht so, daß die Gefahr eines Verfehlens bestanden hätte. Die Südfront war von der gegenüberliegenden Häuserreihe sehr leicht zu übersehen, und Ramsay entschloß sich, in einer der dort mündenden kleinen Straßen zu warten. Er ging sogar so weit hinein, bis er einen Torbogen fand, der vor dem eisigen Wind und dem leichten Schneetreiben, das eben einsetzte, einigen Schutz bot.

»Ich erwarte jemanden zu einer wichtigen Unterredung«, wandte er sich endlich an Brook, der ihm die ganze Zeit über steif und schweigsam gefolgt war. »Wenn aber etwa noch ein anderer auftauchen sollte, kümmern Sie sich um den.«

Diese Weisung klang etwas unklar, doch Brook sagte sein gelangweiltes »Sehr wohl, Sir«.

Zunächst erschienen am anderen Ende der Straße zwei Lichter, und ein kleiner Wagen kam herangerollt. Er fuhr dicht an den Randsteinen und so langsam, daß die Frau am Steuer deutlich zu erkennen war, als das Auto an dem Torbogen vorüberglitt. Vorne an der Straßenecke stoppte Maud Hogarth und schien sich nun ebenfalls über die Örtlichkeit zu orientieren.

Ramsay schenkte dem Wagen zunächst keine Beachtung, sondern sah gespannt nach der Richtung, aus der dieser gekommen war. Nach wenigen Augenblicken zeichnete sich dort ein schmaler, hoher Schatten ab, der mit großer Geschwindigkeit näher kam. Auf einmal aber schien er auseinanderzufallen und verschwand in nichts . . .

»Ein Radfahrer . . .«, flüsterte Brook und schob sich auch schon die Häuserreihe entlang . . .

Wieder eine Minute später leuchtete ungefähr in der Mitte der Straße bei einem der Tore ein winziger Punkt auf, und ein offenbar sehr reichlich bewirteter Gast machte sich auf einen schwierigen Heimweg. Er freute sich, daß die Straße so breit war, daß man nicht bei jedem Schritte irgendwo anstieß, und wenn ihm die tückischen Hausmauern drüben doch zu nahe kamen, drohte er ihnen schelmisch mit dem Finger und lavierte breitbeinig wieder nach der anderen Seite. Und um sicher zu sein, suchte er mit der Taschenlampe seinen Zickzackweg mit gründlicher Vorsicht ab.

Daß er hierbei plötzlich auf ein menschliches Wesen stieß, das an solch einer gefährlichen Mauer zu kleben schien, versetzte ihn in maßlose Verwunderung. »Ein Mensch . . .«, stellte er fest. »Wahrhaftig ein Mensch . . .« Und da er diese Möglichkeit aus irgendeinem Grunde noch immer nicht ganz zu fassen vermochte, ließ er den Lichtkegel seiner Lampe prüfend vom Kopf bis zum Fuß dieses Wunders gleiten.

Das Wunder war ein jüngerer, stämmiger Mann in etwas mangelhafter Bekleidung. Er trug unter der Joppe keinen Hemdkragen, seine Hosen saßen locker, und an den Füßen hatte er bloß ein Paar Filzpantoffeln. Er blinzelte mit gefletschten Zähnen in das unangenehme Licht und zeigte sich sehr unliebenswürdig. »Scheren Sie sich zum Teufel . . .«, zischte er.

Der Herr suchte den Sinn dieser Worte zu fassen. »Jawohl«, erklärte er etwas schwerfällig, aber höflich, »ich gehe nach Hause. Aber ich habe Zeit . . .«

Der andere schien keine Zeit zu haben, denn er faßte mit einem saftigen Fluch nach seinem Rad.

Dieses Rad war für den Herrn eine neue aufregende Entdekkung. »Ein Fahrrad . . .«, stieß er hervor, indem er die stützende Mauer jäh losließ und sich dafür an die Lenkstange klammerte.

»Zum Fahren ... Wahrhaftig ...« Und dann kam ihm ein Einfall, der ihn begeisterte. »Sie werden mir das Rad leihen«, lallte er. »Ich fahre nach Hause. Ich werde es diesen verdammten Beinen schon zeigen. Kaum gönnt man sich ein bißchen Alkohol, fangen sie an zu wackeln. So ein Rad aber – famos ... Fährt immer hübsch geradeaus ...«

Die Geduld des Mannes war am Ende. Er riß mit einem Ruck das Rad an sich, aber der Herr hielt fest und kam torkelnd mit.

»Ich werde dich in den Dreck legen, wo du hingehörst, du besoffenes Schwein«, keuchte der Mann in heller Wut und fuhr dem hartnäckigen Fahrradfreund an die Kehle ...

Im nächsten Augenblick gab es zunächst einige klatschende Schläge und dann einen harten dumpferen Schlag, der bis ans Ende der Straße zu hören war.

Donald Ramsay hatte nun keinen Grund mehr, die bedeutsame Unterredung noch weiter hinauszuschieben.

21

Maud Hogarth fuhr auf ihrem Sitz herum, weil von der Seite ein Schatten in den Wagen fiel ...

Ihre Nervosität war in der Viertelstunde, die sie nun schon vergeblich nach der Station hinüberblickte, aufs höchste gestiegen. Wenn der Mann mit der chinesischen Nelke die Verabredung nicht einhielt, sah sie sich weiter der qualvollen Ungewißheit gegenüber, an der sie nach den Geschehnissen des verflossenen Abends doppelt schwer zu tragen hatte.

Und es fehlten nur mehr drei Minuten zu der vereinbarten Zeit – jetzt – zwei und nun nur mehr eine ...

Maud erblickte an dem halb herabgelassenen Fenster zur Linken ein Gesicht, das sie sofort wiedererkannte, und vernahm eine gelassene, sehr angenehm klingende Stimme. »Es wird sich empfehlen, Miss Hogarth, daß wir uns für unsere Unterredung einen anderen Ort aussuchen. Ich glaube, man ist Ihnen gefolgt.«

Maud war so erregt, daß sie zunächst nicht verstand. Dann

aber war sie so bestürzt, daß sie kaum zu sprechen vermochte. »Wer?« brachte sie mühsam hervor.

»Das werden wir sofort hören«, sagte Ramsay, und es lag etwas in seiner Art, das sie ruhiger werden ließ. Sie folgte seinem Blick, gewahrte aber den zweiten Mann erst, als er sich dicht beim Wagen aus dem Schatten der Häuser löste.

»Nun?« fragte der Herr mit der chinesischen Nelke, und Maud war so gespannt, daß sie sich über das plötzliche Auftauchen eines Dritten keinerlei Gedanken machte.

Brook erstattete höchst gelangweilt einen sehr knappen Bericht. »Der Mann hatte drei Ausweise bei sich. Einen auf den Namen Jack Storey, der zweite gehörte einem Peter Malone . . .«

»Peter Malone?« fiel Maud überrascht ein. »So heißt unser Gärtnergehilfe. Er wurde erst vor einem Vierteljahr eingestellt.«

»Dann war er drei Monate zu lang in Ihren Diensten, Miss Hogarth«, bemerkte Ramsay leichthin, und auch Brook war offenbar dieser Ansicht, denn er nickte sehr nachdrücklich.

»Er scheint auch einen ganz anderen Beruf zu haben«, sagte er trocken und begann in der Tasche seines Mantels mit irgend etwas zu klimpern. Dann zog er einen Drahtring hervor, an dem ein ganzes Bündel von Metallstäben baumelte.

Ramsay besah sich die Sache flüchtig, dann steckte er die Hand durch das halb geöffnete Fenster und legte den Bund neben Maud: »Dietriche. Es ist am besten, Sie nehmen diese Zauberstäbchen in Verwahrung. Wenn Sie einmal Ihre Schlüssel verlegt haben sollten, werden sie Ihnen gute Dienste leisten. Ich vermute, daß sich unter Ihrer Dienerschaft noch der eine oder andere finden wird, der damit umzugehen weiß.« Er wandte sich wieder an Brook. »Ist von dem Burschen noch eine Störung zu befürchten?«

Der gesetzte Mann schüttelte den Kopf, gab aber keine klare bestimmte Antwort. »Wenn er wieder zu sich gekommen sein wird«, sagte er ausweichend, »wird er wohl zunächst seine Pantoffeln suchen, die mir leider in ein Kellerloch gefallen sind. Und dann bin ich ungeschickterweise auch noch in die Speichen seines Rades getreten.«

»Das genügt«, bemerkte Ramsay, und diesmal war es sein leises Lachen, das Maud Hogarth ganz eigen berührte. Dann aber fing sie den kurzen Wink auf, der den Dritten verschwinden ließ, als ob ihn die Straße verschluckt hätte, und sie wußte, daß nun der Kampf beginnen sollte. Sie hatte sich darauf vorbereitet, sofort zum Angriff überzugehen, die ersten Augenblicke der Begegnung waren jedoch anders verlaufen, als sie es sich vorgestellt hatte, und sie war dadurch völlig aus dem Konzept geraten.

Selbst als der Mann mit der chinesischen Nelke schon eine volle Minute am Fenster lehnte und offenbar das erste Wort von ihr erwartete, fand sie den wohlgesetzten Anfang noch immer nicht. Aber schließlich wurde ihr das hartnäckige Schweigen so unerträglich, daß sie aufs Geratewohl losbrach.

»Was wünschen Sie also? Ich habe Ihre Ankündigung gelesen und auch die Blumen erhalten – es war daher überflüssig, mir auch noch vor aller Öffentlichkeit zu drohen, wie Sie es heute abend durch ihr auffallendes Benehmen getan haben. Wenn Sie glauben, mich dadurch einschüchtern zu können, so irren Sie sich. Sie werden ebensowenig erreichen wie Major Foster. Es gibt nichts, was mich veranlassen könnte, die Papiere herauszugeben. Und wenn Sie die schändliche Absicht haben sollten, die Ehre des Toten wiederum aufs Spiel zu setzen, so werde ich dem zu begegnen wissen. Ich warne Sie . . .«

Sie holte tief Atem, und ihre flammenden Augen forschten beklommen in dem Gesicht des Mannes am Fenster. Was würde nun kommen?

Ramsay ließ sich Zeit. Er wischte mit der behandschuhten Linken an der angelaufenen Glasscheibe herum, und dem jungen Mädchen drängte sich neuerlich das beängstigende Gefühl auf, daß dieser schweigsame Mann ein weit gefährlicherer Gegner sei, als Foster, der ohne Umschweife und mit rücksichtsloser Offenheit auf sein Ziel losgegangen war.

»Die Papiere – ja . . .«, begann er endlich, aber die Art, wie er jedes Wort bedachtsam abwog, bedeutete für Maud eine förmliche Folter. »Darüber müssen wir also nun irgendwie einig werden. Vielleicht gibt es doch Umstände, die Sie bewegen können, Ihren Entschluß zu ändern. Es könnte ja sein, daß . . .«

Maud hob gebieterisch die Hand. »Warten Sie«, sagte sie. »Bevor Sie mit Ihren Drohungen herausrücken, hören Sie mich an.

Damit wir nicht unnütz Zeit verlieren.« Ihre Stimme klang nun völlig sicher, hart und kalt. »Ich weiß nicht, ob Sie derjenige sind, der in dieser dunklen Angelegenheit die führende Rolle spielt, oder bloß ein Werkzeug, wie Foster es offenbar war. Aber das ist schließlich Nebensache. Sie können Ihrem Auftraggeber bestellen, was ich Ihnen nun sagen werde. Es ist mein unerschütterlicher Entschluß: was immer Sie auch vorhaben mögen, die Papiere bekommen Sie nicht in Ihre Hände. Ich habe meinem Oheim in seiner Sterbestunde das Versprechen gegeben, die Dokumente der ›Chinesischen Nelke‹ niemandem zu übergeben, und dieses Versprechen werde ich halten. Dagegen bin ich bereit« – sie wandte den Blick von Ramsay ab und sah starr geradeaus – »für ein etwa vorhandenes weiteres Schriftstück von der Art, wie ich Major Foster eins abgenommen habe, jeden Preis zu bezahlen. Onkel Herbert muß nicht bei Sinnen gewesen sein, wenn er sich wirklich auf so etwas eingelassen hat.«

Sie kämpfte gegen eine heftige Bewegung an, faßte sich aber sofort wieder. »Jeden Preis – haben Sie gehört?« fuhr sie mit der früheren Schärfe fort. »Sie sollten doch schon um Ihretwillen die Dinge nicht auf die Spitze treiben. Foster hat mir angedeutet, worauf die Papiere sich beziehen – und ich vermute daher, weshalb Sie und die Ihren daran ein so lebhaftes Interesse haben. Wenn für mich die einzige Veranlassung zum Schweigen entfällt, könnte Ihnen das verhängnisvoll werden. Auch deshalb, weil man dann wohl neuerlich und gründlicher als das erste Mal nachforschen würde, warum und von wessen Hand Foster ermordet wurde.«

Ihre halb geschlossenen Augen hefteten sich drohend auf das steinerne Gesicht des Mannes mit der chinesischen Nelke. »Haben Sie mich verstanden? Und wofür entscheiden Sie sich also?«

»Ich glaube Sie verstanden zu haben«, sagte Donald Ramsay. »Aber bevor ich mich entscheide, möchte ich Sie bitten, mir einige Fragen zu beantworten.«

»Fragen Sie.« Es klang wenig liebenswürdig und ungeduldig.

»Haben Sie die Papiere so sicher verwahrt, daß sie nicht auf die eine oder die andere Weise doch in fremde Hände kommen können?«

Er schien ihre Antwort mit großer Spannung zu erwarten, und um Mauds hübschen Mund zeigte sich ein verächtliches Lächeln.

»Sie meinen, ob man sie mir nicht stehlen kann? Nein, von dieser Möglichkeit haben Sie nichts zu erhoffen. Das sollten Sie übrigens schon wissen. Man hat unser Haus bereits wiederholt aufs gründlichste durchsucht, und ich nehme an, daß Sie davon erfahren haben . . .«

Sie stockte plötzlich und blickte etwas betroffen und ratlos drein. »Das verstehe ich nicht«, sagte sie dann völlig zusammenhanglos. »Warum haben Sie den Gärtner so behandelt? Wenn er mir gefolgt ist, so kann er das doch nur in Ihrem oder Ihrer Leute Auftrag getan haben . . .«

Ramsay hielt diese Episode für zu unwesentlich, um darauf einzugehen, und auch sonst enttäuschte er Maud. »Ihre Versicherung beruhigt mich«, erklärte er kurz und stellte sofort eine weitere Frage. »Seit Major Foster ist also niemand wegen der Dokumente mit Ihnen in Verbindung getreten?«

»Nein«, erklärte Maud mit steigender Ungeduld. Sie hatte sich den Verlauf dieser Unterredung ganz anders gedacht. Viel dramatischer, aber auch ergiebiger. Bisher war noch kein Wort gefallen, das sie über die Absichten des andern hätte klarer sehen lassen. Welchen Zweck verfolgte der Mann damit, daß er sie mit nebensächlichen Fragen hinhielt?

»Nein«, wiederholte sie. »Oder . . .« – in ihrem ernsten Gesicht erschien wieder das halb spöttische, halb verächtliche Lächeln – »warten Sie, vielleicht doch. Ich vermute, mein Anwalt hatte die Absicht, es zu tun. Gerade an dem Morgen, an dem die Anzeige erschienen war und Sie die Aufmerksamkeit hatten, mir die Blumen zu schicken. Ich habe ihm jedoch sehr entschieden abgewinkt, noch bevor er so recht zur Sache kommen konnte. Falls Sie mit dem Manne rechnen sollten, dürften Sie enttäuscht werden. Ich mag diesen Mr. Gardner nicht. Wenn ich ihm meine Verteidigung übertrug, so geschah es nur, weil mir auch der beste Anwalt nicht nützen und der schlechteste nicht mehr schaden konnte, als ich selbst es tun mußte. Ich wundere mich noch immer, daß ich so glimpflich davongekommen bin. Sie und Ihre Leute hatten wohl einen Ausgang erhofft, der mich für immer unschädlich machen würde. Denn wenn ich auch nicht weiß, warum man Major Foster aus dem Weg geräumt hat, so ist mir doch klar, daß man hierfür eine Gelegenheit wählte, die mich belasten mußte.«

Auch dieser ungeheuerliche Vorwurf vermochte den Mann am Fenster nicht aus seiner Ruhe zu bringen.

»Ich werde Ihnen also einen Vorschlag machen«, sagte er unbeirrt, und Maud horchte auf. »Er ist annehmbar, denn ich biete Ihnen eine sehr wertvolle Gegenleistung ...«

»Was verlangen Sie?« forschte Maud argwöhnisch.

»Nichts, worauf Sie nicht ohne weiteres eingehen könnten: ich bitte Sie bloß, mich über alle Geschehnisse, von denen Sie annehmen, daß sie irgendwie mit der ›Chinesischen Nelke‹ zusammenhängen, sofort zu unterrichten. Ich werde Ihnen eine Telefonnummer nennen, die Sie zu jeder Stunde anrufen können, wenn Sie eine Mitteilung für mich haben. Auch wenn ich nicht zu erreichen sein sollte, wird Ihre Botschaft zuverlässig bestellt werden. Und dann müssen Sie mir natürlich gestatten, mich jederzeit mit Ihnen in Verbindung zu setzen, falls sich dies notwendig erweisen sollte. Es mag dies für Sie zwar nicht gerade angenehm sein, aber an sich ist es gewiß nicht zuviel.«

»Und die Gegenleistung?« fragte Maud nach kurzem Bedenken.

»Die Gegenleistung – ja ...« Der Mann mit der chinesischen Nelke nahm den Hut ab, auf dem eine dünne wäßrige Schneeschicht lag, und schob den Kopf in den Wagen. Zum ersten Male hatte Maud das energische Gesicht so nahe vor sich, daß sie deutlich jeden Zug zu unterscheiden vermochte, und sie mußte zugeben, daß es sehr vornehm wirkte. Aber dann begegnete sie den scharfen grauen Augen und fühlte sich plötzlich so befangen, daß sie ihnen auswich.

»Also die Gegenleistung besteht in einer Zusage, Miss Hogarth«, sagte Donald Ramsay nachdrücklich. »In der Zusage, daß das, was Sie befürchten, nie eintreten wird. Das heißt mit anderen Worten, daß Sie all der Sorgen und Rücksichten, die Ihnen bisher so viel zu schaffen machten, mit einem Schlag ledig sein werden. Das läßt sich doch gewiß hören.«

Maud war zu überrascht, um sofort eine Antwort zu finden.

Diese Wendung der Dinge, die der Unbekannte ihr mit solcher Bestimmtheit in Aussicht stellte, war ihr unfaßbar. »Wieso können Sie das versprechen?« brachte sie endlich stockend hervor, und in ihren geweiteten Augen spiegelten sich Hoffnung und Ungläubigkeit.

Aber wiederum mußte sie sich mit einer halben Antwort begnügen.

»Ich glaube, ich könnte Ihnen sogar noch mehr versprechen. Das wäre jedoch zuviel des Guten auf einmal. Bleibt es also bei unserem Pakt?«

Maud Hogarth zögerte unschlüssig. Die Unterredung hatte ihr nicht nur keine Klarheit, sondern neue Rätsel gebracht, mit denen sie nicht fertig werden konnte. Aber was man ihr eben versprochen hatte, war wohl eines Wagnisses wert. Und dabei verlangte man eigentlich gar nichts Besonderes von ihr . . .

»Die Nummer, bitte«, sagte sie, ohne den Blick zu heben.

»Drehen Sie einfach ›Central‹ und fünf Einser«, hörte sie dicht neben sich. »Und der Name ist Donald Ramsay.«

Dann blieb es still, und als sie aufsah, stand der Mann mit der chinesischen Nelke bereits wieder aufgerichtet neben dem Wagen. Er lüftete sehr förmlich den Hut, und Maud Hogarth verstand, daß die Unterhaltung beendet war.

Der kleine Zweisitzer war noch in Sicht, als sich Ramsay in einem plötzlichen Einfall an den Mann im Schatten wandte.

»Was ist mit dem Gärtner?«

»Vor etwa fünf Minuten hat er sich zusammengeklaubt und auf die Strümpfe gemacht«, erklärte Brook grinsend. »Ich bin ihm noch ein Stück nachgegangen und habe gesehen, daß er in eine Telefonzelle ging. Aber es war bereits zu weit, und ich . . .«

»Den Wagen!« befahl Ramsay, und die Hast seiner Worte deutete das Tempo an, in dem er die Ausführung des Auftrages erwartete. »Wir müssen den Zweisitzer unbedingt überholen. – Notting Hill – den Holland Park entlang . . .«

In der nächsten Seitenstraße heulte bereits ein arg mißhandelter Motor auf.

22

Der unternehmende Simonow saß seit einer geraumen Weile in dem geheimnisvollen Wartezimmer im Klub der Globetrotter und rauchte Zigaretten. Nicht um seine Nerven zu beruhigen, wie dies der noch zu wenig abgebrühte Mr. Gardner getan hatte, sondern weil er sich augenblicklich sehr zufrieden fühlte und die Zigaretten gut und umsonst waren.

Der Abend hatte ihm ganz unerwartet eine aufregende und kitzlige Arbeit gebracht, aber nun war sie getan, und er konnte ein wenig verschnaufen. Die Umgebung störte ihn gar nicht. Diesen gruseligen Hokuspokus war er bei seinem Geschäft schon längst gewöhnt, und auch der unsichtbare »Chef« verursachte ihm weder Bangen noch Neugierde. Solch einen Oberbonzen gab es bei all diesen Einrichtungen, und er hatte schon mit einigen zu tun gehabt. Vielleicht war es auch das eine oder das andere Mal der gleiche gewesen. Deshalb hatte es auch gar keinen Zweck, sich viel darum zu kümmern, wie der jeweilige Boß aussah; das einzige Wichtige war, daß er prompt und anständig bezahlte.

Und in dieser Beziehung konnte sich Simonow seit Jahr und Tag wirklich nicht beklagen. Seitdem er in jenem schwierigen Land in einer glücklichen Stunde an die ›Chinesische Nelke‹ geraten war, ließ es sich leben. Mit dem eigentlichen Geschäft hatte er zwar nichts zu tun, denn das Ausspionieren, und was damit zusammenhing, lag ihm nicht, aber rundherum gab es immer wieder einen Auftrag, der einen entschlossenen Mann erforderte, und dann konnte man sich auf ihn verlassen. Das hatte er wiederholt bewiesen, und auch mit seiner Arbeit an diesem Abend mußte man zufrieden sein. Er hatte diesen verdächtigen Windhund mit der Nelke sofort entdeckt und dem Chef Mitteilung gemacht; und dann hatte er so gehandelt, wie man es ihm befohlen hatte, falls der Mann versuchen sollte, sich an das gewisse Mädchen heranzumachen.

Nun war der Bursche wohl erledigt, und Simonow empfand darüber Genugtuung, weil ihm der Fremde keinen geringen Schreck eingejagt hatte. Er schien verdammt viel zu wissen, da er auf den schlitzäugigen Menschenschlächter Hsu-Tien-Yun verfallen war, und so gut unterrichtete Bekannte konnte man weniger denn je brauchen.

Als nach einer langen Zeit des Wartens endlich die Täfelung aufklappte, und Simonow mit fettiger Stimme sofort mit seinem Bericht begann, legte er, ohne deutlicher zu werden, auf diesen Punkt denn auch ganz besonderes Gewicht.

»Weiß der Teufel, welch einem gefährlichen Burschen wir da eben noch rechtzeitig den Mund gestopft haben«, sagte er sehr befriedigt. »Er wird ihn wohl kaum mehr aufmachen. Ich war dabei, wie sie ihn abgeholt haben«, fügte er hinzu, um jedem Zweifel an der Gründlichkeit seiner Arbeit von vornherein zu begegnen.

»Wohin?«

Simonow fand diese so hastig und dringlich klingende Frage aus dem Nebenraum höchst nebensächlich. »Wahrscheinlich in irgendein Hospital«, erwiderte er leichthin. »Oder gleich in die Leichenkammer. Er wird ja kaum noch für ein ordentliches Bett in Frage kommen.«

Der geheimnisvolle Herr nebenan schien heute seine gewohnte Beherrschung eingebüßt zu haben. Man vernahm deutlich, wie er mit lebhaften Schritten auf und ab ging, und einige Male gewahrte Simonow sogar seinen Schatten.

»Sie hätten sich darum kümmern sollen«, klang es plötzlich wieder scharf durch das dichte Drahtnetz. »Ich muß wissen, wohin man den Mann gebracht hat und wie es um ihn steht. Ganz zuverlässig. Noch heute nacht . . .« Die etwas blecherne Stimme machte eine kleine Pause und fuhr dann abgehackt und in nervöser Hast fort: »Auch alles andere über ihn. Es ist möglich, daß er zu dem Burschen aus der Hafenkneipe gehört und zu dem andern, der mich angefallen hat. Diese Gesellschaft muß endlich gründlich erledigt werden. Auch die Frau, die die Nelken gekauft hat, ist wichtig. Vielleicht führt sie uns auf eine Spur . . .«

»Das Frauenzimmer finde ich, und wenn ich eine ganze Woche Tag und Nacht auf den Beinen sein müßte«, fiel Simonow mit giftiger Lebhaftigkeit ein. Er war zu schwer gekränkt, daß er statt des erwarteten Lobes einen Tadel hatte hören müssen, aber die Erwähnung der Frau ließ ihn das gänzlich vergessen. Mit dieser Person hatte er eine Rechnung zu begleichen. So heimtückisch war ihm noch niemand gekommen, und der Schlag auf die Schläfe hatte ihn wahrhaftig wie einen Sack umklappen lassen. Er hatte davon nichts erzählt, denn er hätte sich ja in Grund und Boden schämen müssen; aber um so grimmiger kochte die verhaltene Wut in ihm, und er war wirklich gewillt, sein möglichstes zu tun, um diesen Satan von Weib ausfindig zu machen. »Weit von der Stelle, wo sie mir entschlüpft ist, werde ich sie wohl nicht zu suchen haben«, meinte er zuversichtlich, aber diesmal kam keine Erwiderung, sondern lediglich ein halblauter, ärgerlicher Ausruf, der wohl irgend etwas anderem gelten mochte.

Er galt dem Verband an der linken Hand, der den Chef offenbar drückte oder behinderte, denn er zerrte mit verbissenen Zähnen so heftig daran, daß sich auf der dünnen weißen Mullbinde plötzlich einige dunkle Flecke zeigten.

Erst nach einigen Minuten ließ sich die Stimme wieder vernehmen, und gleichzeitig sprang unterhalb des Drahtfensters eine kleine Holzplatte vor.

»Für Ihre heutigen Auslagen und Bemühungen«, sagte der Unsichtbare kurz. »Wenn die Sache wirklich gut abgelaufen ist, verdopple ich den Betrag. Sie haben also allen Grund, sich mit Ihren Nachrichten zu beeilen.«

Simonow stand bereits bei dem Gitterfenster, aber sein Interesse galt ausschließlich dem Päckchen Banknoten. Die oberste war vollkommen neu und trug eine Zehn als Aufdruck. »Wird geschehen«, versicherte er eifrig, indem er nach den Scheinen griff. »In längstens zwei Stunden . . .«

Er unterbrach sich und trat diskret etwas zur Seite, denn nebenan schrillte eine Telefonklingel, und im selben Augenblick wurde auch schon der Hörer abgehoben. Dann folgten einige leise, unverständliche Worte. Aber plötzlich scholl eine Reihe aufgeregter Fragen herüber, die Simonow aufhorchen ließen.

»Bleiben Sie an Ort und Stelle«, gebot jedoch der Chef bereits in den Apparat. »Sie werden von einem Wagen aufgenommen werden.« Die Metallgabel des Telefons klirrte, und die Stimme des Herrn meldete sich dicht neben dem Fenster. »Lassen Sie vorerst alles sein, es gibt eine dringendere Arbeit für Sie. Die Dame mit den Nelken ist eben unterwegs – vielleicht gelingt es Ihnen, sie bei der Heimkehr abzufassen. Was mit ihr zu geschehen hat, darüber werde ich den Chauffeur unterrichten. Und was Sie sonst wissen müssen, erfahren Sie von dem Mann, der an der Ecke von Stephens Square auf Sie wartet. Es muß selbstverständlich ohne jeden Lärm abgehen. Beeilen Sie sich . . .«

»Es wird keinen Lärm geben«, versicherte Simonow, indem er Hut und Mantel aufraffte und in den Aufzug sprang, um zum zweiten Male an diesem bewegten Abend zu zeigen, was er konnte und was er wert war.

23

Über Maud Hogarth war nach den letzten Stunden fieberhafter Erregung eine wohltuende Entspannung gekommen. Wenn sie das Überraschende auch nicht begriff, so klammerte sich doch ihr Hoffen daran. Sie fand keinen Grund, warum der Mann mit der chinesischen Nelke sie hätte täuschen sollen, da er doch von ihr nichts Besonderes verlangte, und sie fand an diesem Manne sogar einiges, was sie drängte, ihm zu vertrauen. Nur der Umstand, daß sie ihm in einem Netz von geheimnisvollen Umtrieben und Verbrechen begegnete, ließ sie noch argwöhnisch bleiben.

In ihrer Nachdenklichkeit fuhr sie ein sehr langsames Tempo, und sie mäßigte es noch mehr, als der Flockenbelag an der Schutzscheibe immer dichter wurde. Der eisige Wind hatte sich gelegt, und vom grauen Himmel fiel der Schnee träge herunter.

Erst als Maud Bayswater erreicht hatte, wurde sie für einen Augenblick aufgerüttelt. Von hinten kam eine schwere Maschine herangedonnert, aber bevor das Mädchen auf das scharfe Hupensignal noch den Kopf zu wenden vermochte, fegte bereits ein dunkles Etwas heulend vorüber, und in der nächsten Sekunde waren auch die Schlußlichter schon wieder verschwunden. Dieser eilige Wagen fuhr durch Bayswater zum Holland Park hinüber und hielt dann auf eine ausgedehnte Villenkolonie zu.

Donald Ramsay legte seine Hand leicht auf den Arm Brooks. »Dort drüben muß es irgendwo sein«, sagte er. »Sobald wir einem lebenden Wesen begegnen, erkundigen Sie sich.«

Das lebende Wesen war ein intelligenter Diener, der von einer Weihnachtsunterhaltung heimstapfte. Er wußte genau Bescheid und war sogar so zuvorkommend, ein kleines Stück neben dem Wagen herzugehen, um das betreffende Haus zu zeigen. Von dem Gebäude selbst war allerdings nichts zu sehen, aber die Umrisse der Gartenmauer hoben sich trotz der Dunkelheit und des Schneefalles deutlich vom sanften Hang ab.

Das Auto setzte sich wieder in Bewegung, schlug jedoch anscheinend eine falsche Richtung ein. Als es nach einigen Minuten auf einem holprigen Heckenweg hielt, lag die Gartenmauer noch einige hundert Schritte zur Seite.

Ramsay sprang aus dem Wagen. »Wenn es so ist, wie ich vermute, haben wir höchstens einen Vorsprung von einer Viertelstunde«, sagte er, indem er auch schon mit großen, eiligen Schritten ausgriff, und der phlegmatische Brook hielt sich in seinen Fußstapfen. Die Taschen seines Mantels standen etwas unförmig ab, und er machte sich unausgesetzt mit den Händen darin zu schaffen. Sein Begleiter wurde endlich darauf aufmerksam.

»Nicht zu hitzig!« mahnte er ernst und äußerte dann ganz den gleichen Wunsch, den der Chef dem eifrigen Simonow mit auf den Weg gegeben hatte: »Es darf keinen Lärm geben . . .«

Brook nickte verständnisvoll, und zur Beruhigung des andern fügte er noch hinzu: »So ein Gummischlauch ist ja keine Blechröhre.«

An der Parkmauer angelangt, konnte Ramsay rasch feststellen, was er vor allem wissen wollte. Beim Haupttor waren unter der leichten Schneedecke bloß die Radspuren eines großen Wagens wahrzunehmen, der Zweisitzer war also hier nicht durchgekommen. Die beiden Männer umkreisten daher die Mauer, und das Garagentor auf der Rückseite offenbarte ihnen den Weg, den Maud Hogarth genommen hatte und auf dem sie wohl auch zurückkehren würde.

Dieser schmale Fahrweg grenzte an freies Feld und war längs desselben von einer Hecke eingesäumt. In ihr gab es ungefähr alle zehn Schritte einen Durchlaß, und Ramsay benützte die nächste Lücke, um sich hinter diese Deckung zu schlagen. Die Unterredung mit Maud Hogarth hatte ihm die letzten Zweifel darüber genommen, daß er durch die ›Chinesische Nelke‹ auf jene Spuren geführt worden war, die er suchte, und er wollte nun im ersten Anlauf so viele Fäden in die Hand bekommen, als er erhaschen konnte. Deshalb interessierten ihn auch die Leute, die Mauds wegen vielleicht kommen würden . . .

Diese Leute kamen genau nach einer Viertelstunde, wie er es berechnet hatte. Es waren ihrer zwei, die vorsichtig längs der Mauer heranschlichen, und Brook hatte die beiden Schatten kaum bemerkt, als er sich auch schon zu Ramsay neigte.

»Simonow!« flüsterte er.

Der andere, ein großer, athletischer Mann in einem Ledermantel, machte plötzlich halt, während Simonow sich bis zum Garagentor wagte. Er war offenbar genau orientiert, denn er warf nur einen flüchtigen Blick auf den Boden vor der Ausfahrt und winkte dann sofort seinen Begleiter heran.

Nach einer kurzen Beratung entschieden sie sich für die einzige Möglichkeit, die es für ihr Vorhaben gab. Die Garage stieß etwa einen Meter über die Mauerlinie vor, und wenn die mit dürrem Gestrüpp bestandenen Winkel zu beiden Seiten auch bei Tage kein genügendes Versteck gebildet hätten, so boten sie bei der herrschenden Dunkelheit immerhin einige Deckung.

Der Zweisitzer kam fast geräuschlos angefahren, aber Maud Hogarth verriet weder Ängstlichkeit noch das leiseste Mißtrauen. Die bedenkliche Episode mit dem Gärtner schien sie vergessen zu haben, oder sie legte ihr keine Bedeutung bei.

Sie brachte zunächst den Wagen in die Richtung der Einfahrt, dann stieg sie aus, schloß die Tür auf und schob die beiden Flügel zur Seite . . .

Als sie sich wieder ans Lenkrad setzen wollte, geschah es . . .

Simonow tat einen gewaltigen Sprung, und als Maud herumfuhr, glitt ihr schon ein steifer Jutesack über Kopf und Schultern bis zu den vor Schreck gelähmten Händen. Und während der geschickte Simonow sie mit starken Armen festhielt, wand der andere blitzschnell einen breiten Gurt um die Hülle.

Es war eine so rasche, glatte und geräuschlose Arbeit gewesen, daß der begeisterte Simonow sie loben mußte, bevor sie noch ganz getan war. »Siehst du, mein Junge«, keuchte er, »so ...«

Was er weiter sagen wollte, verschlang ein dumpfer Schlag, der ihn mit dem Gesicht etwas heftig auf dem Trittbrett des Wagens landen ließ. Und noch in derselben Sekunde lag sein Genosse zwei Schritte neben ihm und hatte sich eine Radnabe als Kopfkissen ausgesucht.

»So ...«, sagte Brook mit sachlicher Ruhe und entwickelte ohne weiteren Zeitverlust in den Taschen der beiden erschütterten Gentlemen eine emsige Geschäftigkeit.

Maud Hogarth wußte nicht, was um sie vorging, aber sie fühlte plötzlich, wie die Arme, die sie umklammerten, von ihr ließen. Sie nützte diese Gelegenheit, um unter verzweifelten Hilferufen blindlings vorwärts zu stürzen. Es war ein aussichtsloses Beginnen, denn sie vermochte ja ihren Weg nicht einmal abzutasten, und ihre Schreie erstickten in der Hülle. Sie stolperte zufällig gerade auf die Mauer los. Aber schon nach den ersten Schritten spürte sie wieder den Griff einer Hand und bot den ganzen Widerstand auf, dessen sie fähig war.

»Halten Sie nur eine Minute still, Miss Hogarth, Sie werden das schreckliche Ding sofort los sein«, sagte jemand etwas ungeduldig, und die Stimme überraschte sie so, daß sie wirklich gehorchte. Im nächsten Augenblick wurde der Sack behutsam von ihrem Kopf gezogen. Aber Maud war am Ende ihrer Kräfte. Sie begann zu schwanken, und Donald Ramsay legte rasch seinen Arm um sie.

Die Schwäche ging bald vorüber, und als Maud die Augen wieder aufschlug, beschäftigten sie die anderen Dinge zu sehr, als daß sie daran gedacht hätte, sich von der fürsorglichen Stütze freizumachen. Sie lehnte an der Schulter des Mannes mit der chinesischen Nelke und starrte verständnislos auf das wüste Bild, das sich ihr bot. Und dann blickte sie mit einer stummen, bangen Frage zu dem unbewegten Gesicht auf.

Ramsay nickte ihr beruhigend zu und lächelte so belustigt, als ob es eben einen harmlosen Spaß gegeben hätte. »Sie sehen, nun sind die Rollen gründlich vertauscht«, sagte er, indem er auf die beiden reglosen Gestalten wies, mit denen Brook etwas unsanft umging. »Ich glaube, es wird den Burschen einige Tage sehr leid tun, Sie belästigt zu haben.«

Maud schauerte leicht zusammen, und Ramsay zog sie besorgt noch etwas fester an sich.

Auch das ließ sie ruhig geschehen.

»Warum das alles?« fragte sie endlich.

»Das war die Konkurrenz«, bekam sie zur Antwort. »Man wollte sich schleunigst Ihrer Person versichern, damit Sie die Papiere nicht etwa mir aushändigen.« Er änderte den leichten Ton und wurde ernst und eindringlich. »Sie müssen mir versprechen, von nun an ganz besonders auf der Hut zu sein, Miss Hogarth. Der Vorfall hat Ihnen ja gezeigt, daß diese Leute vor nichts zurückschrecken.«

Es klang ehrliche Sorge aus den Worten, und als Maud die Augen hob, begegnete sie einem Blick, der sie in mädchenhafter Verwirrung rasch wieder die Lider senken ließ. Und plötzlich fühlte sie auch den Arm, der sie noch immer stützte, und fast erschreckt wich sie zurück.

Aber Ramsay half ihr über die peinliche Verlegenheit hinweg. »So«, sagte er, indem er sich in den Wagen schwang, »und nun gehen wir schlafen. Sie haben einen anstrengenden Abend hinter sich und werden gewiß sehr müde sein.«

Er lenkte den Zweisitzer durch die Einfahrt, und Maud folgte ihm gehorsam. Zum zweiten Male wurde sie einfach verabschiedet, aber seltsamerweise fühlte sie sich durch seine bestimmte Art nicht verletzt.

Donald Ramsay lüftete wiederum sehr höflich den Hut, und diesmal hatte Maud Hogarth darauf ein leichtes Nicken. Als aber die Garagentür zugerollt war, klopfte es innen plötzlich, und Ramsay fuhr herum.

»Ja?« meldete er sich.

»Ich habe ganz vergessen, Ihnen zu danken«, sagte eine weiche, schüchterne Stimme. »Und – gute Nacht.«

»Gute Nacht, Miss Hogarth«, erwiderte der Mann mit der chinesischen Nelke und starrte dann mit dem Hut in der Hand so traumverloren auf die geschlossene Tür, daß sein Begleiter endlich ungeduldig wurde. Auch er hatte den Hut in der Hand, und in diesem Hut lagen allerlei Dinge.

»Das ist alles, was ich gefunden habe, Sir«, sagte er. »Vielleicht sehen Sie es sich ein bißchen näher an.«

24

Ramsay war mit einem Schlage wieder völlig bei der Sache und nahm die verschiedenen Kleinigkeiten, die Brook in seinen Hut gesammelt hatte und nun mit der Taschenlampe beleuchtete, gründlich in Augenschein. Es waren nicht viele, aber sie gaben einige recht interessante Aufschlüsse. So enthielt Simonows Brieftasche die einwandfreien Papiere eines russischen Kaufmannes namens Alexander Iwanitsch, und der andere Mann hatte einen ordnungsmäßigen Führerschein auf den Namen Lovell. Ramsay fischte einen zahnstocherdünnen Bleistift aus der Westentasche und notierte sich diese wissenswerten Dinge kurzerhand auf der Manschette. Dann holte er einen schmierigen und zerknitterten Zettel hervor, dessen Inhalt ihm wohl Kopfzerbrechen verursachte.

»Diesen Wisch hatte Simonow bei sich«, erklärte Brook. »Man könnte danach meinen, der Galgenvogel wolle sich rasch noch eine protzige Villa zulegen und die Zimmer in allen Farben ausmalen lassen, bevor er gehenkt wird. Er schleppte ja auch sündhaft viel Geld mit sich herum.«

Ramsay legte den Zettel zurück und griff nach einer Blechdose.

»Die Pillen«, flüsterte Brook.

»Nehmen Sie die Dose in Verwahrung. Sonst noch etwas?«

»Nur noch das Geld, Sir. Er hat volle fünfundsiebzig Pfund in der Brieftasche. Fünfundzwanzig in einem Innenfach und fünf ganz neue Zehnpfundnoten lose eingelegt.«

Ramsay hatte zwar für das Geld kein Interesse, aber er faßte doch nach der abgegriffenen Ledertasche. Es lagen wirklich einige steife, ungefaltete Zehnpfundnoten darin, und er breitete sie ganz mechanisch fächerförmig auseinander. Plötzlich fuhr er nach Brooks Hand, die das Licht hielt, und zog sie noch näher heran.

»Blut!« hauchte Brook. »Ganz frisches Blut. – Und noch dazu mit einem deutlichen ...«

Er hielt unter dem Blick, der ihm zuflog, jäh inne. Ramsay legte eben einen der Scheine mit besonderer Behutsamkeit in die eigene Brieftasche und ersetzte ihn durch einen andern.

»Ich mache Sie darauf aufmerksam«, sagte er kaum hörbar, »daß es Sie mindestens hundert Pfund kosten kann, wenn Sie zu irgendwem das aussprechen, was Sie eben sagen wollten. Und außerdem werden Sie zum Teufel gejagt.«

Es gab wiederum einen schallenden Klatsch, und diesmal hatte der gesetzte Mr. Brook sich selbst auf den Mund geschlagen.

25

Der Mann, der einige hundert Schritte weiter einen wohlverborgenen Wagen hütete, fror schrecklich und suchte sich durch wilde Bewegungen und noch wildere Flüche einigermaßen warm zu machen. Mit seinem blöden Eifer hatte er sich diesmal in einen gehörigen Dreck hineingeritten. Der Teufel mußte ihm eingegeben haben, der Miss zu folgen. Daß es mit der Gärtnerherrlichkeit nun zu Ende war, machte ihm nichts aus, aber diese verdammte Nacht mit bloßen, patschnassen Füßen würde er wahrscheinlich ein paar Wochen im ganzen Leib spüren. Schon jetzt hatte er ein so scheußliches Reibeisen von der Gurgel bis in die Brust hinunter stecken, daß er kaum mehr ordentlich zu atmen wagte; und dabei konnte er nicht einmal den Mund gehörig zumachen, weil ihm dieser besoffene Kerl den Unterkiefer aus den Scharnieren gebracht hatte.

Der Mann fuhr zusammen, riß die Augen auf und erstarrte ...

Auch das Gesicht, das sich jetzt umständlich in den Wagen schob, verriet ziemliche Verwunderung.

»Noch ein Mensch ...«, lallte eine schwankende Stimme. »Wahrhaftig, noch ein Mensch ...« Aber nachdem der joviale Gentleman das reglose Wunder eine Weile mit tiefgründiger Nachdenklichkeit angeblinzelt hatte, wurde er plötzlich noch betroffener. »Nein«, stieß er mit einem kühnen Anlauf hervor, »derselbe Mensch. Wieder derselbe Mensch. Überall derselbe Mensch. Der Mensch mit dem Rad zum Fahren . . . Jawohl . . .«

Er war aber wegen des Rades offenbar doch nicht ganz sicher, denn er beguckte sich das Fahrzeug sehr eingehend und klopfte es sogar außen und innen ab. Und dann hatte er mit einem Mal den Irrtum weg. »Das ist kein Rad zum Fahren, sondern ein Au-to-mo-bil«, sagte er befremdet.

Der Mann im Wagen machte sich auf seinem Sitz so dünn wie möglich und rührte sich noch immer nicht. Er wollte um nichts in der Welt die Erfahrung von vorhin wiederholen; und diesem gefährlichen Säufer einfach das Messer zwischen die Rippen rennen durfte er auch nicht.

»Vier Räder«, lallte die Stimme am Fenster triumphierend. »Ganz genau vier Räder.« Der Herr bekam von der Anstrengung ein heftiges Schlucken, das ihn schüttelte, und suchte daher rasch am Rahmen Halt. »Man muß nur immer seine Sinne beisammen haben«, predigte er eindringlich. »Keinen Alkohol, Alkohol ist Gift. Trinken Sie nie Alkohol, mein Freund. – Ich habe hier oben« – er beschrieb mit dem Arm einen Halbkreis – »zwei arme Gentlemen gesehen, die wahrscheinlich Alkohol getrunken haben. Jetzt liegen sie im Schnee. Im nassen Schnee . . . Pfui Teufel. – Und der eine hat den ganzen Kopf eingewickelt, und der andere den Mantelärmel über das Gesicht gezogen. – Komisch . . . Sie werden erfrieren und ersticken . . . Verflixter Alkohol.«

Diesmal war der Schlucker so gewaltig, daß es dem fanatischen Abstinenzler die Hände von der Stütze losriß. Er taumelte einige Schritte zurück, warf balancierend die Arme in die Luft und den Oberkörper nach vorn, drehte sich ein paarmal im Kreis und bekam dabei einen Schwung, der ihn offenbar unter den Wagen beförderte, denn in der nächsten Sekunde war nichts mehr von ihm zu sehen . . .

Den Mann im Auto verlangte es auch nicht danach. Es war ihm plötzlich noch jämmerlicher und unheimlicher zumute, denn er machte sich auf die Geschichte von den zwei armen Gentlemen seinen eigenen Reim . . .

26

Trotz der Aufregungen, die ihr das Weihnachtsdinner gebracht hatte, saß Mrs. Adelina Derham am nächsten Morgen zur gewohnten Stunde beim ersten Frühstück. Sie hatte sehr gut geschlafen, fühlte sich wohl und war gut bei Appetit. Tante Ady fand, daß der Abend riesig nett gewesen sei.

»Man hat wenigstens wieder einmal Leute gesehen«, äußerte sie befriedigt zu Maud, als diese endlich ziemlich verspätet erschien. »Hast du Mrs. Ryan bemerkt? Sie ist doch um einige Jahre jünger als ich und um einen halben Kopf kleiner, aber sicher zehn Pfund schwerer. Und da behauptest du immer, daß ich so schrecklich stark sei ...«

Tante Ady erwartete etwas bange eine Erwiderung, doch sie kam nicht. Maud lächelte nur vor sich hin, und dieses Lächeln war so eigenartig, daß es sogar Mrs. Derham auffiel. Überhaupt schien ihr das Kind heute so ganz anders als sonst. Die böse Falte zwischen den Brauen war wie weggewischt, und die großen dunklen Augen blickten gar nicht mehr kampflustig, sondern weich und verträumt. Tante Ady war dies sehr recht, und sie strich mit Behagen noch zwei Marmeladebrötchen.

Auch der Butler, der sich nach dem Frühstück einstellte, vermochte Maud nicht aus ihrer ungewöhnlichen Stimmung zu bringen, obwohl er über eine schwere Verfehlung eines Bediensteten zu berichten hatte. Der Gärtnergehilfe sei während der Nacht heimlich aus dem Haus gegangen und noch nicht zurückgekehrt. Ob man die Polizei verständigen sollte? Vielleicht sei dem Mann ein Unfall zugestoßen?

»Die Polizei? – Nein«, entschied Maud schnell, behandelte jedoch im übrigen die ärgerliche Sache recht gleichmütig. »Vielleicht kommt er noch. Natürlich entlassen Sie ihn sofort.«

Der Butler sah riesig feierlich aus, und die Art, wie er das silberne Tablett mit den drei blütenweißen schmalen Karten präsentierte, hatte etwas von der Förmlichkeit eines Staatsaktes.

Maud nahm verwundert eine der Karten auf – dann rasch auch die beiden andern – und schon begann es in ihrem Gesicht zu wetterleuchten.

»Sagen Sie den Herrschaften . . .«, setzte sie scharf an, aber in diesem Augenblick war auch Tante Ady mit der Flinkheit der Neugierde schon da und guckte ihr über die Schulter.

»Besuch!« stieß sie mit dem letzten Atem hervor, den ihr dieses aufregende Ereignis ließ. »Und lauter nette Leute . . . Sie werden uns eine Menge erzählen. Wir wissen ja gar nicht mehr, was in der Welt vorgeht. Du kannst sie doch nicht wegschicken, Maud!«

Um Mauds Mund zuckte es noch einige Male bedenklich, dann aber brach sie in ein so belustigtes Lachen aus, daß die von ängstlicher Erwartung gepeinigte Mrs. Derham endlich dazu kam, wieder Luft zu schöpfen.

»Also, in den großen Salon«, sagte Maud kurz.

Es waren wirklich sehr nette Leute, und sie überboten einander an Liebenswürdigkeit und Takt. Sie gedachten mit Ergriffenheit des lieben, unvergeßlichen Sir Herbert, versicherten, daß nur die Trauerzeit sie abgehalten habe, Mrs. Derham und Miss Hogarth lästig zu fallen – und dann taten sie alle einen geschickten Sprung über gewisse heikle Geschehnisse hinweg und deuteten an, daß sie nun eben wieder da seien. Aufrichtige, ergebene Freunde, die man hoffentlich nicht ganz vergessen habe . . .

Maud hörte kühl zu, und Tante Ady harrte begierig, bis endlich andere Themen an die Reihe kämen. Sie hatte kürzlich von dem Scheidungsprozeß einer Jugendfreundin gelesen, in dem so schreckliche Dinge zur Sprache gekommen sein sollten, daß die Zeitungen sie nur anzudeuten wagten; das war riesig interessant, und wenn sie den Namen geschickt einwarf, konnte sie nun wohl alles bis ins kleinste erfahren. Mrs. Derham wartete also mit dem Namen auf der Zunge auf eine günstige Gelegenheit . . .

Und dann überbrachte der Diener keine Karte, sondern öffnete mit großer Feierlichkeit gleich die Tür . . .

»Verzeihen Sie, daß ich mich nicht anmelden ließ«, lachte Lady Falconer vergnügt, während sie hereinwirbelte, »aber ich liebe es, meinen Bekannten hier und da solche kleine Überraschungen zu bereiten.« Damit war sie auch schon bei der völlig verblüfften Mrs. Derham, die ihre Kolossalfigur nicht so rasch aus dem tiefen Lehnsessel zu heben vermochte, und schüttelte ihr herzlich die Hand, und die versteinerte Maud bekam, bevor sie wußte, wie ihr geschah, einen richtigen Kuß auf die Wange. Dann wurden die netten Leute, die vor Ehrerbietung und Glückseligkeit zerflossen, mit einem huldvollen Nicken bedacht, und Lady Helen ließ sich geschmeidig in einen Sessel gleiten.

»So«, sagte sie, »und nun sollen Sie offen und ehrlich erfahren, weshalb ich gekommen bin. Ich weiß, ich habe mich sehr lange nicht blicken lassen, und das war recht garstig von mir. Aber ich bin leider ein etwas oberflächliches Geschöpf« – sie seufzte mit so allerliebster Zerknirschung, daß man ihr noch ganz andere Dinge vergeben haben würde – »und es ist mir eigentlich erst gestern abend so recht zum Bewußtsein gekommen. Das klingt nicht schön, aber es ist nun einmal so, und wenn Sie mir deshalb böse sind, so habe ich es verdient.«

Nachdem dieses reuige Bekenntnis heraus war, begann die lebhafte Lady von etwas anderem zu sprechen. »Sie haben gestern alles, was da war, in den Schatten gestellt, liebes Kind«, erklärte sie, indem sie Maud mit ehrlicher Bewunderung anstrahlte. »Ich bringe es übers Herz, Ihnen das zu sagen, denn mein Jahrgang kann ja bei einem solchen Wettbewerb nicht mehr mit. Wenn eine Schönheitskönigin gewählt worden wäre, so hätte es nur eine Stimme gegeben.«

Lady Falconer äußerte dies mit wirklicher Überzeugung, und die netten Leute stimmten in überschwenglicher Begeisterung zu. Maud aber saß mit kühlem, abweisendem Gesicht da und wußte nicht, was sie von dem überraschenden Besuch halten sollte. Jedenfalls brachte sie es nicht über sich, auf den so außerordentlich freundschaftlichen Ton einzugehen.

»Ich freue mich, daß diese besondere Ehre an mir vorübergegangen ist«, sagte sie wenig liebenswürdig, aber die Lady Helen überhörte die Schärfe und lachte unbefangen.

»Natürlich, was man hat, weiß man ja nie zu schätzen. Ich kannte in Ihren Jahren keinen größeren Ehrgeiz, als den Leuten zu gefallen, aber leider ist es mir nie so recht gelungen. Und heute bin ich schon viel bescheidener geworden. Ich kann mich sogar an der Schönheit anderer neidlos erfreuen und möchte nur ein bißchen daran teilhaben. Ja«, fuhr sie mit verblüffender Offenheit fort, »deshalb bin ich eigentlich gekommen. Nun, da Sie Ihre Zurückgezogenheit aufgegeben haben, möchte ich Sie gern öfters bei mir sehen. Sie dürfen nicht ›Nein‹ sagen. Ich bin nicht so boshaft, wie man mir nachsagt, und will dafür sorgen, daß Sie sich bei mir recht wohl fühlen. Machen Sie also wenigstens einmal den Versuch. Sagen wir: nächste Woche. Den Tag überlasse ich Ihnen . . .«

Sie unterstützte ihre dringende Bitte durch ein so zwingendes Lächeln, daß Maud die schroffe Ablehnung, die ihr der Widerwille gegen diese Frau eingab, nicht über die Lippen brachte.

»Ich weiß wirklich nicht . . .«, erwiderte sie ausweichend. »Vielleicht darf ich Sie noch verständigen?«

»Gut«, sagte Lady Falconer zufrieden, »ich erwarte also Ihren Bescheid. Selbstverständlich wird getanzt, und Sie werden die nettesten Partner vorfinden, die ich auftreiben kann.« Sie begann plötzlich zu blinzeln und drohte Maud schalkhaft mit dem Finger. »Aber verdrehen Sie den Ärmsten nicht zu sehr die Köpfe, Liebste. Ich habe gestern einen Herrn beobachtet, auf den Sie einen derartigen Eindruck machten, daß er alles andere um sich vergaß. Er saß Ihnen gegenüber und führte die umständlichsten Manöver aus, um Ihre Aufmerksamkeit auf sich zu lenken. Soviel ich sehen konnte, ist es ihm aber nicht gelungen –«

So harmlos Lady Falconer die Episode vorbrachte, Maud wurde dadurch in die größte Bestürzung versetzt. War das wirklich alles, was die für solche Dinge empfängliche Frau bemerkt hatte, oder war ihren scharfen Augen auch das andere nicht entgangen? Wollte sie nun etwa auf den Busch klopfen?

Maud war gesonnen, über dieses verfängliche Thema einfach hinwegzugehen, aber dann fielen ihr blitzschnell verschiedene Möglichkeiten ein, die sich ergeben konnten, und sie entschloß sich anders. »Sie meinen wohl den Herrn mit der Nelke?« fragte sie gleichmütig und brachte sogar ein kleines Lächeln zustande. »Es war ein Bekannter.«

»Oh, ein Bekannter!« Lady Helen schien zu fühlen, daß ihre Anspielung nicht so recht am Platz war, und lenkte sprunghaft ab. »Ich beneide Sie, liebes Kind, daß Sie nach diesem immerhin recht anstrengenden Abend so frisch aussehen können«, sagte sie. »Ich habe heute morgen eine ziemliche Weile gebraucht, um die Spuren dieses wüsten Gelages einigermaßen zu tilgen. Dabei bin ich kaum eine halbe Stunde nach Ihnen aufgebrochen, aber die Luft in solchen Räumen bekommt mir nun einmal nicht. Und während Sie wahrscheinlich sofort in einen gesunden Schlaf fielen, habe ich noch einige Stunden gelesen. Die Ärzte haben mir diese Unart, wie sie es nennen, zwar untersagt, aber solange sie mir kein wirksames Schlafmittel verordnen, weiß ich mir die Nächte nicht anders zu vertreiben.«

Sie schnellte mit einer Beweglichkeit auf, die ihre Klage recht übertrieben erscheinen ließ, und auch ihre Haltung verriet nichts von irgendwelcher Müdigkeit. Sie trug ein Kostüm mit kostbarem Pelzbesatz, das sie ausgezeichnet kleidete, an einer Hand aber hatte sie einen kleinen Muff, der für die netten Leute eine ähnlich überwältigende Offenbarung bedeutete, wie in der verflossenen Nacht die Möwe an der Abendrobe.

Und da die netten Leute mittlerweile der begierigen Mrs. Derham die aufregende Scheidungsgeschichte ihrer Jugendfreundin wirklich bis in die intimste Einzelheit anvertraut und so viel erlebt und gesehen hatten, daß sie damit die ganze Wintersaison in großen Ehren bestehen konnten, beeilten sie sich, bescheiden zu verschwinden, als die Lady Miene machte, sich gleichfalls zu verabschieden. »Also, meine Teuerste«, sagte Lady Falconer, »ich rechne ganz bestimmt mit einer Zusage. Das Weitere . . .«

Eine Bewegung und schwere Schritte in ihrem Rücken ließen sie den Kopf wenden, und dann saß sie plötzlich wieder, und um ihren Mund spielte ein herausforderndes Lächeln.

27

Wenn Admiral Sheridan sich etwas in den Kopf gesetzt hatte, dann führte er es auch aus.

Er erschien tatsächlich in großer Gala, und auch sonst war Sir John die Feierlichkeit selbst. Lady Falconer stellte fest, daß er den Damen des Hauses gegenüber eine fast übertriebene Ehrerbietung und Ritterlichkeit an den Tag legte, sie selbst aber tat er mit einem kurzen, steifen Kopfnicken ab, und sie war gezwungen, rasch für eine anderweitige Beschäftigung ihrer bereits halb ausgestreckten Hand zu sorgen.

Sheridan war endlich mit der Begrüßung fertig und betrachtete mißtrauisch den zierlichen Sessel, den man ihm anbot.

Lady Helen beobachtete ihn belustigt und wippte prüfend auf ihrem Sitz. »Wenn Sie das Möbel nicht allzu unsanft behandeln, wird es Sie wohl tragen, Sir John«, neckte sie ihn. »Im übrigen – was haben Sie denn wieder einmal gegen mich? Sie haben mich gestern abend völlig übersehen, obwohl ich in der heftigsten Weise mit ihnen liebäugelte, und auch heute finde ich keine Gnade vor Ihren Augen. Dabei war ich bereits im Begriff zu gehen und bin nur noch geblieben, um Ihnen eine kleine Freude zu bereiten.«

Sir John wandte sich ihr mit einem wuchtigen Ruck zu und blinzelte mit schiefem Kopf auf sie hinunter. Dann verzog sich sein viereckiges gesundes Gesicht zu einem starren Nußknackerlächeln. »Wahrhaftig – Lady Falconer . . .«, äußerte er verwundert. »Verzeihen Sie, aber auf diese Möglichkeit wäre ich selbst im Traum nie verfallen. Ich habe Sie für irgendeine andere Dame gehalten. Aber es ist mir natürlich eine große Freude, Sie hier zu sehen – eine sehr große Freude«, versicherte er nochmals und grinste dabei. »Ja, und wegen gestern«, fuhr er fort, »muß ich auch um Entschuldigung bitten. Ich habe Sie schon bemerkt, aber der Sturmvogel, den Sie an Ihrem . . ., an Ihrer . . . na, eben vorne mitschleppten, hat mir angst und bange gemacht.«

»Es war eine Silbermöwe«, erklärte Lady Helen heiter, doch Sheridan tat diese Bemerkung mit einer Handbewegung ab.

»Diese Vögel sind alle gleich. Wenn sich so etwas auf einen Flaggenmast, einen Kamin oder die Reling setzt, sieht es darunter nach ein paar Minuten schrecklich aus. Und ich habe gestern immer nur darauf gewartet . . .«

»Aber – Sir John . . .«, mahnte Lady Falconer mit komischem Entsetzen, worauf der Admiral betroffen den Mund zuklappte. Und um seine kleine Entgleisung schleunigst vergessen zu machen, begann er von seinem armen Freunde Bexter zu sprechen.

»Es tut mir herzlich leid«, sagte er – und es stand auch in seinem Gesicht geschrieben – »daß ich die letzte Gelegenheit, noch einige Worte mit ihm wechseln zu können, versäumt habe. Er hat mich nämlich noch an seinem Todestag angerufen, ich war aber nicht da.«

Maud horchte überrascht auf. »Es ist kurz nach acht Uhr morgens geschehen . . .«, wandte sie zweifelnd ein.

Sheridan nickte. »Er hat das erste Mal sogar schon um sechs Uhr morgens angerufen, dann um sieben und schließlich noch einmal einige Minuten vor acht. Ich bin unlängst zufällig darauf gekommen, als ich mir das Telefonjournal wegen einer anderen Sache vorlegen ließ. Alle Anrufe und Gespräche werden nämlich bei mir aufgezeichnet.«

Er bemerkte das lebhafte Interesse Mauds und fühlte sich verpflichtet, noch etwas mehr darüber zu sagen. »Das war also so: Ich hatte am Abend vorher eine Meldung erhalten, die mich veranlaßte, noch in der Nacht mit einem schnellen Kreuzer auszulaufen. Meine eilige Dienstreise sollte aber nicht an die große Glocke kommen, und deshalb antworteten die untergeordneten Organe, die sich das erste und das zweite Mal meldeten, einfach, ich sei nicht anwesend. Erst beim dritten Anruf war ein Offizier meines Stabes am Apparat, der natürlich Sir Herbert kannte und ihn aufklärte. Er sagte ihm auch, daß meine Abwesenheit wahrscheinlich mehrere Wochen dauern würde . . .«

Es trat eine kleine Pause ein, die niemand unterbrechen wollte.

»Wir haben den Hörer abgehängt gefunden . . .«, sagte endlich Maud leise, und es klang so, als ob ihr dieser Umstand bereits viel Kopfzerbrechen verursacht hätte.

Auch den Admiral hatte die Auffrischung dieser Erinnerung nachdenklich gestimmt. »Weiß der . . .«, platzte er plötzlich heraus, erwischte aber das verfängliche Wort doch noch im letzten Augenblick und würgte es mit hochrotem Kopf hinunter. Dann begann er von neuem. »Jawohl. Ich werde den Gedanken nicht los, daß es dabei um eine wichtige Sache ging, denn ohne Grund hätte mich mein Freund Bexter gewiß nicht zu so ungewöhnlicher Stunde und mit solcher Ungeduld zu sprechen verlangt. Aber was er mir sagen wollte, wird nun wohl für immer ein Geheimnis bleiben . . .«

Das Gespräch hatte damit eine Wendung genommen, die selbst auf Lady Falconer nicht ohne Eindruck blieb. Die sonst so lebhafte und ewig spöttelnde Frau verhielt sich schweigsam und ernst, und sogar ihr Aufbruch, zu dem sie sich wenige Minuten später doch entschloß, ging nicht so laut vor sich wie sonst.

Dann empfahl sich auch Admiral Sheridan, und während Tante Ady die anregenden Ergebnisse der letzten Stunde mit großem Behagen verarbeitete, kehrten die Gedanken ihrer Nichte wieder zu den Abenteuern der verflossenen Nacht zurück, von denen sie nicht loskommen konnte. Und wenn sie sich nebenbei auch die Dinge, die dieser Vormittag gebracht hatte, durch den Kopf gehen ließ, so erwog sie, ob es nicht doch irgend etwas gegeben habe, das sie verpflichtete, die Verbindung mit den fünf Einsern bereits aufzunehmen . . .

Sie fand dieses Etwas zwar nicht, drehte aber eine Viertelstunde später hinter verschlossener Tür dennoch die Scheibe des Telefons.

Die Verbindung erfolgte so rasch und glatt, wie man es ihr verheißen hatte, und sogar viel zu schnell für ihre Befangenheit, die sie nur stockende Worte finden ließ, als die bekannte Männerstimme sich meldete. Aber Maud brauchte sich um eine Erklärung nicht zu bemühen.

»Ich habe Ihren Anruf erwartet«, vernahm sie zu ihrer größten Überraschung, und was weiter kam, ließ sie noch betroffener werden. »Es ist heute bei Ihnen sehr lebhaft zugegangen. Admiral Sheridan verließ vor zweiundzwanzig Minuten Ihr Haus, und Lady Falconer genau acht Minuten früher. Sie werden mir also eine Menge interessanter Dinge mitzuteilen haben.«

»Oh, es war gar nichts Besonderes los«, versicherte Maud hastig, um dieser übertriebenen Erwartung zu begegnen, erzielte jedoch damit keinen Eindruck.

»Das wird sich ja zeigen. Sie müssen mir nur recht eingehend berichten. Natürlich läßt sich das telefonisch nicht machen, aber vielleicht ist es möglich, daß wir uns im Lauf des Nachmittags irgendwo treffen?«

Maud fand den Vorschlag ungewöhnlich und zwecklos. Aber gleichzeitig suchte sie nach Gründen, die sie bestimmen könnten, darauf einzugehen. »Vielleicht werde ich ausfahren«, sagte sie endlich leichthin und unverbindlich.

»Sehr gut«, kam es zurück. »Also dann fahren Sie um drei Uhr über Hammersmith gegen Richmond. Ich werde Sie irgendwo unterwegs erwarten oder einholen.«

Bevor sie noch eine Erwiderung hervorbringen konnte, war die Verbindung bereits unterbrochen, und Maud Hogarth sagte sich mit einer gewissen Erleichterung, daß sie nun die Verabredung wohl oder übel einhalten müsse.

28

Oberst Wilkins war trotz seiner Schwäche gegenüber der launenhaften Lady Falconer ein Mann von hervorragenden Eigenschaften. Er besaß unerschütterliche Ruhe und rasche Entschlußfähigkeit und entwickelte im rechten Augenblick eiserne Tatkraft.

Gestern hatte er einen sehr schlechten Abend gehabt, aber heute war er wieder völlig Herr seiner Nerven und vermochte sich in kühler Überlegung mit den wichtigen Dingen zu beschäftigen, die nun irgendwie ins Rollen zu kommen schienen.

Seine Entschlüsse wollten so genau erwogen werden, daß sie ihn mehrere Stunden in Anspruch nahmen; aber als sie endlich feststanden, ging er daran, sie auch sofort auszuführen.

Admiral Sheridan war von seiner prunkvollen Ausfahrt kaum zurückgekehrt, als ihm Oberst Wilkins gemeldet wurde. Sir John machte sehr erstaunte und nicht besonders freundliche Augen und konnte es sich trotz seiner lebhaften Neugier nicht versagen, den Besuch zunächst mit einer kleinen Bosheit zu begrüßen.

»Ich war heute in Notting Hill«, sagte er lachend. »Aber Lady Falconer hatte es noch eiliger und war schon dort, als ich kam.«

Wilkins nahm diese Bemerkung mit einem kühlen Neigen des Kopfes auf und war so dienstlich, daß auch Sir John plötzlich sehr kurz angebunden wurde.

»Nehmen Sie also Platz, und schießen Sie los.«

Es klang erwartungsvoll und ziemlich ungeduldig, aber es hätte dessen nicht bedurft, um den Oberst zu klarer und knapper Sachlichkeit zu veranlassen.

»Ich habe Ihnen bereits vor zwei Tagen gewisse Andeutungen gemacht, Sir«, begann er in seiner leisen, etwas schleppenden und näselnden Art, »bin jedoch damals nicht näher auf die Sache eingegangen, weil ich erst noch das Ergebnis verschiedener Nachforschungen abwarten wollte. Nun aber fürchte ich, daß wirklich etwas an der Geschichte dran ist, und fühle mich daher verpflichtet, Eurer Exzellenz davon ganz offiziell Meldung zu erstatten.«

Er ließ eine Pause eintreten und heftete die dunklen Augen auf den Admiral, der mit den Fingern auf der Tischplatte aufgeregte Wirbel schlug.

»Donnerwetter!« löste sich endlich Sheridans Spannung. »Ja, ich erinnere mich . . .« Er stieß den grauen Kopf vor und war ganz dienstliches Interesse. »Worum soll es gehen? Und woher weht dieser dreckige Wind?«

Wilkins sah auf seine schmalen gepflegten Hände und zog langsam die Schultern hoch. »Soweit sind wir leider noch nicht, Sir. Irgend jemand, der sich in Dunkel hüllt, hat unsern Nachrichtendienst – wahrscheinlich nicht aus den lautersten Beweggründen – auf eine Persönlichkeit aufmerksam gemacht und dabei durchblicken lassen, daß diese sich mit gewissen Dingen befasse. Eigentlich hat der Angeber von zwei Personen gesprochen: von einem kahlköpfigen Mann, der nächtlicherweile bald in diesem, bald in jenem Vorort auftauche, und einem andern, der ihn dort mit einem Wagen abhole. Nun ist das ja an und für sich gewiß kein sonderliches Verdachtsmoment, aber die Behauptungen des Unbekannten lauteten zu bestimmt, als daß ich sie hätte unbeachtet lassen dürfen. Ich habe daher meinen Apparat in Bewegung gesetzt, um zunächst einmal die Spur des Kahlköpfigen aufzunehmen, wofür man mir einige Fingerzeige gegeben hatte . . .«

»Haben Sie ihn erwischt?« fragte Sheridan.

»Meine Leute haben ihn gesehen«, erklärte Wilkins gelassen. »Und als sie ihm folgten, konnten sie beobachten, daß er tatsächlich einen Wagen erwartete und mit diesem davonfuhr.«

»So . . .« Sir John schob die Unterlippe vor, und seine Enttäuschung war so offenkundig, daß der Oberst sich zu einem zustimmenden Lächeln veranlaßt sah.

»Ich gebe zu, das ist nicht viel«, sagte er. »Aber glücklicherweise war es nicht alles. Das hier –«, er griff in die Brusttasche und legte ein kleines, in Papier eingeschlagenes Päckchen vor den Admiral, – »wurde an der Stelle gefunden, an der er eingestiegen war.«

Sheridan war so gespannt, daß er mit der Hülle wenig Umstände machte. Als ein mehrfach gefaltetes Leinwandblatt zum Vorschein kam, stutzte er betroffen – und dann donnerte seine schwere Hand mit gewaltiger Wucht auf den Schreibtisch. »Bei allen Teufeln – eine Hafenkarte . . .«, stieß er aufgeregt hervor, indem er das aufgeschlagene Blatt hastig studierte. »Zwar eine veraltete, die nicht mehr viel Unheil anrichten kann«, stellte er nach kurzer Prüfung etwas beruhigter fest, »aber immerhin . . .« Er zögerte sekundenlang, dann neigte er sich plötzlich mit geheimnisvoller Wichtigkeit zu Wilkins. »Sie müssen nämlich wissen . . .«

Aber damit hatte Sir John auch schon den Faden verloren. Er hielt mitten im Satz inne und rieb sich heftig das Kinn. »Verdammte Geschichte . . .«, murmelte er zerstreut und trommelte dann zur Abwechslung wieder einige Wirbel, bis ihn der etwas befremdete Blick seines Besuchers endlich auf die wichtige Sache zurückbrachte.

»Ja, also – was wäre da zu tun?« fragte er ratlos.

»Das wollte ich eben mit Exzellenz besprechen. Vor allem handelt es sich darum, ob nicht vielleicht auch die Admiralität Maßnahmen zur Überwachung der betreffenden Person treffen will. Die Karte deutet ja in eine gewisse Richtung.«

»Ich?« Sheridan machte sehr große und hilflose Augen. »Wie stellen Sie sich das vor, Oberst? Soll ich eine Zerstörerflotte hinter ihm her fahren lassen oder ihm ein paar meiner Blaujacken auf den Hals hetzen, damit sie ihn im nächsten Tümpel ersäufen? Mir steht doch nicht eine solche Meute von gerissenen Spürhunden zur Verfügung wie Ihnen . . .«

Der Admiral kraulte sich verzweifelt den Kopf, aber Wilkins kam ihm zu Hilfe.

»Wenn also Exzellenz einverstanden sind«, sagte er, »werde ich den Mann im Auge behalten und über unsere Beobachtungen laufend Meldung erstatten. Jedenfalls kann der Bursche nun nicht mehr allzu gefährlich werden.«

Sir John fand den Vorschlag so großartig, daß er sich schallend auf den Schenkel klatschte. Und da diese arge Sorge von ihm genommen war, wurde er wieder neugierig. »Wissen Sie bereits etwas Näheres über den Vogel?«

»Leider nicht allzuviel«, erklärte der Oberst. »Es ist uns nur bekannt, daß er irgendwo in Canonbury einen Unterschlupf hat, aber sein eigentlicher Bau dürfte wohl in einer anderen Gegend zu suchen sein. Und über seine Persönlichkeit ergeben auch die Beschreibungen meiner Leute nur ein sehr ungenaues Bild. Ich hatte ihnen größte Vorsicht eingeschärft, und sie sind ihm daher nicht allzu nahe auf den Leib gerückt. Er soll mittelgroß sein und einen langen weiten Mantel und eine Schirmmütze tragen – das sind so ziemlich die einzigen Anhaltspunkte. Ja, und dann, wie schon bemerkt, noch eine ansehnliche Glatze, die einer meiner Agenten gesehen hat, als der Mann einen Augenblick die Kappe lüftete. Natürlich hätte ich mich mit diesen spärlichen Merkmalen, mit denen wenig anzufangen ist, nicht zufrieden gegeben, aber glücklicherweise haben wir an dem unbekannten Gewährsmann einen sehr eifrigen Verbündeten, dem offenbar daran gelegen ist, den andern in ernste Schwierigkeiten zu bringen. Er hat uns nämlich nicht nur auf dessen Spur gebracht, sondern auch über Tag und Stunde der letzten Zusammenkunft unterrichtet. Und ich glaube, er wird auch weiterhin dafür sorgen, daß wir dem Kahlkopf auf den Fersen bleiben. Bei der nächsten Gelegenheit aber werde ich versuchen, ihn selbst zu sehen.«

Admiral Sheridan verabschiedete Wilkins weit freundlicher, als er ihn empfangen hatte; als der Oberst bereits an der Tür war, fiel jedoch Sir John plötzlich noch etwas ein.

»Mir will die schreckliche Sache mit Bexters Nichte seit gestern abend wieder einmal nicht aus dem Kopf«, sagte er. »Was kann sie mit diesem Major Foster gehabt haben? Warum ist sie in seine Wohnung gegangen? Sie sieht doch nicht danach aus. Und was hat es dort gegeben? Warum war aus ihr nicht ein Wort darüber herauszubringen? Hat Ihnen Foster nicht vielleicht einmal eine Andeutung gemacht? Sie waren ja mit ihm befreundet und wollten ihn auch gerade an dem Abend abholen, soviel ich mich erinnere . . .«

Es war etwas viel, was der Admiral alles wissen wollte, aber Wilkins hielt sich nur an das, was er beantworten konnte.

»Ich war mit dem Major nicht befreundet«, erklärte er höflich, »sondern wir standen zueinander bloß in regeren dienstlichen Beziehungen, weil unsere Ressorts sich in vielen Fällen berührten. An jenem Abend aber wollten wir gemeinsam einen wissenschaftlichen Vortrag besuchen, und da Fosters Wohnung auf dem Weg lag, hatte ich mit ihm morgens verabredet, ich würde ihn abholen. Über private Angelegenheiten äußerte er sich nie.«

Sir Johns lebhafte Wißbegierde wurde also nicht befriedigt, und er blieb in einer tiefen Nachdenklichkeit zurück, die ihn allerlei seltsame Grimassen schneiden ließ. Plötzlich aber holte er sich mit einem raschen Griff das Tischtelefon heran und setzte mit einem Kraftaufwand, der zur Handhabung des Steuerrades eines Vollmasters ausgereicht hätte, die Scheibe fünfmal in Bewegung.

29

Die eine Sache, die er für notwendig gehalten hatte, war für Oberst Wilkins getan, aber die zweite, die noch in Fluß gebracht werden mußte, war vielleicht noch dringender.

Trotzdem hielt Wilkins auf seiner Weiterfahrt nach Bayswater bei einer Telefonzelle an, um eine Nummer anzurufen. Als diese sich meldete, murmelte er hastig zwei Worte in den Apparat und mußte nun eine ziemliche Weile warten. Er nagte krampfhaft an der Unterlippe, und in seinem Gesicht spiegelten sich unerquickliche Gedanken.

»Ja, hier der gewisse Mann«, sagte er plötzlich aufgeschreckt und horchte dann gespannt auf das, was zurückkam. Es schien seine Laune zu bessern, denn er zog die Brauen hoch, und um seinen Mund zeigte sich ein dünnes Lächeln. »Hoxton – Ecke Hoxton Street und Witmer-Gardens – heute halb elf – jawohl«, wiederholte er mit hoher Stimme und legte auch schon wieder den Hörer auf. Er ließ ihn aber nicht aus der Hand, sondern warf eine weitere Münze ein und hob sofort wieder ab.

»Sind Sie es, Sergeant Anthony?« fragte er, als er die neue Verbindung erlangt hatte. »Gut, hören Sie zu: Sie erwarten mich heute abend um zehn Hoxton, Kingsland Road, unmittelbar am Regents-Canal. Nehmen Sie den Mann mit, der das letzte Mal mit Ihnen war. Ich will mir den Glatzköpfigen ansehen. Er soll wieder eine Verabredung haben. Falls Sie seiner ansichtig werden, bevor ich an Ort und Stelle bin, so folgen Sie ihm. Aber nicht zu weit, damit wir uns nicht verfehlen; und wieder mit aller Vorsicht. Denn wenn er Lunte riecht, taucht er vielleicht spurlos unter. Also noch einmal: Um zehn Kingsland Road, Regents-Canal. Das ist alles.«

Etwa zwanzig Minuten später fuhr Oberst Wilkins durch das wappengeschmückte schmiedeeiserne Tor des prunkvollen Villenbaues in Bayswater, mit dem Lady Helen dem stolzen Namen Falconer wieder ein würdiges Dach verschafft hatte.

Die Hausherrin empfing heute nicht, aber Wilkins genoß eine Ausnahmestellung und wurde sogar überraschend herzlich aufgenommen.

»Gut, daß Sie kommen«, sagte die interessante Frau, indem sie ihm die Hand entgegenstreckte. »Ich wollte zwar einmal allein bleiben, da ich schrecklich müde bin, aber das ist kein Rezept für mich. Ich glaube nun fest daran, daß man vor Langeweile sterben kann. Und dabei ist der Tag noch kaum zur Hälfte um.« Sie war in einen tiefen Lehnstuhl beim Kamin vergraben, und das matte Licht des flackernden Feuers zeigte in ihrem Gesicht Schatten und scharfe Linien, die sonst nicht vorhanden waren.

Oberst Wilkins behielt ihre Hand in der seinen, und da sie ihm nicht entzogen wurde, preßte er plötzlich mit leidenschaftlicher Innigkeit seine Lippen auf die schlanken kühlen Finger. Aber zuviel auf einmal wollte er nicht wagen.

»Ich weiß alles«, sagte er, indem er sich wieder aufrichtete. »Sie waren in Notting Hill. Ich komme eben von Sir John.«

Lady Falconer lachte belustigt auf. »Erzählen Sie mir nichts von diesem schrecklichen Gesellen. Ich habe ihn heute bereits zur Genüge genossen. Eine Weile macht es ja Spaß, ihm zuzuhören, aber auf die Dauer wird man bei seinen Entgleisungen doch zu nervös. Sprechen wir also von etwas anderem.«

»Wovon?« fragte Wilkins hastig, und sein Ton verriet, was er wünschte und hoffte. Und diesmal kam ihm die kühle Frau halb entgegen.

»Wovon Sie wollen«, sagte sie leise und blickte dabei mit verträumten Augen ins Feuer.

Der Oberst stürzte sich wortlos wieder über ihre Hand und barg sein heißes Gesicht darin. »Warum haben Sie mich so lange gequält, Helen?« flüsterte er. »Sie müssen doch längst wissen ...« Er legte seinen Arm um den geschmeidigen Frauenleib und versuchte, ihn an sich zu ziehen.

Lady Falconer fuhr in jähem Schreck zusammen und wehrte den stürmischen Mann mit erstaunlicher Kraft ab.

Aber ein weiterer Ausbruch der Entrüstung kam nicht. Sie deutete bloß mit einem schalkhaften Augenzwinkern auf einen lichtbraunen Knäuel, der sich in ihrem linken Arm regte, und legte warnend den Finger an die Lippen. »Psssst«, hauchte sie. »Achmed liebt es nicht, in seinen Träumen gestört zu werden. Er wird dann ungemütlich und zieht mir aus den Möbelstoffen und Gobelins Fäden heraus. Und wenn er auch die unartigen Dinge, die Sie sagen, nicht versteht«, fügte sie scherzend hinzu, »so sieht er doch ausgezeichnet und würde sich wer weiß was denken. Er ist an so komische Szenen nicht gewöhnt.«

Oberst Wilkins hatte ein etwas starres Lächeln um den zuckenden Mund und tupfte sich mit dem Taschentuch die Stirn. Er war wirklich erregt, denn in diesen Minuten ging es für ihn um sehr viel, wenn nicht um alles. Vielleicht durfte er mit dem, was er erreicht hatte, zufrieden sein, aber ganz war er seines Erfolges noch immer nicht sicher. Die seltsame Frau hatte ihm ja eben wieder einen Beweis davon gegeben, wie völlig unberechenbar sie war. Und es war fraglich, ob eine so günstige Gelegenheit so bald wiederkehre.

Lady Helen drückte die siamesische Katze, die einen Buckel machte und mit ihren blauen Porzellanaugen mißmutig um sich blinzelte, beruhigend wieder in den linken Arm und strich ihr mit der andern Hand liebkosend durch das Samtfell.

»Weil Sie ein so furchtbar betrübtes Gesicht machen«, sagte sie plötzlich, ohne den Blick zu heben, »dürfen Sie heute mit mir zu

Abend speisen. Kommen Sie gegen neun. Wir werden ganz unter uns sein. Auch der ungezogene Achmed wird uns nicht stören.«

Wilkins wurde durch diese rasche und verheißungsvolle Antwort auf die bange Frage, die ihn eben beschäftigt hatte, in die größte Verwirrung versetzt. »Heute?« stammelte er und suchte verzweifelt nach einem Ausweg, um diese Gelegenheit nicht aufgeben zu müssen. Aber die andere Sache konnte er auf keinen Fall rückgängig machen. »Ich bin trostlos, Helen«, versicherte er, »heute ist es mir jedoch unmöglich. Ich habe eine äußerst wichtige dienstliche Verabredung. Sonst . . .«

Lady Falconer sah ihn so erstaunt an, daß er mit einer verzweifelten Geste verstummte. »Eine dienstliche Verabredung – so . . .«, schmollte sie. »Das ist wenig nett von Ihnen. Einmal fühle ich mich vereinsamt, einmal habe ich das Bedürfnis, mich mit einem guten Freund auszusprechen, und Sie lassen mich im Stich. Ihr Dienst muß ja schrecklich sein, wenn er Sie sogar zu einer Zeit in Anspruch nimmt, da andere Leute ihr Tagewerk längst getan haben und gemütlich in ihren vier Wänden sitzen.«

»Er ist schrecklich, jawohl«, bestätigte der Oberst lebhaft. »Aber . . . wenn . . . Sie verstehen mich, Helen, ich würde Ihnen nie zumuten, darauf Rücksicht zu nehmen. Ich bin mit Leib und Seele Soldat, ich liebe meinen Beruf – aber es gibt etwas, was mir noch weit mehr ist. Und wenn ich das erreiche, will ich das andere leichten Herzens aufgeben . . .« Er faßte wieder nach der Frauenhand, die auf der Lehne des Sessels ruhte. »Also wann, Helen?« drängte er. »Ich sehne mich ja so sehr . . . Wann?«

Lady Falconer schwieg sehr, sehr lange und blickte sinnend in das Kaminfeuer. »Ich werde es mir überlegen«, sagte sie endlich, und in diesem Augenblick begann die altertümliche Bronzeuhr, die unter einem Glassturz auf dem Kaminsims stand, silberhell zu schlagen. Es war ein wundervoll ausgeführtes Kunstwerk mit niedlichen Zwerge, die die Stunden auf winzige Silberplatten hämmerten.

Als der fünfzehnte Schlag verklungen war, sah der Oberst kopfschüttelnd auf seine Taschenuhr. »Anscheinend eine Vierundzwanzigstunden Uhr«, sagte er. »Aber keinesfalls geht sie richtig. Wir haben erst einige Minuten vor halb drei.«

Lady Falconer lachte. »Nein, sie geht nur, wann sie will, und niemals richtig. Und mit dem Vierundzwanzigstundentag nehmen es meine fleißigen Zwerge auch nicht zu genau. Manchmal geraten sie in Eifer und klopfen auch bis dreißig und noch mehr. Aber Ihre Stunde hat jedenfalls geschlagen, Wilkins.«

30

Maud Hogarth war mit ihrem Zweisitzer pünktlich um drei Uhr von Notting Hill abgefahren und hatte bereits Richmond vor sich, ohne daß sie bisher von dem Mann mit der chinesischen Nelke auch nur die geringste Spur hätte entdecken können. Mittlerweile war der frühe Winterabend hereingebrochen, der die Beobachtung erschwerte, und sie begann zu überlegen, was sie tun sollte, wenn dieser Donald Ramsay, wie er sich nannte, nicht innerhalb der nächsten Viertelstunde auftauchte . . .

Plötzlich riß diese Gedankenkette unvermittelt ab, denn vor den Scheinwerfern reckte sich eine hohe Gestalt auf und hatte sich auch schon auf das Trittbrett geschwungen.

»Bitte, fahren Sie im gleichen Tempo weiter«, sagte die angenehme Stimme, die das junge Mädchen seit der verflossenen Nacht im Ohr hatte. »Biegen Sie in die erste Straße links.«

Maud hatte in den letzten vierundzwanzig Stunden zu seltsame Dinge erlebt, um über diese Art ihres Verbündeten noch befremdet zu sein. Sie tat genau, wie ihr geheißen worden war, und überlegte auch nicht einen Augenblick, als der Mann auf dem Trittbrett nach einer kurzen Strecke den Wagen in die Einfahrt eines abgelegenen Hauses dirigierte. Erst als sich ein kleiner, hell erleuchteter Raum mit einem sauber gedeckten Teetisch vor ihr auftat, stockte ihr der Fuß sekundenlang, doch nun begann ihr bisher wenig unterhaltender Verbündeter zu sprechen.

»Sie müssen entschuldigen, Miss Hogarth«, sagte er unbefangen, »aber ich konnte in der Eile nichts Besseres finden. Die großen Restaurants sind zu belebt, und hier ist man eigentlich nur auf Sommerbetrieb eingerichtet. Aber wenigstens sitzen wir im

Warmen und können völlig ungestört plaudern.« Und bevor Maud noch Einspruch erheben konnte, nahm er ihr bereits den Pelz ab und suchte an den Wänden nach einer Klingel.

Maud Hogarth hatte sich über die äußeren Umstände, unter denen diese zweite Begegnung vor sich gehen würde, keinerlei Vorstellungen gemacht; aber wenn sie es getan hätte, wäre sie unbedingt nie auf den Gedanken verfallen, daß man ihr einen derart intimen Rahmen zumuten würde. Sie fand dieses Arrangement taktlos, und es erweckte in ihr mit einem Mal wieder ein gewisses Mißtrauen, das sie unwillkürlich nach dem Bügel ihrer Handtasche greifen ließ.

Ramsay, der eben den Klingelknopf entdeckt hatte, ließ ein leises Lachen hören. »Ich freue mich, daß Sie für alle Fälle gerüstet sind, aber selbst die verläßlichste Waffe ist in einer Damenhandtasche nicht viel wert. Es dauert zu lange, bis man sie unter den vielen anderen Kleinigkeiten herauskramt. Wenn Sie es also für notwendig halten, legen Sie den Browning lieber neben Ihr Gedeck. Sie haben ihn dann wirklich sofort bei der Hand, und als Tischschmuck wird er sich sehr gut ausnehmen.«

Maud war betroffen von dem scharfen Blick und verletzt über den Spott, aber es schien ihr am zweckmäßigsten, die Bemerkung einfach zu übergehen. Sie öffnete gelassen die Tasche, nahm die Puderdose heraus und ergab sich dann jener umständlichen Beschäftigung, die den Frauen immer über derartige Augenblicke hinweghelfen muß.

Ihr Begleiter war so diskret, indessen an das einzige Fenster des Raumes zu treten, vor dem der Garten in tiefem Dunkel lag. Man hatte in der Eile vergessen, die Laden vorzulegen, und es schien, als ob der Gast dies nun nachholen wollte. Er streckte bereits die Hand aus, um den Riegel zu öffnen, stand aber dann von diesem Vorhaben ab.

Zum ersten Male hatte Maud Gelegenheit, den Mann mit der chinesischen Nelke eingehender zu betrachten. Sie tat es verstohlen, aber mit kritischen Augen und großer Gründlichkeit. Sie mußte zugeben, daß er eine sympathische Erscheinung war, aber das Gesicht hatte etwas Hochmütiges. Sie hielt es für geraten, sich gegen diese Neigung zur Überheblichkeit, die sie ja bereits zu fühlen bekommen hatte, zu wappnen, und entschied sich zunächst einmal wieder für die böse Falte zwischen den Brauen, die sie seit den überraschenden Begebenheiten der verflossenen Nacht ganz unbewußt abgelegt hatte.

Aber sie erzielte damit wenig Eindruck. Nachdem die freundliche Wirtin in eigener Person den Tee serviert und sich in so zuvorkommender Eile wieder zurückgezogen hatte, daß das empörte junge Mädchen ihr am liebsten nachgestürzt wäre, sagte dieser Donald Ramsay in seiner bestimmten Art und ein bißchen von oben herab:

»Wenn es Ihnen recht ist, Miss Hogarth, können wir uns nun über Ihre Erlebnisse am heutigen Vormittag unterhalten.«

Maud empfand über diese Sachlichkeit zwar einige Beruhigung, aber der Ton paßte ihr nicht. »Ich habe Sie bereits darauf aufmerksam gemacht, daß gar nichts Besonderes vorgefallen ist«, erwiderte sie mit einer Schärfe, zu der eigentlich keine Veranlassung gegeben war. »Sie hätten sich daher wirklich nicht zu bemühen brauchen. Ich wollte Ihnen dies auch ausdrücklich sagen, aber Sie hatten schon angehängt.« Sie rührte heftig in ihrer Tasse, denn die grauen Augen, die in starrer Ruhe auf ihr hafteten, machten sie nervös. »Das einzige, was ich Ihnen vielleicht mitteilen muß«, fuhr sie endlich stockend fort, »ist, daß Lady Falconer gestern Ihr auffallendes Benehmen bemerkt hat. Sie hat ganz offen davon gesprochen, und um der Sache einen harmlosen Anstrich zu geben, habe ich erklärt, Sie seien ein Bekannter. Schließlich habe ich ja damit keine Unwahrheit gesagt«, glaubte sie hinzufügen zu müssen. »Es wäre mir furchtbar peinlich gewesen, wenn die boshafte Frau diese Beobachtung in ihrer Art ausgedeutet hätte.«

»Großartig«, bekam Maud zu ihrer Verwunderung zu hören. »Das wäre also das eine. Aber es wird wohl am besten sein, wir beginnen von vorne; das heißt, mit dem Erscheinen der Lady Falconer, denn die übrigen Leute, die da waren, sind nicht interessant. Von der Lady und von Admiral Sheridan können Sie mir dafür nicht genug erzählen; selbst Kleinigkeiten, die Ihnen vielleicht völlig belanglos erscheinen mögen. Also bitte . . .«

Maud begriff das alles nicht, aber es war ihr sehr willkommen, daß das Gespräch dadurch in so unverfängliche Bahnen gelenkt werden sollte. Sie konnte es sich jedoch nicht versagen, die große Wichtigkeit, die ihr Verbündeter selbst den kleinsten Einzelheiten beimaß, sofort ein bißchen ins Lächerliche zu ziehen. »Also«, spöttelte sie, »Lady Falconer erschien, um so genau zu sein, wie Sie es wünschen, in einem braunen Kostüm mit Nerzbesatz und ebensolchem Muff ...«

»Großartig!« äußerte Donald Ramsay mit großer Lebhaftigkeit zum zweiten Male und stellte dann eine geradezu komische Frage: »Was machte Lady Helen mit dem Muff?«

»Sie behielt ihn an der Hand«, erwiderte Maud verdutzt.

»An welcher?«

»Ich glaube ...« – diesmal mußte Maud eine kleine Weile überlegen – »an der linken. Aber warum wollen Sie das alles wissen?«

Ihr Verbündeter überhörte die Frage und wollte sogar noch mehr wissen. Sie nahm also ihren Bericht wieder auf, und er folgte so gespannt und aufmerksam, daß er sofort merkte, wenn sich irgendwo auch nur die winzigste Lücke ergab. Dann stellte er ein förmliches Verhör an und ruhte nicht, bis sich das junge Mädchen jedes Wortes, das gesprochen worden war, und sogar dieses und jenes völlig nebensächlichen Umstandes glücklich erinnert hatte.

Aber endlich hatte Maud wirklich gar nichts mehr zu sagen und blickte den nachdenklichen Mann an ihrer Seite erwartungsvoll an.

»Großartig!« hörte sie ihn wieder halblaut vor sich hinmurmeln, und diese abgedroschene Einsilbigkeit reizte sie.

»Sie scheinen ja einfach alles ›großartig‹ zu finden.«

»Ja, einfach alles«, gab er ernsthaft zu. »Daß Lady Falconer gekommen ist – daß sie einen Muff hatte – daß sie sich meiner erinnert hat – daß Ihr Oheim am Morgen seines Todes Sheridan so ungeduldig zu sprechen wünschte – und daß die Lady nun davon weiß ...«

Donald Ramsay war immer leiser und schleppender geworden, und plötzlich kam es Maud vor, als ob jeder Muskel seines Körpers wie zum Sprunge angespannt wäre ...

Sie fuhr unwillkürlich halb von ihrem Sitz auf – aber noch

in der gleichen Sekunde wurde sie von einem starken Arm so unsanft zur Seite geschleudert, daß sie haltlos zu Boden taumelte. Sie hörte, wie ein Stuhl polterte, irgendwo draußen mehrere Schläge hallten, wie Glas splitterte und irgend etwas an die Wände des Zimmers klatschte, das auf einmal in tiefem Dunkel lag . . .

31

Alles das war schneller gegangen, als Mauds Gedanken zu arbeiten vermochten, und sie rang noch immer mit dem lähmenden Schreck, als eine erregte und besorgte Stimme an ihr Ohr schlug.

»Ist Ihnen etwas geschehen, Miss Hogarth?«

»Ich – ich glaube nicht . . .«, stammelte sie.

»Gott sei Dank«, kam es erleichtert zurück. »Es muß ein böser Fall gewesen sein, aber es blieb mir keine andere Wahl. Ich hatte den Burschen leider zu spät bemerkt. Bitte, nur noch einen Augenblick, dann mache ich wieder Licht. Ich hätte die Laden schließen sollen, wollte Sie aber nicht zu sehr ängstigen.«

Kaum war Licht, als auch schon die ganze Bewohnerschaft aufgeschreckt ins Zimmer stürzte. Die guten Leute mochten wohl etwas anderes, noch Schlimmeres befürchtet haben; was sie vorfanden, genügte aber, um sie angstvoll an die Schwelle zu bannen.

Ramsay besah sich zunächst die Scheibe des Fensters, von der nur mehr wenige Scherben im Rahmen steckten, dann trat er zu der gegenüberliegenden Wand und tippte nach einem raschen Blick mit der Fingerspitze auf vier Einschläge, die sich deutlich von der hellen Fläche abhoben. Zwei davon lagen genau hinter dem Platz, auf dem er gesessen hatte, die andern beiden in gleicher Höhe etwas rechts davon.

»Vier Schüsse und jeder wohlgezielt«, sagte er halblaut und wandte sich dann an den völlig verstörten Wirt. »Es dürfte nicht viel Zweck haben, deshalb die Polizei zu alarmieren. Der Strolch ist inzwischen jedenfalls längst über alle Berge, und die Spuren im Garten werden kaum einen brauchbaren Anhalt ergeben. Glücklicherweise ist ja auch nichts Ernstliches geschehen.«

Die Wirtin erwies sich weit gefaßter als ihr Mann. »Es ist sehr freundlich, Sir, daß Sie die Sache so auffassen«, sprudelte sie lebhaft hervor. »Wir würden mit der Polizei nur eine Menge Scherereien haben, und die schreckliche Geschichte könnte uns das ganze Geschäft verderben. Die Herrschaften müßten sich ja fürchten, zu uns zu kommen. Obwohl es doch nur ein Verrückter gewesen sein kann ...«

Auf Maud Hogarth hatte dieses neue Erlebnis derart eingewirkt, daß sie aus ihrer Benommenheit erst erwachte, als ihr Zweisitzer längst wieder nach London unterwegs war. Ramsay saß am Steuer, das sie ihm widerspruchslos überlassen hatte, da sie sich außerstande fühlte, den Wagen zu lenken. Sie war nicht furchtsam und nicht feige, aber die ernsten Gefahren, die sich ihr in so rascher Aufeinanderfolge offenbarten, hatten für sie etwas Unheimliches, weil sie nicht wußte, woher sie kamen und wie sie ihnen begegnen konnte. Der Mann aber, der sich ihr Verbündeter nannte und der gewiß manchen Aufschluß hätte geben können, hüllte sich hartnäckig in tiefes Schweigen. Immerhin schien er aber einiges Verständnis für ihre Lage zu haben, denn plötzlich begann er aus seiner Nachdenklichkeit heraus ganz unvermittelt davon zu sprechen.

»Sie werden es wohl sehr rücksichtslos finden, Miss Hogarth, daß ich Sie so im dunkeln tappen lasse«, sagte er ernst, »aber unter Umständen ist das besser, als sehend einen schlimmen Weg zu gehen. Schließlich müssen Sie ja auch nicht tappen, sondern sich nur vertrauensvoll von mir führen lassen. Ist Ihnen übrigens jemals ein Mann mit einem fast völlig kahlen spitzen Schädel begegnet?«

»Ich wüßte nicht ...«, stammelte Maud, von der zusammenhanglosen Frage aufgestört, aber Ramsay schien auch kein Gewicht auf eine Antwort zu legen.

»Ich kann nur nicht verstehen«, fuhr er halblaut wie im Selbstgespräch fort, »weshalb der seltsame Kauz seine leuchtende Scheibe zu dem gefährlichen Unternehmen nicht bedeckt hatte. Hätte er Hut oder Kappe aufgehabt, wäre ich vielleicht nicht auf ihn aufmerksam geworden ...«

Diese Frage beschäftigte Donald Ramsay dermaßen, daß er bis

Notting Hill nicht ein einziges weiteres Wort verlor. Und die ebenso stille Maud Hogarth versuchte krampfhaft, darüber froh zu werden, daß der Mann an ihrer Seite nichts anderes im Kopf zu haben schien als ihren Pakt und was damit zusammenhing.

32

Als um die siebente Abendstunde dieses Tages in der Halle eine Klingel dreimal kurz und gedämpft anschlug, verließ die sanfte Mrs. Machennan ihren Platz am Fenster des verdunkelten Zimmers und nahm mit einem raschen Griff zwei Dinge an sich, die auf ihrem Nähtischchen lagen. Draußen schlüpfte sie noch in ihren Mantel und trat dann den Weg über den Hof nach der rückwärtigen kleinen Pforte an. Bevor sie den Riegel zurückschob, lauschte sie eine Sekunde, dann aber riß sie die Tür so blitzschnell auf, daß der Mann, der sich in seiner Ungeduld dagegen gelehnt hatte, mit einem gefährlichen Schwung über die Schwelle stolperte. Mrs. Machennan faßte mit ihrer zarten Hand hilfreich zu, und da sie genug gesehen hatte, ließ sie die kleine Schußwaffe, deren Lauf sich an die zylindrische Taschenlampe schmiegte, unauffällig in der Manteltasche verschwinden.

»Bitte, geradeaus jene Tür dort«, flüsterte sie hastig, indem sie mit der Linken wieder abschloß und mit der Rechten über den Hofraum leuchtete. Aber Mr. Brook war durch den Griff, der ihn gerade noch im letzten Augenblick wieder fest auf die Beine gestellt hatte, so verblüfft, daß er sich nicht vom Fleck rührte. Mrs. Machennan huschte also voran, aber sie ging so eilig, daß der Besucher trotz seiner langen Beine kaum zu folgen vermochte; und er betrat erst die Halle, als seine Führerin bereits am anderen Ende durch eine Tür verschwand.

»Bitte, nehmen Sie Platz«, lud sie mit liebenswürdiger Dringlichkeit ein. »Vielleicht am Tischchen neben der Treppe. Sie finden dort auch einige Zeitungen. Mr. Ramsay dürfte bald kommen.«

»Danke, Madam«, rief Brook mit ganz besonderer Höflichkeit zurück, denn er glaubte nun seiner Sache völlig sicher zu sein.

*

Deshalb deutete er auch mit dem Zeigefinger wortlos auf den Fußboden, als Ramsay eine Viertelstunde später oben in seinen Zimmern nachdenklich sagte: »Sie werden sich nach einer geschickten Frau umsehen müssen.«

Der Gentleman hielt schon seit einer geraumen Weile die fotografische Vergrößerung einer Zehnpfundnote unter das Licht der Schreibtischlampe und betrachtete unverwandt den kleinen ovalen Fleck am rechten Rande, der sich in seinen Umrissen und mit seinem Netz feiner Linien klar und deutlich abhob. Es war ein Abdruck von wunderbarer Schärfe, und auch Brook, der ihn gebracht hatte, fand dies, wagte aber nicht davon zu sprechen.

»Also, eine geschickte Frau«, wiederholte Ramsay nochmals, indem er endlich die Kopie beiseite legte. »Aber es wird notwendig sein, daß sie auch etwas Mut hat. Erkundigen Sie sich sofort, ob solch eine Person zur Verfügung ist und . . .« Er unterbrach sich und sah verständnislos auf seinen Mann, der mit dem zu Boden gerichteten Zeigefinger heftig arbeitete. »Was meinen Sie?« fragte er ungeduldig.

»Mrs. Turteltaube . . .«, flüsterte Brook und zwinkerte geheimnisvoll. Aber Ramsay verstand ihn nur halb.

»Oh, die ›Turteltaube‹ – natürlich«, sagte er lebhaft. »Das wäre allerdings das, was wir brauchen. Man hat mir schon sehr viel von ihr erzählt. Aber wer weiß, wo sie augenblicklich herumfliegt?«

Brook versuchte sich in einem selbstbewußten Lächeln. »Hier!« erklärte er kurz, und sein langer knochiger Zeigefinger wies nun so starr nach unten, daß Ramsay über die Bedeutung dieser Geste nicht länger im unklaren sein konnte.

»Mrs. Machennan?« stieß er überrascht hervor, aber der andere hob ungewiß die Schultern.

»Jene Frau, die mich eingelassen hat. Ich habe sie sofort wiedererkannt, denn wir haben einmal in Paris längere Zeit in demselben Hotel gewohnt. Und sie scheint sich meiner auch erinnert zu haben, weil sie es gar so eilig hatte, mir aus den Augen zu kommen. Ich habe mir nämlich sagen lassen, daß sie . . .«

Ramsay lachte plötzlich belustigt auf, aber was er dabei abgerissen vor sich hinmurmelte, gab Brook keine rechte Erklärung für diese herzliche Heiterkeit. »Peter Owens Priem . . . – Und der arme Mann, der auf einmal auf dem Boden lag . . . – Also das ist unsere gefürchtete Mrs. Turteltaube. – Man hat mich zwar wegen der Unterkunft an sie gewiesen, mir aber sonst keine Andeutung gemacht.«

Brook nickte verständnisvoll. »Sie liebt das nicht, Sir, das wollte ich vorhin noch sagen. Sie soll so schrecklich schüchtern und bescheiden sein. Und ich fürchte, Sir« – der ernste Mann räusperte sich unbehaglich, und sein gelangweiltes Gesicht verriet wirklich ernste Sorge – »sie wird es mir sehr übelnehmen, daß ich . . .«

»Ich werde es schon so anstellen, daß Sie aus dem Spiel bleiben«, beruhigte ihn Ramsay, indem er rasch nach der Uhr blickte. »Aber nun das Weitere. Ich habe nach acht eine Verabredung.«

Das Weitere betraf zunächst die bedenklichen Pillen, die sie Simonow abgenommen hatten, worüber sich Brook kurz faßte.

»Ich war dabei, als das Zeug im Laboratorium untersucht wurde, aber die Herren konnten nicht einig werden, und man hat daher einer alten Katze so ein Kügelchen eingegeben. Fünf Minuten später hat sie zu taumeln begonnen, und nach weiteren zwanzig Minuten ist sie verendet. Man hat allerdings in den Organen nichts finden können. Man vermutet, daß es sich um ein Pflanzengift handelt. Wir werden darüber noch einen genauen Bericht bekommen.«

Ramsay nickte. »Und der Wagen?«

»Der hat uns gestern nacht gründlich gefoppt«, erklärte Brook verdrießlich. »In der kurzen Querstraße, wo wir ihn plötzlich aus den Augen verloren, ist eine enge Durchfahrt, die er wahrscheinlich benützt hat, und wir sind an ihm vorübergerast. Sie ist sogar bei Tag kaum zu bemerken, und der Galgenvogel von Chauffeur, der diesen Weg trotz seines brummenden Schädels in der Dunkelheit gefunden hat, muß wirklich jeden Winkel Londons kennen. Aber das wird ihm nicht viel nützen, eines Tages fasse ich ihn doch. Vorläufig ist er allerdings verschwunden, und der Wagen auch. Das habe ich mir gleich gedacht, denn so etwas läßt man nicht überall herumstehen, damit die Leute es begaffen können. Er ist regelrecht gepanzert, wie ich Ihnen schon sagte, Sir. Ich habe ihn gründlich abgeklopft, als ich mich mit dem idiotischen Gärtner unterhielt. Und wer weiß, welche Stückchen er sonst noch spielt . . .«

»Gut. Wie steht es in Notting Hill?«

Brook machte mit seiner großen Hand eine lässige Bewegung. »Es lungern fünf Strolche dort herum, die es furchtbar dumm anstellen«, berichtete er. »Vielleicht sind sie Ihnen auch aufgefallen, Sir, als Sie Miss Hogarth vorhin heimbrachten? Übrigens ist einer von ihnen der Dame auf einem Motorrad gefolgt, als sie um drei ausfuhr, und ich habe ihm natürlich sofort jemanden auf die Fersen gehetzt. Bis vor einer halben Stunde waren aber die beiden noch nicht zurück. Wahrscheinlich hat der erste die Spur verloren, und unser Mann ist hinter ihm drein gefahren.«

»Wenn er sich wieder meldet«, sagte Ramsay, »fragen Sie ihn vor allem, ob ihm nicht irgendwo ein Mann mit einem auffallend kahlen spitzen Schädel in den Weg gekommen ist. Falls es so ist, wie ich vermute, dürfte der kluge Bursche dafür gesorgt haben, daß sein schönes Haupt recht viele Leute zu Gesicht bekommen.«

»Jawohl, Sir«, erwiderte Brook mit hohler Stimme, womit er andeutete, daß er sich der Wichtigkeit dieses neuen Auftrags wohl bewußt war, obwohl er eigentlich nur das Schlagwort »Mann mit auffallend kahlem spitzem Schädel« begriffen hatte. Aber schon die nächste Minute ließ ihn wenigstens ein bißchen klarer sehen.

Auf dem Schreibtisch meldete sich das kleine Telefon mit den roten Zeichen und Ziffern, und Ramsay hatte bereits den Hörer am Ohr.

»Ja . . .«, sagte er halblaut und dann: »Ich war seit Mittag unterwegs.« Hierauf lauschte er einer dünnen, kaum vernehmlichen Stimme, und plötzlich schoben sich seine Brauen mit einem Ruck in die Stirn, und die scharfen Linien um seinen Mund begannen lebhaft zu arbeiten, bis sie sich zu einem starren Lächeln formten. »Gewiß habe ich verstanden«, flüsterte er erregt in den Apparat. »Oberst Wilkins interessiert sich also für einen kahlköpfigen Mann . . . Wahrscheinlich für denselben, den ich heute kennengelernt habe. Das heißt, ich habe ihn nur ganz flüchtig gesehen, weiß aber jedenfalls von seinem Dasein. Und ich glaube sogar, nun noch mehr zu wissen . . .«

Er wurde durch eine hastige Erwiderung unterbrochen und dachte einen Augenblick nach. »Gut, morgen wird sich das wohl machen lassen«, erklärte er dann. »Also um halb zwölf am Themse-Tunnel. Ich werde sehr pünktlich sein, denn Sir John ist ohnehin nicht gut auf mich zu sprechen.«

Damit legte er den Hörer auf und war plötzlich in so übermütiger Stimmung, daß der stocksteife Brook einen freundschaftlichen Klaps auf die Schulter abbekam.

»Jawohl«, wiederholte Ramsay und lachte ihn an, »ich glaube, nun sogar noch mehr zu wissen. Ich weiß nämlich, weshalb der Mann in Richmond so unvorsichtig war, weder einen Hut noch eine Kappe aufzusetzen; und daß ich das weiß, wird ihn den schönen kahlen Kopf kosten. Besonders, da auch Oberst Wilkins bereits hinter ihm her ist. Aber Wilkins mag es noch so geschickt anstellen, die Hand werden wir auf den Mann legen, Brook. Und nun passen Sie auf . . .«

Als der würdevolle Brook sich fünf Minuten später entfernte, hatte er eine Menge von Aufträgen, deren Zweck er zwar nicht begriff, die ihn aber ahnen ließen, daß es diesmal um eine verdammt wichtige und heikle Sache ging, und daß die Andeutung von den hundert Pfund, die für ihn auf dem Spiel stehen sollten, keine bloße Redensart gewesen war. Solche Sachen hatte Mr. Brook für sein Leben gern.

»Liebe Mrs. Machennan«, begann Donald Ramsay fünf Minuten später, indem er seiner schüchternen Hauswirtin höflich einen Sessel zurechtrückte und sich trotz seiner Eile zu einem gemütlichen Plausch einrichtete, »ich muß Ihnen nochmals wegen der Nelken danken. Ihre Vorsicht war mir sehr nützlich, denn ich habe wirklich noch eine zweite Blume gebraucht. Ja . . .«

»Ja . . .«, hauchte die ahnungslose Mrs. Machennan mit verschämt gesenktem Blick und spielte ratlos mit den Fingern, »dieser Mr. Brook soll ein sehr brauchbarer Mann sein und hat gewiß ein gutes Gedächtnis, aber ich fürchte, er ist ein großer Schwätzer und hat Ihnen alles mögliche erzählt. Solche Geschichten hören sich jedoch immer schrecklicher an, als sie wirklich waren, denn es wird dabei viel übertrieben. Aber –«, Mrs. Machennan tat einen tiefen Atemzug und verkrampfte die Finger, um sie zur

Ruhe zu bringen, »wenn ich Ihnen vielleicht in irgendeiner Hinsicht dienlich sein kann, Mr. Ramsay ...«

Wieder eine Viertelstunde später kam die schüchterne Mrs. Machennan leichtfüßig die Treppe heruntergetrippelt, und ihr Anblick konnte die verfänglichsten Gedanken erwecken. Ihr hübsches Gesicht glühte, ihre sanften Rehaugen strahlten, und um ihren üppigen kleinen Mund lag ein süßes Lächeln. Sie schlüpfte in die dunkle Küche, wo Pheny, das Mädchen beim Fenster saß.

»Pheny«, sagte Mrs. Machennan sanft, aber eindringlich, »ich werde Sie morgen vielleicht längere Zeit allein lassen müssen. Wie Sie sich zu verhalten haben, wissen Sie ja bereits, aber wir müssen nun schauen, daß Sie endlich auch ein bißchen Gefühl in Ihre schreckliche Hand bekommen. Solange Sie bei den Übungen in den Emailtopf Beulen hauen, ist das viel zu kräftig für einen menschlichen Kopf ...«

Pheny, das Mädchen, fuhr rasch in den Mund, um das Fünfunzengewicht herauszuholen, und gurgelte dann eifrig.

33

Die Matrosenschenke ›Zum durstigen Stockfisch‹, die der geschäftstüchtige Tim Blake sehr gegen den Willen seiner gesetzteren Stammgäste vor zwei Jahren zu einer Tanzdiele mit dem vielverheißenden Schild ›Zu den lustigen Weibern‹ aufgetakelt hatte, lag draußen in Limehouse beim Regents-Canal Dock. Man hatte das lange ebenerdige Gebäude in den betriebsamen Kriegszeiten binnen achtundvierzig Stunden aufgebaut, weil Not an Warenspeichern war, und das einzige Solide daran waren die dicken Eisenstäbe vor den Fenstern. Tim fand diese Gardinen so anheimelnd, daß er rasch entschlossen einen vorteilhaften Handel schloß. Dann legte er einen Stapel Bretter, den man später bei einem Neubau in der Umgebung vermißte, auf den schlampig gestampften Fußboden und ein weiteres Brett über zwei leere Fässer, und der ›Durstige Stockfisch‹ trat mit einem Mobiliar von größeren und kleineren Kisten ins Leben.

Heute gab es bei den ›Lustigen Weibern‹ richtige Tische und fest verankerte Bänke und Stühle, und der gewissenhafte Tim schlitterte persönlich jeden Nachmittag über das Tanzparkett, um es von allen vorstehenden Spänen und Nägeln zu säubern. Gäste gab es den ganzen Tag, aber der große Betrieb begann erst am Abend so nach neun. Dann schaltete Tim Blake draußen die feenhafte Beleuchtung ein, die er von einer verkrachten Schießbude erworben hatte, legte eine schmissige Schlagerplatte auf und ließ gleichzeitig den Rundfunk durch den mächtig scheppernden Lautsprecher los. Es war eine lockende Sirenenmusik, die den Vergnügungssüchtigen auf eine halbe Meile den Weg wies, und in dem Gewirr von Lagerhäusern, Werkstätten und Wohnbaracken war eine solche Orientierung auch unbedingt vonnöten.

Peter Owen allerdings bedurfte ihrer nicht, sondern stapfte den stockdunklen Zickzackkurs durch zähen Dreck und über halsbrecherisches Geröll mit unfehlbarer Sicherheit, und Ramsay hielt sich dicht hinter ihm. Als sie zum soundsovielten Mal um eine scharfe Ecke geschwenkt waren, strömte ihnen endlich ein fahler Schimmer entgegen, und nach einigen weiteren Schritten hatten sie auch schon die bunten Fassadenlichter des ›Durstigen Stockfisch‹ vor sich. Das Gebäude lag auf einem kleinen freien Platz, auf den von allen Seiten enge Zugänge mündeten.

Auf diesen etwas unbequemen und unheimlichen Wegen kamen die Gäste Tim Blakes allabendlich angeströmt, und auch jetzt sah man von hier und dort noch eilige Gestalten zu dem Haupteingang huschen, obwohl das Vergnügen bei den ›Lustigen Weibern‹ schon seit einer guten Stunde in vollem Schwunge war.

Ein Mann konnte aber anscheinend nicht recht schlüssig werden, ob er den Sprung in den Strudel wagen sollte. Er drückte sich am Ende des Gäßchens, durch das Peter und Ramsay kamen, im Dunkel herum und nahm zwar einige Male einen Anlauf gegen das Lokal, kehrte aber immer wieder nach wenigen Schritten in den schützenden Schatten zurück. Dabei behielt er unablässig den Eingang im Auge und war von seinen Beobachtungen so in Anspruch genommen, daß er die nahenden Männer in seinem Rücken erst bemerkte, als es kein Ausweichen mehr gab.

Der Überraschte schnellte in wildem Schreck herum, und gleichzeitig fuhr seine Hand in die Tasche und zur Hälfte wieder heraus . . .

Dann griffen Peter Owens knochige Finger zu.

Der geschmeidige Bursche zischte einen halblauten Fluch zwischen den Zähnen hervor, dann kam ein weher Schmerzenslaut, und etwas Metallenes klirrte auf den grobgeschotterten Boden.

Peter hatte bereits den Fuß darauf. »Mein Junge«, sagte er ernst, und sein Priem sprühte, »für diese Gemeinheit sollte ich dir links und rechts eine in die Fratze kleben, daß dir die Backen innen zusammenwachsen. Aber dann könnte sich vielleicht wieder die Polizei einmischen, und damit will ich nichts zu tun haben. Ich werde mir daher nur deine Galgenvisage etwas genauer anschauen, damit man weiß, wem man den Strick um den Hals legen soll, wenn nächstens hier herum wieder etwas passiert.«

Damit faßte er den verängstigten Mann mit einem festen Griff am Unterkiefer und schwenkte das blasse Gesicht kurz nach allen Seiten, als ob er sich wirklich jede Linie für immerwährende Zeiten einprägen wollte.

»Lassen Sie mich los«, bettelte sein Opfer. »Ich wollte Ihnen wahrhaftig nichts tun. Aber da man hinter mir her ist, bin ich erschrocken und dachte . . . Meinen Kameraden hat man hier draußen auch schon umgebracht!«

Es hätte des raschen Rippenstoßes Ramsays nicht bedurft, um den hellen Peter Owen die Bedeutung dieses glücklichen Zufalls sofort erfassen zu lassen. Er gab das mißhandelte Kinn jäh frei und griff sogar mit zwei Fingern entschuldigend an die Mütze.

»Tja, das hätten Sie gleich sagen sollen, Menschenskind«, meinte er im Tone leisen Vorwurfs. »Wenn einer so hurtig in die Tasche fährt, kann man ihn nicht erst fragen, was das zu bedeuten hat.« Er bückte sich, nahm den Gegenstand unter seinem Fuß auf und betrachtete ihn mit großer Sachkenntnis. »Ein feines Messer«, sagte er. »So ein niedliches Ding mit vier Schneiden. Das rutscht überall so glatt hinein, als ob der Mensch aus Butter wäre. Wenn Sie gestatten, werde ich den hübschen Zahnstocher als Andenken behalten.«

Damit ließ er das kurze Stilett auch schon in seiner Joppe verschwinden, und der andere erhob keinen Widerspruch. Er schien mit einem Entschluß zu ringen und rückte endlich auch damit heraus.

»Es wäre auf ehrliche Weise so nebenbei eine Kleinigkeit zu verdienen, Gentlemen«, sagte er. »Fünf Shilling für den Mann und außerdem die Zeche. Ich möchte mich nämlich da drinnen« – er deutete mit dem Kopf nach der Tanzdiele – »nach jemandem umsehen, aber allein scheint mir's zu gefährlich. Ich habe Ihnen ja schon gesagt, was meinem Kameraden geschehen ist. Wenn Sie mich also jetzt mit hineinnehmen und dann wieder bis in eine halbwegs sichere Gegend zurückbringen wollten, würden Sie mir einen großen Gefallen tun, und es soll nicht umsonst sein . . .«

Der Mann, der recht gut aussah, hatte seinen Vorschlag eindringlich vorgebracht, aber Peter schielte unschlüssig auf Ramsay.

»Gut«, sagte dieser heiser, »das Geschäft machen wir. Fünf Shilling für den Mann und die Zeche . . .«

Damit schritten sie auch schon zu dritt über den kleinen Platz den »Lustigen Weibern« zu, wo eben ein neuer Tanzschlager die Beine und die Gemüter gewaltig in Wallung brachte.

34

Nach der anscheinend ziellosen Kreuzundquerfahrt verlangsamte der graue Fordwagen genau dreißig Minuten später drüben in Old Ford wieder einmal sein scharfes Tempo, um den Mann mit dem langen Wettermantel und der Schirmmütze, den er unterwegs abgesetzt hatte, wieder aufzunehmen.

Der Kahlköpfige verhielt sich diesmal völlig schweigsam, bis eine scheppernde, ungeduldige Stimme, die durch die Scheidewand kam, ihn aufrüttelte.

»Was hat es also gegeben?«

»Was ich Ihnen sagte«, fistelte der Fahrgast verdrießlich in die Muschel. »Die Leute des Obersten Wilkins sind mir offenbar auf der Spur. Ich habe schon das letzte Mal etwas geargwöhnt, aber heute bin ich meiner Sache völlig sicher geworden. Wir werden also in Zukunft besonders vorsichtig sein müssen.«

Dem Herrn mit dem buschigen Schnurrbart, der das Auto führte, schien diese beunruhigende Mitteilung sehr zu denken zu geben, denn es kam lange Zeit keine Antwort. Nur das leise Surren des Motors war in dem Wagen zu hören, der durch die eingeschobene Querwand in zwei vollkommen abgetrennte Zellen geteilt war. Und wie im Innern, war er auch nach außen fürsorglich abgeschlossen. Die Fenster verdeckten spiegelnde Metallplatten, und wenn es not tat, konnte der Lenker durch einen einfachen Handgriff auch die Schutzscheibe auf dieselbe Weise sichern.

»Wie kommt auf einmal Oberst Wilkins auf den Plan?« klang es endlich zurück.

»Das weiß ich nicht«, erwiderte der Kahlköpfige. »Vielleicht ist man auf uns aufmerksam geworden. Gewisse Leute sind sehr beunruhigt, denn Sie funken zuviel.«

Die letzten Worte machten offenbar Eindruck, denn der Fahrer stoppte mit einem Ruck. »Haben Sie etwas darüber gehört?« fragte er hastig.

»Nur soviel, daß alle Stationen deshalb besondere Anweisungen erhalten haben. Schränken Sie diese gefährliche Sache also tunlichst ein. Was den gerissenen Wilkins betrifft, so werde ich ihn uns schon vom Leibe halten.«

»Und der Admiral?«

Diesmal ließ die Antwort des Kahlköpfigen etwas länger auf sich warten, lautete aber dann sehr bestimmt. »Sheridan? Von dieser Seite haben wir überhaupt nichts zu befürchten. Er ist zu Lande schwerfällig wie eine Robbe.«

»Hoffentlich täuschen Sie sich nicht«, sagte der andere. »Ich traue dem Mann nicht, und Sie müssen alle Ihre Beziehungen aufbieten, damit er uns nicht etwa eines Tages eine peinliche Überraschung bereitet. Die Dinge stehen augenblicklich sehr übel. Vor allem weiß ich nun, daß die Dokumente wirklich die allergrößte Gefahr bedeuten. Bisher durften wir immer noch hoffen, daß Unberufene damit nichts anzufangen wüßten, aber damit können wir weiterhin nicht mehr rechnen: Bexter hat sie vor seinem Tode entziffert ...«

Diese Neuigkeit brachte den Kahlkopf endlich aus seiner Gelassenheit. Er stieß einen halblauten Fluch aus und fragte dann: »Woher wissen Sie das?«

»Ich weiß es, das ist die Hauptsache«, wurde er kurz abgefertigt. »Und schließlich hat auch Maud Hogarth die Bekanntschaft eines jungen Mannes gemacht, in dem wir vielleicht einen sehr gefährlichen Gegner zu sehen haben. Im übrigen muß ich Ihnen das wohl nicht erst erzählen, da Sie ja heute nachmittag die Sache in Richmond wagten. Ich erfuhr bereits eine Viertelstunde später von der Geschichte, war aber darüber gar nicht erfreut. Sie hätten sich vorher mit mir in Verbindung setzen sollen.«

»Als ich Foster erledigte, habe ich auch nicht erst viel gefragt«, zischte der Kahlköpfige, durch den scharfen Tadel gereizt.

»Das war etwas anderes. Vor allem hatten Sie damals Erfolg. Und vielleicht wäre es Ihnen auch diesmal geglückt, wenn Sie mich von Ihrem Vorhaben unterrichtet hätten. Jedenfalls hätte ich Ihnen einige wertvolle Winke geben können.«

Der Mann im hinteren Teil des Wagens wurde etwas kleinlauter. »Das können Sie jetzt auch noch tun«, knurrte er. »Der Bursche muß unbedingt aus dem Weg! Es scheint mit dem Teufel zugegangen zu sein, daß wir ihn nicht schon vom Halse haben . . .«

»Ja«, kam es von vorne nachdrücklich zurück, »das ist es eben, worauf ich Sie aufmerksam machen wollte: es scheint immer irgendwie mit dem Teufel zuzugehen, wenn man diesem Gentleman an den Leib will. Das hat gestern auch schon ein anderer meiner Leute erfahren.«

Es gab einiges an dieser Mitteilung, was den Fahrgast interessierte, aber er beschränkte sich auf die wichtige Frage: »Was halten Sie von ihm?«

»Ich denke an zwei Möglichkeiten: entweder haben wir es mit jemandem von jener Seite zu tun, die uns am gefährlichsten werden kann . . .«

»Ausgeschlossen«, warf der Kahlkopf mit großer Bestimmtheit ein. »Davon hätte ich sicher erfahren!«

»Gut – dann dürfte der unternehmende Mann also wohl zu jener Bande gehören, der wir alle Schwierigkeiten zu danken haben.«

Der andere verlor plötzlich die Ruhe: »An diesen Schwierigkeiten sind einzig und allein Sie schuld. Bei unserem Geschäft ist man nicht so ungeschickt, sich derartige Dinge stehlen zu lassen. Die Sache mit Foster und all das andere wäre nicht notwendig gewesen, wenn Sie nicht diese Unvorsichtigkeit begangen hätten. Und wir würden nicht seit Monaten mit einer Schlinge um den Hals herumlaufen!«

Es klang sehr erbittert, aber den Herrn am Lenkrad berührte das nicht.

»Nummer Drei«, hauchte er in das Mikrophon, »es ist nicht Ihre Sache, mir Vorwürfe zu machen. Auch dem Vorsichtigsten kann einmal ein Fehler unterlaufen. Und es gehört auch zu unserem Geschäft, daß man hier und da einmal in eine Schlinge gerät. Dann zeigt es sich erst, was man wert ist. Strengen Sie sich also ein bißchen an, damit wir aus dieser verdammten Geschichte endlich herauskommen. Sie wissen, ich verlange nichts umsonst. Die Dienste, die Sie mir bisher geleistet haben, habe ich gewiß sehr anständig bezahlt. Auch den Brief Bexters und die Sache mit Foster. Und wenn Ihr heutiges Unternehmen in Richmond gut ausgegangen wäre, hätten Sie sich auch nicht über die Bezahlung zu beklagen gehabt.«

Es blieb einige Augenblicke still, dann räusperte sich Nummer Drei umständlich und begann von einer anderen Sorge zu sprechen. »Sie werden auch so wieder einmal etwas für mich tun müssen«, sagte er. »Ich brauche dringend Geld. Wenigstens dreihundert Pfund. Sie können ja den Betrag bei der nächsten Gelegenheit verrechnen.«

Das lange Schweigen war kein gutes Vorzeichen, und als endlich eine Antwort kam, klang sie auch wirklich wenig entgegenkommend.

»Sie scheinen vergessen zu haben, daß bereits einige solcher Vorschüsse zu verrechnen sind. Ihre Nachrichtendienste sind dürftig. Was Sie an Material brachten, war ja an sich recht interessant, aber für uns von wenig Wert. Das wissen Sie selbst.«

»Ich habe Ihnen aber ganz genau angegeben, wo und wie das andere zu holen ist«, erwiderte der Kahlköpfige erbost. »Warum haben Sie nicht schon längst zugegriffen? Wir könnten bereits über alle Berge sein, und die verdammte ›Chinesische Nelke‹ würde uns nicht mehr schrecken.«

»So, wie Sie sich die Geschichte vorstellen, würde es unbedingt einen Heidenlärm geben, von dem unsere Leute wenig erbaut wären!« lautete die gelassene Antwort. »Sie müssen es schon mir überlassen, wann und wie ich Ihre Angaben verwerte. Falls diese zutreffen, erhalten Sie auch die vereinbarten sechstausend Pfund. Und vorläufig will ich Ihnen auch noch die verlangten dreihundert zur Verfügung stellen. Aber ich mache Sie darauf aufmerksam, daß es nun erst wieder Geld gibt, wenn wir wirklich am Ziel sind. Es wird sich daher empfehlen, daß Sie Ihre Spielwut etwas einschränken. Wie ich mir sagen ließ, haben Sie in der letzten Woche an einem einzigen Abend ein kleines Vermögen verloren.«

So erleichtert sich der andere fühlte, weil er seinen ewigen geldlichen Nöten für den Augenblick wieder einmal entronnen war, die letzte Bemerkung gefiel ihm gar nicht. »Sie lassen mir also nachspionieren«, polterte er aufgeregt. »Das ist gegen unsere Vereinbarung und . . .«

»Ich lasse Ihnen nicht nachspionieren«, schnitt ihm die Stimme jenseits der stählernen Wand das Wort ab, »sondern ich habe von Ihrer Spielwut einfach erfahren, wie ich hundert andere Dinge erfahre. Sie sind eben eine zu auffallende Persönlichkeit, als daß man sich mit Ihnen nicht beschäftigte. Vielleicht ist dadurch auch Oberst Wilkins auf Sie aufmerksam geworden. Sie sollten daran denken, sich ein anderes Aussehen zuzulegen.«

Durch einen schmalen verkleideten Spalt wurde ein kleines Papierbündel geschoben; der Kahlkopf griff rasch zu und ließ ein befriedigtes Grunzen hören. »Wilkins ist ein zu grüner Junge, um es mit mir aufzunehmen«, kicherte er in plötzlich guter Laune.

Der Motor sprang wieder an, und es kam nur eine kurze Frage zurück.

»Wo soll ich Sie absetzen?«

»An derselben Stelle, an der Sie mich zum zweiten Male aufgenommen haben«, erwiderte der Fahrgast und glaubte dem Herrn mit dem buschigen Schnurrbart noch eine Beruhigung mit auf den Weg geben zu müssen. »Selbstredend werde ich mich um den gewissen Gentleman weiter kümmern«, versicherte er.

»Wenn Sie an diesem Wettlauf teilnehmen wollen«, unterbrach ihn der Wagenlenker und gab Gas, »werden Sie sich beeilen müssen. Es sind nämlich auch schon andere meiner Leute hinter ihm her, und irgendwo muß dieser Teufelsjunge doch zu stellen sein. Falls er wirklich zu den Dieben gehört, dürfte vielleicht in jener Spelunke, in der uns der erste in die Arme gelaufen ist, eine Spur von ihm zu finden sein. Wer ein bißchen Glück hat, kann fünfhundert Pfund verdienen. So viel ist mir der Mann, der sich für Maud Hogarth interessiert, unbedingt wert.«

35

Fünfhundert Pfund sind gewiß ein hübsches Stück Geld, aber der Mann, der sich derart für Maud Hogarth interessierte, war für den geheimnisvollen Herrn mit dem buschigen Schnurrbart um diese Stunde bereits unendlich mehr wert ...

Der biedere Peter Owen hatte weder von dem ›Durstigen Stockfisch‹ noch von seiner Freundschaft mit Tim Blake zu viel versprochen. Das langgestreckte Lokal war gerammelt voll, aber wenn man von draußen kam, fühlte man dies zunächst mehr, als man es sah. Von der geschwärzten Decke bis herunter zu dem abgeschliffenen Bretterboden wogte eine dichte Rauchwolke, und man konnte kaum die verschwommenen Gesichter und die gedrängten Leiber unterscheiden. Aber eben dieser dicke Qualm machte den Leuten von der Themse und vom Meer die Bude so heimisch, und auch Peter Owen fand sich sofort zurecht und schuf für seine beiden Begleiter ohne viel Umstände freie Bahn. Dabei drohten einige ernste Auseinandersetzungen, aber es kam nicht dazu. Als man erkannte, mit wem man es zu tun hatte, trat man beiseite; man wollte nicht wie Tim ein Auge riskieren.

Und Tim Blake wiederum war an seinem letzten offenbar sehr gelegen. Die Bewegung im Saal ließ ihn zwar mißtrauisch und kampfbereit hinter der Theke aufschnellen, aber sein übriggebliebenes Auge war scharf, und er kam auch schon diensteifrig angestürzt. Sein blatternarbiges Gesicht war so krampfhaft verzogen, als ob es eben einen Essigüberguß abbekommen hätte, und sein Blick flackerte vor Wiedersehensfreude.

Peter Owen klopfte ihm so gönnerhaft auf die Schulter, daß es im ganzen Raume zu hören war, und gab dann kurz seine Wünsche kund. Schon im nächsten Augenblick waren sie erfüllt. Tim sprang auf die kleine Estrade in der Mitte des Saales, gleich neben der Jazzkapelle, und machte einen Tisch frei, indem er den Gästen einfach die Stühle wegzog. Und dann tat er sogar noch ein übriges und säuberte mit seiner schmierigen Serviette die Sessel mit großer Gründlichkeit. Das war im ›Durstigen Stockfisch‹ seit Menschengedenken nicht geschehen und machte daher einen solchen Eindruck, daß sogar die Original-Niggerkapelle sekundenlang mit ihrem höllischen Spiel aussetzte.

Der ehemalige Oberbootsmaat nickte sehr befriedigt und sah dann erwartungsvoll, aber auch ein wenig gebieterisch auf den Schützling, den sie vor dem Lokal aufgelesen hatten. Der Mann war mittelgroß und schmächtig, hatte ein intelligentes Gesicht mit auffallend feinen Zügen und stach in seinem Benehmen sehr von der Gesellschaft ab, die im ›Durstigen Stockfisch‹ saß.

Er verstand auch sofort, was man von ihm erwartete, und ließ sich nicht lumpen. Er bestellte einen feinen Bratfisch und ein Steak und dazu einen ordentlichen Tropfen, mit dem man das Zeug hinunterspülen konnte. Der aufmerksam lauschende Peter fand die Wahl recht gut, aber nicht ganz vollständig und ergänzte sie noch durch eine scharf gewürzte Fischsuppe. Und als sein jüngerer Kamerad jeden Imbiß ablehnte, nahm Peter bereitwilligst auch noch diese Portion auf sich, damit sein Freund Tim nicht um den Verdienst käme.

Es wurde anfänglich ein sehr schweigsames Mahl, aber der Mann, der sich unter diese Obhut begeben hatte, war sehr zufrieden. In der Gesellschaft von Leuten, die hier mit derartigem Respekt behandelt wurden, konnte ihm kaum etwas Übles widerfahren, und solchen Gentlemen war er eigentlich eine gewisse Offenheit schuldig.

Während also Peter Owen die aus so uneigennützigen Gründen

übernommene zweite Portion in Angriff nahm und der Matrose mit aufgestütztem Kopf auf dem Tisch lümmelte, begann der dritte in ihrer Runde plötzlich eine Geschichte zu erzählen. Er schickte nicht voraus, daß es seit Jahr und Tag sein Geschäft war, sich in aufsichtslos herumstehenden Autos ein bißchen näher umzusehen, und er hielt sich auch nicht allzu genau an die näheren Umstände, aber es ging ja um die Hauptsache, und diese war schließlich ziemlich verständlich.

»An einem Abend in diesem Frühjahr haben mein Freund George und ich drüben in Chelsea an einer Stelle, von der eben ein sehr feines Auto abgefahren war, eine kleine Kassette gefunden«, vertraute er seinen Beschützern an. »Sie sah aus, als ob sie aus Leder wäre, war jedoch aus richtigem Stahl und verdammt schwer aufzuknacken. Aber als wir sie doch endlich offen hatten, war sie leer. Schließlich entdeckten wir, daß sie einen doppelten Boden hatte, aber die Arbeit lohnte sich nicht: in dem Geheimfach war nämlich nur ein ganz gewöhnliches englisches Buch, das ›Die chinesische Nelke‹ hieß. So genau wir's untersuchten, es war gar nichts Besonderes dran. Erst als George aus reiner Langweile so eine Viertelstunde drin geblättert hatte, ließ er plötzlich einen Pfiff hören. ›Luke‹, sagte er, ›ich will auf Lebenszeit zur Heilsarmee gehen, wenn du da nicht mal einen besonders feinen Griff getan hast.‹ Und dann zeigte er mir, daß fast alle Seiten an den Rändern mit Buchstaben und Ziffern bekritzelt waren, und einige unbedruckte Blätter waren überhaupt von oben bis unten voll davon. Es war aber kein Sinn, nicht einmal ein richtiges Wort herauszubringen, und ich machte natürlich ein sehr dummes Gesicht. Aber mein Kamerad lachte mich aus. ›Luke‹, sagte er, ›du bist ein gewaltiges Schaf. Du kannst dir doch denken, daß man diesen Schmöker nicht in so einen Tresor legen würde, wenn das Geschreibsel nicht etwas sehr Wichtiges zu bedeuten hätte‹ . . .«

Der Mann machte eine spannungsvolle Pause und holte eine silberne Zigarettendose aus der Westentasche. Sie war ziemlich groß, mit einem Wappen und einem Monogramm geziert und gut gefüllt. Er war so höflich, sie zunächst seinen beiden Tischgenossen hinzuhalten, aber Peter Owen schnitt eine Grimasse und deutete mit dem Messer vielsagend auf seinen vollen Mund, und der andere schien überhaupt nicht zu rauchen, denn er winkte dankend ab. Also traf der Besitzer der gediegenen Dose für sich selbst eine umständliche Wahl, klopfte die Zigarette am Daumennagel aus und setzte sie mit Genuß in Brand.

»Sie müssen wissen«, nahm er dann seine Erzählung wieder auf, »George hatte einen feinen Kopf und auch allerlei Bildung, und wenn er es nicht mit dem Suff zu tun gehabt hätte, wäre sicher was aus ihm geworden. Er hatte auch sofort einen großartigen Einfall. Er wußte von einem vornehmen Gentleman, der sich auf solche Dinge verstand, und zu dem wollte er gehen. Man konnte ja etwas von einer Hinterlassenschaft erzählen, und daß sich die Erben nun in diesem komischen Geschreibsel nicht auskennen. Und zunächst ist alles ganz glatt gegangen. Der gewisse Gentleman hat George versprochen, daß er sich die Sache ansehen werde, und etwa in einer Woche könne mein Kamerad wiederkommen. Und er hat nicht einmal etwas für seine Bemühungen verlangt . . .«

Der Dieb beugte sich über den Tisch und ließ seine unruhigen Augen von einem zum andern gehen. »Was glauben Sie aber, daß dann geschehen ist?« fragte er und gab auch schon selbst die überraschende Antwort. »Der Gentleman ist plötzlich gestorben. Drei Tage bevor die Woche um war. George las es in der Zeitung und war wie vor den Kopf geschlagen. Zuerst wollte er sich melden, aber dann meinte er, es sei besser, wir ließen es sein. Man wußte ja nicht, was es für Fragereien geben konnte . . . Dafür hatte George eine andere Idee. Vielleicht konnten wir uns zunächst einmal nach dem gewissen Wagen umsehen und seine Besitzer benachrichtigen, daß wir etwas von dem verlorenen Buche wüßten. Wenn wirklich etwas dahinter steckte, würde der Mann sich gewiß dazu verstehen, für den Fund einen anständigen Preis zu zahlen, und dann konnte ja George das Buch immer noch holen . . .«

Der Erzähler ließ einen scheuen Blick durch den Saal gehen, denn was er weiter zu berichten hatte, erfüllte ihn in diesem Raum mit doppeltem Unbehagen. »Wir gingen also fleißig auf die Suche«, fuhr er mit etwas trockenem Hals und noch leiser als bisher fort, »aber erst nach einer Woche sahen wir den Wagen endlich eines Abends an einer Straßenkreuzung in Newington. Es nützte uns aber nicht viel, denn als wir gerade an ihn heran waren, wurde der Verkehr für seine Fahrtrichtung freigegeben, und er schoß auch schon davon. Wir konnten nur sehen, daß ein Herr mit einem buschigen dunklen Schnurrbart am Steuer saß, und dann hatten wir uns diesmal die Nummer gemerkt. Aber« – der Dieb ließ wiederum seine Augen sprechen – »damit war nichts anzufangen, denn als wir uns erkundigten, sagte man uns, daß es so eine Nummer nicht gebe. Aber wenigstens wußten wir nun, was wir von der Geschichte zu halten hatten. Wenn der Mann mit einer falschen Nummer fuhr, hatte das Buch sicher einen besonderen Wert. Wir ließen also nicht locker, und richtig hatten wir schon ein paar Tage später wieder Glück. Das heißt«, verbesserte er sich, »Glück kann man das nicht nennen, sondern es war eine verwünschte Schickung, aber das stellte sich erst später heraus. Diesmal tauchte das Auto – es war gegen halb neun und noch nicht ganz finster – plötzlich draußen in West Brompton auf, und wir sahen, wie aus dem Fenster einem vierschrötigen Kerl mit einem gelben Galgengesicht ein Zettel zugesteckt wurde. ›Mach deine Wege, ich kauf mir den Tataren‹, raunte mir George zu und war auch schon verschwunden.«

Der Dieb stieß den letzten Rauch aus und zerdrückte seine Zigarette, dann sagte er mit der geziemenden Bewegung: »Das waren die letzten Worte, die ich von meinem armen Kameraden gehört habe. Er ist nämlich in derselben Nacht hier draußen umgebracht worden; und wenn auch die Polizei aus dem Fall nicht klug geworden ist, ich kann mir die Geschichte sehr gut zusammenreimen. George ist dem Burschen bis hierher gefolgt und hat die Sache mit der ›Chinesischen Nelke‹ wahrscheinlich unvorsichtig angestellt. Aber eines Tages werde ich ihn schon rächen. Es wird diese Banditen einen gewaltigen Batzen Geld kosten, denn jetzt habe ich sie nicht nur mit dem Buch in der Hand, sondern auch noch wegen der anderen bösen Geschichte. Ich warte nur ab, ob ich nicht vielleicht durch einen Zufall etwas Näheres über sie erfahre. Deshalb wollte ich mich auch heute hier wieder einmal nach dem gelben Galgengesicht umsehen.«

Er musterte neuerlich rasch die nächste Umgebung und wurde

dann ganz geheimnisvoll. »Den andern, den mit dem buschigen Schnurrbart, habe ich vor drei Tagen wieder getroffen«, flüsterte er. »Und er wird an mich denken. Ich wollte es zwar nicht tun, aber als auf einmal das Auto drei Schritte vor mir hielt und er heraussprang, dachte ich, daß er nun vielleicht mir an den Leib wollte, und habe rasch zugestochen. Mit dem Messer, das ich Ihnen draußen gegeben habe . . .«

Peter Owen hatte die ganze Zeit so eifrig genickt, wie er gekaut hatte, und nun tat sogar der Matrose, der mit schläfrigen Augen dagesessen hatte, plötzlich den Mund auf.

»Sonst war nichts in dem Wagen?« fragte er, und der Dieb setzte sein ehrlichstes Gesicht auf.

»Nein. – Das heißt, wenigstens nichts, was der Rede wert gewesen wäre«, verbesserte er sich, da es für ihn ein erhebendes Gefühl war, einmal wirklich die reine Wahrheit sagen zu können. »Bloß noch das da . . .« Er griff in die Brusttasche und brachte ein flaches Päckchen hervor, dessen bereits brüchige Hülle er vorsichtig auseinanderfaltete.

Aber kaum war ein Stückchen des feinen Leders sichtbar geworden, als Ramsay auch schon rasch zufaßte. »Für die fünf Shilling, die ich zu bekommen habe«, sagte er, indem er den Gegenstand unbesehen in der Tasche verschwinden ließ.

Peter schnitt ein enttäuschtes Gesicht, denn er hatte bereits damit gerechnet, auch diese fünf Shilling übernehmen zu können, der Dieb jedoch war mit dem Handel sehr einverstanden. Fünf Shilling waren für einen einzelnen Handschuh ein hübscher Preis, aber er hatte schon davon gehört, daß es Käuze gab, die solche Dinge sammelten. Da er jedoch einmal bei der Ehrlichkeit war und es sich um einen seiner Beschützer handelte, glaubte er, auf etwas aufmerksam machen zu müssen.

»Es sieht zwar so aus«, tuschelte er über den Tisch, »als ob das Zeug von einer Frau wäre, denn ich bringe es kaum über vier Finger, aber es gehörte sicher dem Mann mit dem Schnurrbart. Er hat eine so kleine Hand, daß man es kaum glauben sollte. Ich habe sie ganz dicht vor Augen gehabt, als ich zustieß.«

»Wohin ist es gegangen?« erkundigte sich der Matrose in seinem breiten Dialekt.

»In den linken Ballen. Von oben nach unten – durch und durch ...« Der kleine Dieb war auf dieses Heldenstück sichtlich sehr stolz. »Es hat auch sofort eine Menge Blut gegeben und ...«

Er brach plötzlich ab, als ob er einen Schlag auf den Mund bekommen hätte, und seine Augen blieben mit einem Ausdruck des Schreckens irgendwo in dem Qualm haften. Dann senkte er blitzschnell die Lider, zog die Schultern ein und fiel zu einem reglosen Kleiderbündel zusammen. Nur seine fahlen Lippen bewegten sich krampfhaft und es währte Sekunden, bevor er gepreßt und abgehackt die wenigen Worte hervorbrachte: »Er ist da ... – An dem Tisch gleich rechts neben der Tür!«

Peter Owen war zwar sehr beschäftigt, verstand aber doch sofort, und da er wirklich ein Gentleman war, zögerte er nicht einen Augenblick, für das anständige Abendbrot und die fünf Shilling nun auch seine Pflicht und Schuldigkeit zu tun. Die Sache ließ sich vielleicht im Handumdrehen erledigen. Er stieß also das Messer in den zweiten Braten, der eben vor ihm stand, und machte Miene, sich den bewußten Burschen einmal etwas näher anzusehen.

Aber bevor er noch zu einem flüchtigen Blick kam, fühlte er den Fuß seines Begleiters kräftig auf dem seinen. Und wieder verstand Peter, und eigentlich war's ihm so lieber. Er hatte noch einige Bissen von dem guten Steak, und es wäre schade gewesen, wenn es kalt geworden wäre.

Für Donald Ramsay war der neue Mann im Hintergrund keine Überraschung, aber er freute sich, daß er ihn wirklich zu Gesicht bekam. So, wie er sich über die Geschichte des Diebes und über den Handschuh gefreut hatte, obwohl auch diese Dinge ihm nicht viel mehr gesagt hatten, als er bereits ahnte. Aber nun war er seiner Sache völlig sicher, und es galt nur noch, die Kette wirklich lückenlos zu schließen.

36

Auch Simonow in seinem Winkel empfand in diesem Augenblick eine geradezu unbändige Freude, und er bedurfte auch eines solchen Gefühls, um halbwegs wieder ins Gleichgewicht zu kommen. Er hatte eine schlimme Nacht, einen üblen Tag und wieder einen bösen Abend hinter sich, und die Erinnerung an das rätselhafte Abenteuer in Notting Hill ging ihm wie ein richtiges Mühlrad im Kopf herum. Die gewaltige Beule an seinem Scheitelbein schmerzte noch immer höllisch, aber er hatte keine Zeit, etwas dagegen zu tun, denn der Chef gebärdete sich mit einem Mal verdammt ungemütlich. Und wenn der abgebrühte Simonow auch nicht zu jenen gehörte, die es wegen einiger scharfer Worte gleich mit der Angst zu tun bekommen, so hatte ihm diesmal der häßliche Ton doch eine Gänsehaut über den Rücken gejagt.

Deshalb hatte er sich schleunigst aufgemacht, um wenigstens den zweiten Dieb aufzuspüren. Und nun hatte er nicht bloß diesen vor sich, sondern dazu wahrhaftig auch noch den verwünschten Windhund vom gestrigen Abend, an dem dem Chef und auch ihm selbst noch weit mehr gelegen war. Die Matrosenkluft konnte ihn nicht einen Augenblick täuschen. Dieser gefeite Satan hatte ihm bereits alle möglichen schrecklichen Gedanken aufgedrängt, aber nun wußte man endlich, wo man ihn hinzutun hatte.

Simonow neigte den Kopf noch tiefer und begann, vor seinem Glas Bier mechanisch mit den Fingern zu spielen. Auf diese Finger waren in dem großen Lokal unauffällig an die zwanzig Augenpaare gerichtet, die Leuten gehörten, auf die man sich unbedingt verlassen konnte. Jeder Finger galt einem andern, und es machte auch einen Unterschied, ob er gestreckt oder gekrümmt wurde.

Der einsame Gast im Winkel saß ungefähr eine halbe Stunde und zeigte weder für die Männer auf dem Podium noch für die vielen anderen, die ununterbrochen kamen und gingen, das geringste Interesse. Und schließlich verschwand er ebenso plötzlich und unauffällig, wie er aufgetaucht war.

37

Peter Owen hatte mittlerweile in aller Ruhe auch die zweite Portion bewältigt, einige ausgiebige Schlucke darauf gesetzt und schnitt sich nun einen Priem, der die Genüsse dieses schönen Abends vervollständigen sollte. Und was dem ehemaligen Oberbootsmaat sonst noch fehlte, um ihn wirklich restlos zu befriedigen, drückte er in einem kurzen Satz aus.

»So – und jetzt könnte eigentlich was geschehen, damit das Blut nicht zu dick wird . . .«

»Es wird auch was geschehen«, bemerkte sein Genosse mundfaul und neigte sich dann dicht zu Peters gewaltiger Ohrmuschel. Er flüsterte eine ziemliche Weile abgerissene Worte in den Trichter, und Peter Owen saß steif wie ein Stock. Nur der Priem in seinem Mund kreuzte lebhaft von einer Wange zur andern.

Dem Dieb wurde bei dieser Heimlichkeit seiner Beschützer mit einem Mal sehr beklommen zumute, und als Peter endlich kurz nickte und ihm unvermittelt den Dolch in die Hand drückte, fiel ihm das Herz vollends in die Hosen. Auch die ermutigenden Worte, die er dabei zu hören bekam, vermochten seinen Schreck nicht zu mindern.

»Steck das Ding vorläufig wieder ein, mein Junge«, sagte Peter gelassen, »damit du doch für alle Fälle etwas bei dir hast. Wir werden deine Suppe nun wohl auslöffeln müssen, aber das laß unsere Sorge sein. Wenn du parierst und dich nicht albern anstellst, wird es für dich nicht ärger sein, als wenn du mit deinem Frauenzimmer im Hyde Park spazieren gingst. Der Gentleman hier« – er deutete mit dem Daumen respektvoll auf Ramsay – »geht voraus, und du hältst dich genau sechs Schritte hinter ihm. Und sechs Schritte hinter dir komme ich. Sieh zu, daß du uns nicht verlierst, denn sonst schneiden sie dir wirklich den Hals ab. Aber das ist dann nicht unsere Schuld. So, und nun zahle, wie es ausgemacht ist, und dann gehen wir.«

Fünf Minuten später war es soweit, aber in dem halbdunklen Flur nahm Ramsay den tatendurstigen Peter nochmals beiseite.

»Also«, flüsterte er ihm eindringlich zu, »den Mann müssen wir heil herausbringen, koste es was es wolle. Ich brauche ihn. Deshalb wird sogar geschossen, wenn es nicht anders gehen sollte. Aber nicht so wild darauf los, daß etwa einer von den Burschen sich hinlegt. Knallen Sie bloß vor die Füße, das wird genügen . . .«

Peter fand diese Weisung nicht ganz nach seinem Geschmack und hatte seine Bedenken. »Wenn es aber zufällig daneben geht? So was kann doch in der Finsternis sehr leicht vorkommen . . .«

»Es darf keiner auf dem Platz bleiben«, schnitt Ramsay die Unterhaltung ungeduldig ab. »Und es wird auch nicht notwendig sein, viel herumzuknallen. Es sind gewiß einige Polizeistreifen unterwegs und zwei oder drei Schüsse werden ausreichen, sie lebendig zu machen. – Welchen Weg also?«

»Links um das Haus und dann geradeaus in die Gasse neben der Laterne«, tuschelte Peter zurück. »Dort gibt es vierhundert Schritte weiter eine Stelle, wo einige der kleinen Buden etwas zurückgebaut sind. Wenn wir bis dahin kommen und uns hinter die Ecken drücken, kann man von keiner Seite an uns 'ran. Und dann haben wir auch schon die Commercial Road auf kaum eine halbe Seemeile vor uns.«

Es ging alles glatt, denn sie wußten ihren Weg, der lauernde Simonow aber mußte ihn erst in Erfahrung bringen. In unmittelbarer Nähe des ›Durstigen Stockfisch‹ loszuschlagen, schien ihm nicht ratsam.

Erst als die Erwarteten gemächlich den freien Platz passiert hatten und in das kleine Gäßchen eingebogen waren, gab Simonow im tiefen Schatten eines baufälligen Speichers rasch seine Befehle, und die Umfassungsgruppe begann zu laufen, weil sie eine ziemliche Strecke zurückzulegen hatte. Die andern aber schlichen einzeln und lautlos den dreien nach, darauf bedacht, ihnen nicht zu nahe zu kommen, bevor vorne nicht abgeriegelt war.

Diese Vorsicht war überflüssig, denn die drei waren schon weit voraus. Kaum in der Dunkelheit, waren sie mit langen Sprüngen vorwärtsgestürmt, und es bestand offenbar keine Gefahr, daß sie den Dieb verlieren würden. Dieser machte Sprünge wie ein gehetzter Hirsch und hielt sich so dicht hinter Ramsay, daß er ihn jederzeit am Joppenzipfel fassen konnte.

So erreichten sie ungeschoren die Nische bei den Buden und sahen sogar auch den weiteren Weg vor sich noch immer frei. Die Commercial Road war wirklich kaum mehr als einen guten Büchsenschuß entfernt, und ihr Licht schimmerte bereits am Ende der Gasse.

Aber schon in der nächsten Sekunde tauchten dort rasch hintereinander mehrere dunkle Schatten auf, und Ramsay wandte sich nach Peter Owen um.

»Bloß vor die Füße!« gebot er nochmals.

»Wenn mir aber die Hand vom Laufen so schrecklich zittert . . .«, knurrte Peter zurück, und dann war auch schon zu hören, daß sich in nächster Nähe etwas vorbereitete . . .

Es mochte wohl an der zitternden Hand Peters gelegen haben, daß auf seiner Seite der erste Schuß losging. Und er mußte auch allzu knapp vor den Füßen eingeschlagen haben, denn als Echo kamen ein kurzer Aufschrei und ein gewaltiger Fluch zurück.

Und dann schien es einen Augenblick kritisch werden zu wollen, weil Peter plötzlich auf kaum zehn Schritte so viele Füße vor sich sah, daß er nicht wußte, vor welche er zuerst halten sollte. Er nahm sie daher hübsch der Reihe nach, und nun krachte es auch dreimal kurz hintereinander an der Ecke bei Ramsay . . .

Aber damit war der Spektakel auch schon zu Ende, denn vorne in der Commercial Road und rechts und links machten wirklich die Polizeipfeifen auf einmal einen so protzigen Lärm, daß Peter Owen aus dem Spucken nicht heraus kam. Und die tüchtigen Leute Simonows fanden das Gepfeife noch bedenklicher als die Schießerei. Die von vorne gekommen waren, stürmten daher lieber auf die gefährliche Nische los, als daß sie umgekehrt wären. Dabei hatten sie solche Eile und machten so wenig die Augen auf, daß einer von ihnen mit dem Gesicht an Peters langem Revolver hängenblieb und ein Stück seiner Nase daran zurückließ.

Wenigstens erzählte es Peter Owen so, als Ramsay deswegen eine Bemerkung fallen ließ.

Immerhin brauchten sie aber noch eine gute halbe Stunde, bevor sie aus dem dunklen Gäßchen heraus konnten, weil es auf einmal rings herum von neugierigen Polizisten nur so wimmelte und sie keine Lust hatten, mit Fragen aufgehalten zu werden. Und als sie dann endlich vorsichtig die Nase in die Commercial Road hinaussteckten, geschah ganz unvermutet noch etwas, was sogar Peter über den Spaß ging.

Es krachte nämlich plötzlich noch einmal, und Donald Ramsay fuhr mit der Hand nach dem Kopf. Aber dann hatte er auch schon den Browning herausgerissen und zielte auf ein sackartiges Etwas, das mit großen Sätzen im Schatten der Häuser davonraste. Es war eigentlich nicht viel mehr zu sehen als ein schimmernder Fleck, wo andere Leute den Schädel haben.

Ramsay setzte unschlüssig ab – dann schnellte er die Waffe wieder hoch – und gerade, als das Etwas um eine Ecke bog, drückte er ab . . .

»Sie haben sich's ein bißchen zu lange überlegt, Sir«, stieß Peter so aufgeregt hervor, daß er sich völlig vergaß. »Eine Sekunde früher, und Sie hätten dieses heimtückische Schwein sicher umgelegt.«

Ramsay antwortete nicht, sondern holte sein Taschentuch hervor, um das Blut abzuwischen, das ihm von der Stirn ins Gesicht rann. Peter zischte ergrimmt und sandte dem längst entschwundenen Schützen rasch noch ein paar seiner saftigen Verwünschungen nach, dann besah er sich sachverständig den Schaden. Der Streifschuß saß an der Stirn, fingerbreit neben der Schläfe.

»Um einen Zoll!« knurrte Peter Owen mit einem Ernst, der sonst nicht seine Sache war, und konnte nicht begreifen, daß der Gentleman diese Gemeinheit so lustig zu finden schien. Er ließ nämlich plötzlich ein leises Lachen hören, und dann sagte er:

»Wenn ich mit meinem Schuß Glück gehabt habe, dann wird diese tolle Komödie sehr bald noch ein bißchen interessanter werden«

Peter verstand das nicht, aber auch Donald Ramsay, der genau wußte, was er meinte, sollte eine unangenehme Überraschung erleben.

Der kleine Dieb war von seinen Beschützern so begeistert, daß er sie noch zu einem Trunk in seine Stammkneipe einlud. Aber sogar Peter Owen lehnte dankend ab, denn der Gentleman mit dem blutigen Kopf mußte wohl heim, und allein wollte er sich mit solchem Geschmeiß nicht herumtreiben.

So suchte denn der Dieb mit dem gewaltigen Schreck, den ihm die Ereignisse in die Glieder gejagt hatten, allein fertig zu werden und merkte schon nach dem zweiten Glas, daß es auch so ging. Er fand, daß er sich riesig tapfer gehalten hatte, und die Leute der »Chinesischen Nelke« würden nun wissen, daß mit ihm nicht gut Kirschen essen war . . .

Das Auto, das nach etwa einer halben Stunde an einer Ecke unweit der Schenke hielt, war ziemlich groß, aber recht unansehnlich. Auch der Mann, der ausstieg, war unauffällig.

»Ich werde mir also jetzt den Burschen holen«, sagte er gedämpft zu den zwei handfesten Polizisten, die im Innern saßen. »Er wird wohl keine Geschichten machen, aber damit es kein Aufsehen gibt, fahrt hinter mir her bis vor das Lokal und laßt die Wagentür offen. Ich schiebe ihn dann flink herein. Je früher wir die Sache vom Halse haben, desto besser«, fügte er noch leiser und mit einem gewissen Unbehagen hinzu. »Mit den Dingen vom ›Haus im Schatten‹ mag ich nicht gern zu tun haben . . .«

Es ging alles genauso, wie der Mann es vorgesehen hatte, und damit war der kleine Dieb für eine Weile aus der Öffentlichkeit verschwunden . . .

39

Tante Ady fühlte sich so wohl und zufrieden, wie schon lange nicht, denn mit dem Kinde ließ sich seit dem Weihnachtsdinner wirklich sehr gut auskommen. Und gestern abend hatte Maud zur größten Verwunderung der glückseligen Mrs. Derham sogar ein Schallplattenkonzert eingeschaltet, bei dem fast ausschließlich von Liebe die Rede gewesen war.

Mrs. Derham freute sich über diesen Wandel, zerbrach sich aber darüber nicht den Kopf, weil dies nicht ihre Art war. Und auch Maud Hogarth selbst vermied es ängstlich, der seltsamen neuen Saite nachzuspüren, die plötzlich in ihrem Innenleben alles andere überklang. Schließlich war es doch nur selbstverständlich, daß sie sich unablässig mit den Begebenheiten der letzten Tage beschäftigte, und daß natürlich auch das Bild des Mannes, der hierbei eine so bedeutende Rolle gespielt hatte, immer wieder vor ihren Augen auftauchte.

Auch an diesem Morgen geschahen wiederum zwei Dinge, die sie nötigten, sich ihres Verbündeten zu erinnern.

Zunächst einmal meldete sich Lady Falconer mit überschwenglicher Liebenswürdigkeit und drängte auf Mauds Bescheid wegen der Einladung. Der nächste Donnerstag würde so gut passen. Ob Maud nicht am Nachmittag auf ein halbes Stündchen kommen möchte, damit man verschiedenes besprechen könne. Es sollten nur Leute eingeladen werden, die ihr genehm seien . . .

Maud bedachte sich einen Augenblick, dann sagte sie zu. Sie war nicht mehr in der gereizten Stimmung, um eine schroffe Unhöflichkeit zu begehen. Die erfreute Lady Helen sandte ihr dafür durch das Telefon einen herzhaften Kuß.

Und dann kam ein Brief. Er trug auf dem Umschlag den Aufdruck des Anwaltsbüros Mr. Gardners, und Maud drehte ihn eine lange Weile unschlüssig hin und her. Sie hatte plötzlich das Empfinden einer nahenden Gefahr, war jedoch eher gespannt als erregt. Wenn es notwendig war, konnte sie sich ja nun bei ihrem Verbündeten Rat holen.

Sie suchte nach dem venezianischen Dolch – einem Geschenk Onkel Herberts – den sie als Brieföffner zu benützen pflegte, aber er war wieder einmal verlegt. Tante Ady verschleppte ihn immer heimlich auf ihr Zimmer, um seine haarscharfen Schneiden an irgendwelchen widerspenstigen Dingen auszuprobieren.

Maud riß also in ihrer ungeduldigen Erwartung den Umschlag einfach auf und überflog schnell die mit Maschine geschriebenen Zeilen:

Verehrte Miss Hogarth,

obwohl Sie meinen Beistand so schroff abgelehnt haben, fühle ich mich als Ihr ergebener Anwalt doch verpflichtet, nochmals auf die bewußte Angelegenheit zurückzukommen. Nach unserer letzten Unterredung, bei der Sie sich zu höchst unbedachten Drohungen hinreißen ließen, werde ich die Sorge nicht los, daß Sie in Ihrer Bedrängnis wirklich irgendeine verhängnisvolle Handlung begehen könnten, und vor dieser Katastrophe möchte ich Sie bewahren. Überlegen Sie sich daher mein Anerbieten nochmals ernstlich. Vielleicht kann die Andeutung, daß ich die Dinge, die Sie fürchten, zu kennen glaube, Sie endlich veranlassen, mir Ihr volles Vertrauen zu schenken. Ich erwarte Sie also heute nach sechs Uhr in meiner Kanzlei, und da wir ganz allein sein werden, können Sie sich völlig rückhaltlos aussprechen ...

Maud Hogarth saß eine Weile mit starren Augen und der bösen Falte zwischen den Brauen, dann steckte sie das Schreiben zu sich und verschwand wortlos.

Als sie wieder nach unten kam, war ihr warmer Teint noch um eine Schattierung dunkler als sonst, und in ihren unruhigen Augen lag ein eigentümlicher Glanz.

»Wir werden etwa in einer Stunde Besuch bekommen«, sagte sie leichthin, aber so unvermittelt, daß Mrs. Derham das Modenheft aus der Hand glitt.

»Besuch? – Wen?« Tante Ady hatte vor freudiger Erregung schon wieder keinen Atem und vermochte daher nicht mehr hervorzubringen.

»Einen Herrn«, erklärte die Nichte gleichgültig.

»Alt oder jung?«

Maud mußte erst nachdenken, »so mittel ...«

Das war Mrs. Derham gerade recht.

Auch Donald Ramsays Gesicht war etwas lebhafter gefärbt, als er den Hörer des kleinen Apparats wieder auflegte. Dann sah er rasch nach der Uhr und klingelte ungeduldig.

Mrs. Machennan glitt mit der lautlosen Schnelligkeit einer Schwalbe ins Zimmer. Ihre sanften Augen streiften besorgt die garstige Schramme an der Stirn des Gentlemans, die mit einem großen Heftpflaster verklebt war, dann gingen sie sofort zu Boden.

»Ist Mr. Brook schon gekommen, Mrs. Machennan?«

»Soeben.« Die schüchterne Frau zögerte einen Augenblick, dann fügte sie kaum hörbar hinzu: »Ich glaube, er ist sehr aufgeregt ...«

Ramsay sah sie ganz verdutzt an, plötzlich aber lachte er laut auf. »Brook sehr aufgeregt? Das möchte ich gern sehen. Bitte, schicken Sie ihn rasch herauf. Und dann werden wir beide uns ein Viertelstündchen unterhalten, liebe Mrs. Machennan.«

Er blinzelte ihr freundlich zu, und die sanfte Schottin geriet wieder einmal so außer Fassung, daß sie wie ein Schulmädchen knickste.

Brook schien gar nicht aufgeregt. Er sah genauso gelangweilt drein wie immer, nur sein ausgeprägter Adamsapfel ging lebhaft auf und nieder.

»Nun?« fragte Ramsay.

Der lange Mann sah sich rasch im Zimmer um, dann stieß er mit einem Ruck den Kopf vor. »Im ›Haus im Schatten‹ ist etwas los, Sir«, tuschelte er und war nun wahrhaftig aufgeregt.

Auch Donald Ramsay bekam etwas davon ab. »Was gibt's?« forschte er hastig.

Brook wurde noch leiser. »Der Chef soll in der Nacht einen Unfall gehabt haben. Man macht daraus ein großes Geheimnis, aber ich habe es erfahren, weil ich gerade dort war, als sein Arzt anrief.« Seine Stimme wurde zu einem Hauch. »Er soll angeschossen worden sein ...«

Ramsay stand wie versteinert, und es dauerte eine Weile, bevor er eine weitere Frage hervorbrachte. »Wie? – Wo?«

»Näheres weiß ich nicht. Unsereiner darf doch nicht die Nase in solche Dinge stecken. Und ich möchte Sie auch bitten, Sir ...«

Der junge Gentleman glitt haltlos in einen Sessel und starrte mit reglosem Gesicht vor sich hin. »Mein lieber Brook«, lispelte er endlich, »das ist zuviel für mich. Das muß ich erst gründlich verdauen. Wir wollen daher von etwas anderem sprechen.«

Der gefällige Brook sprach also von etwas anderem.

»Die Sache mit dem Zettel, den wir bei Simonow gefunden haben, habe ich heute nacht ausprobiert«, berichtete er. »Als sich der Klub der Globetrotter meldete, verlangte ich zunächst einmal den ›Roten Salon‹, es wurde aber sofort ausgeschaltet. Und ebenso erging es mir mit den anderen Farben und Zimmern, mit denen ich dann sprechen wollte. Es dürfte also schon stimmen, daß das die Losungsworte sind, aber der Teufel mag erraten, welches gerade gilt. Ja, und dann habe ich mir, wie Sie es wünschten, den Klub von außen etwas genauer besehen, es ist aber auch dabei nicht viel herausgekommen. Ich bin zwei Stunden ununterbrochen rund herum gelaufen, ohne etwas Auffälliges zu bemerken.«

»Schön«, sagte Ramsay, »dann wollen wir es also noch einmal versuchen. Schon heute, denn die Sache eilt. Ich habe bis gegen Mitternacht Zeit. Erwarten Sie mich um halb zehn drüben in Chelsea beim Cadogan Pier und bringen Sie Peter Owen mit. Er ist ein tüchtiger Bursche und hat mir gute Dienste geleistet.«

Brook heftete den Blick auf die verunstaltete Stirn des Gentleman und sagte: »Sehr wohl, Sir.« Und dann erinnerte er sich, daß er noch etwas zu berichten hatte. »Ich habe auch den Mann ausgefragt, der gestern nachmittag hinter dem Verfolger der Dame hergefahren ist. Er sagte, der erste habe knapp vor Richmond den Wagen plötzlich aus den Augen verloren und sei dann mit seinem Motorrad kreuz und quer gerattert. Unser Mann blieb natürlich hinter ihm, und dabei will er wirklich einen Herrn mit einem Spitzkopf gesehen haben. Er stand auf einem dunklen Seitenweg neben einem Auto ...«

Ramsay starrte Brook sekundenlang an, dann sprang er ganz unvermittelt auf etwas anderes über. »Fahren Sie sofort nach Notting Hill, und sorgen Sie dafür, daß mein Wagen ohne zudringliche Gaffer in den Garten gelangen kann. Wie lange ich dort bleiben werde, weiß ich noch nicht. Den Rückweg nehme ich jedenfalls durch die Garage.«

Damit war Brook entlassen, und wenige Minuten später saß Mrs. Machennan dem Gentleman gegenüber.

Donald Ramsay entnahm dem Schreibtisch eine Mappe und legte sie vor sich. Er war ungewöhnlich ernst, und seine Mienen sagten noch weit mehr als seine Worte. »Also, liebe Mrs. Machennan, Sie wissen ja, um was es sich handelt. Wenn wir vielleicht auch nicht das bekommen, was wir haben wollen, werden Sie doch einiges sehen. Die Leute, die bereits auf der Liste stehen, sind unterrichtet, und eine Erkundigung hat daher weiter nichts zu bedeuten. Aber trotzdem ist die Sache nicht ohne Gefahr ...«

Mrs. Machennan hob die braunen Augen, die noch sanfter strahlten als sonst. »Sie dürfen ganz unbesorgt sein, Mr. Ramsay«, flüsterte sie. »Ich werde die Angelegenheit gewiß zu Ihrer vollsten Zufriedenheit erledigen. Ich bin zwar nur eine einfache Frau, habe aber einige Erfahrungen.« Sie stockte einen Augenblick, und dann fügte sie mit einem verschämten Lächeln hinzu: »Ich werde meinen neuen Pelz anziehen und den neuen Hut nehmen. Man sagt mir, daß ich darin ziemlich gut aussehe.«

»Sie sehen nicht ziemlich gut, sondern reizend aus, liebe Mrs. Machennan«, erklärte Ramsay mit ehrlicher Wärme, und die sanfte Schottin wäre in diesem Augenblick für ihn schnurstracks in die Hölle gegangen, wenn es hätte sein müssen.

41

In dem stillen, vornehmen Notting Hill kam es ungefähr eine Stunde später zu einer wüsten Keilerei. Ein Arbeiter, der mit großer Gründlichkeit den Verputz einer Gartenmauer ausbesserte, geriet plötzlich mit einem müßigen Bummler in einen handgreiflichen Streit, und da beide Gegner sofort Helfer fanden, gab es binnen kurzem einen dichten, hin und her wogenden Knäuel.

Der Wagen, der in rascher Fahrt von Kensington Gardens her

kam, mußte einen großen Bogen fahren, um keinen der erbitterten Kampfhähne unter die Räder zu bekommen, und gleich darauf nahm er kühn eine Ecke und schoß in das zufällig geöffnete Haupttor der Gartenmauer.

»Mr. Donald Ramsay«, stellte Maud sehr förmlich, aber mit etwas unsicherer Stimme vor, und Mrs. Adelina Derham streckte dem Besucher mit einem ungemein liebenswürdigen Lächeln die weiche weiße Hand entgegen. Und im gleichen Augenblick hatte sie auch schon eine Erinnerung eingefangen, mit der sich ein nettes und vielleicht recht ergiebiges Gespräch beginnen ließ.

»Ramsay, oh ...«, sagte sie lebhaft. »Ich habe eine Miss Ramsay gekannt, aber ...« – sie zögerte verlegen – »ja, es ist dies allerdings schon ziemlich lange her. Ich bin nämlich als kleines Mädchen in der Schweiz erzogen worden, und da hatten wir im Institut eine Miss Geneviève Ramsay. Sie war damals bereits eine erwachsene junge Dame, ich erinnere mich ihrer jedoch noch sehr gut, weil wir alle für sie geschwärmt haben. Sie war sehr hübsch und sehr lieb und hat immer irgendwelche lustigen Streiche aufgeführt. Wir waren sehr traurig, als sie uns verließ. Sie hat einen Lord ...«

Mrs. Derham wollte nur einen Augenblick nachdenken, um auf den Namen des Lords zu kommen, denn es war doch schon etwas lange her; der Besucher ließ ihr jedoch keine Zeit dazu.

»Es scheint allen Ramsays im Blute zu liegen, Streiche aufzuführen«, fiel er mit auffallender Hast ein, lächelte aber dabei so gewinnend, daß ihm Tante Ady wegen der Störung ihres Gedankenganges nicht böse sein konnte. Sie fand ihn sogar mit jeder Minute netter, und als Maud nach einer Viertelstunde mit den Augen sehr deutlich auf sie einzusprechen begann, war es nicht bloß die umfangreiche Figur, die Mrs. Derham das Aufstehen so schwerfallen ließ.

»Also, nun lassen Sie mich zunächst einmal den Brief des besorgten Mr. Gardner lesen, Miss Hogarth«, sagte Ramsay, kaum daß sie allein waren, und Maud fand diese Eile, zu ihren geschäftlichen Angelegenheiten zu kommen, geradezu unhöflich. Es lag doch an ihr, dieses Thema anzuschneiden, und sie wollte nun wirklich nicht so mit sich herumkommandieren lassen.

»Was haben Sie an der Stirn?« fragte sie.

»Eine kleine Schramme.«

Mauds Finger trommelten gereizt auf der Stuhllehne. »Danke, das sehe ich. – Wovon?«

Ramsay lachte sie vergnügt an. »Von einem Wiedersehen mit dem Störenfried aus Richmond.«

Maud fuhr erschreckt auf. »Sie sind ihm noch einmal begegnet? Er hat wieder auf Sie geschossen?«

»Ja, er kam auf den unglücklichen Einfall.«

Der leichte Ton, mit dem Ramsay über das Abenteuer hinwegging, verfehlte seine Wirkung. Maud Hogarth saß plötzlich mit gesenktem Kopf und krampfhaft verschlungenen Händen, und als sie endlich zu sprechen begann, hatte ihre flackernde Stimme einen so seltsamen Klang, daß der junge Mann betroffen aufhorchte.

»Sie sollten vorsichtiger sein«, stieß sie hervor, und es war mehr eine flehentliche Bitte als ein wohlgemeinter Rat. Und dann kamen die Worte abgerissen und wie ein Aufschluchzen von ihren Lippen. »Ich kann das nicht ausdenken. Das wäre schrecklicher als alles andere. Weil ... Ich habe doch sonst niemanden, mit dem ... Und überhaupt ...«

Die Stimme versagte, und der feine dunkle Kopf sank noch tiefer.

Ramsay war aufgeschnellt und neigte sich über die Weinende. Dann hob er mit zaghaften Fingern das zuckende Mädchengesicht und blickte mit einer stummen Frage in die verschleierten Augen, denen diese Stunde allen abweisenden Stolz genommen hatte. Es lag nur bange Sorge darin.

Und noch etwas anderes, das den kühlen, korrekten Mann alle Selbstbeherrschung verlieren ließ. Er preßte in jäher Aufwallung seine Lippen auf die tränenfeuchten Wimpern des Mädchens und auf den bebenden Mund und fand in diesen stürmischen Liebkosungen kein Ende. Sie waren ein leidenschaftliches Geständnis und tröstender Zuspruch zugleich und bedurften keiner Worte. »Liebste ... Ärmste ...«, war das einzige, was Ramsay immer wieder flüsterte.

Maud Hogarth ließ diesen Überfall ohne das leiseste Widerstreben über sich ergehen. Er hatte sie nicht erschreckt und gelähmt, aber er hatte in ihr mit einem Schlag alles zusammenbrechen lassen, was ihr bisher ein Halt gewesen war. Sie gab sich hemmungslos dem neuen Gefühl hin, das über sie gekommen war. Sie dachte nicht daran, daß sie von dem Mann, dessen Zärtlichkeiten sie duldete, soviel wie nichts wußte, und sie fragte sich nicht, wohin das Geschehen dieser Minuten führen sollte. Sie war sich nur darüber klar, daß ihr dieser Fremde bereits so viel bedeutete, daß sie ihn nicht wieder verlieren durfte, und sie empfand unter seinen Küssen einen süßen Rausch, der sie über alle Bitternisse der Vergangenheit und alle Sorgen der Gegenwart hinwegtrug.

Donald Ramsay war der erste, der sich wiederfand. Er richtete sich plötzlich auf und begann mit großen Schritten umherzugehen.

»So, und jetzt wollen wir eine Weile vernünftig sein, Maud«, sagte er. »Die Sache muß nun doppelt rasch zu Ende kommen.« Dann nahm er wieder neben ihr Platz. »Also zunächst den Brief, Maud . . .«

Jetzt war sie ihm dankbar, daß er auf dieses Thema zu sprechen kam, und brachte das Schreiben Gardners zum Vorschein. Und dann hatte sie ziemlich lange Zeit, sich zu fassen, denn der Mann an ihrer Seite konnte mit der Lektüre der wenigen Zeilen nicht fertig werden. Er mußte sie bereits einige Male überflogen haben, äußerte jedoch noch immer kein Wort. Maud suchte in seinen Mienen zu lesen, aber diese blieben unbewegt.

»Was kann das zu bedeuten haben?« fragte sie endlich mit neu aufsteigender Besorgnis, aber statt einer beruhigenden Antwort kam eine Gegenfrage, die sie in höchste Bestürzung versetzte.

»Was stand auf dem Papier, Maud, das du von Foster mitgenommen hast?«

»Das kann ich nicht sagen. – Niemandem . . .«, stieß sie nach Sekunden hervor, und ihre Stimme hatte den früheren kampfbereiten Klang.

»Hast du es vernichtet?« forschte Ramsay.

»Nein«, erklärte sie. »Ich habe es zu dem andern gelegt.«

Ramsay fand das wieder einmal ›großartig‹. »Es liegt zwar

nicht viel daran«, fügte er hinzu, »aber so ist es doch besser. Schon um deinetwillen.« Er steckte den Brief Gardners zu sich. »Also, Lady Falconer hat ebenfalls den dringenden Wunsch, dich heute zu sehen?«

Die Selbstverständlichkeit, mit der er das vertrauliche Du gebrauchte, ließ Maud ihre Befangenheit nicht los werden. »Ja«, sagte sie, ohne den Blick zu heben. »Ich habe ihr versprochen, zu einer Tasse Tee zu kommen . . . Soll ich also zu Gardner fahren?«

»Zu Gardner? – Das überlege ich eben. – Jedenfalls kannst du Lady Falconer sagen, daß du die Absicht hättest. Damit sie dich nicht zu lange aufhält. Ob es wirklich dazu kommt, wird sich ja zeigen . . .«

Das war wiederum eine recht sonderbare Antwort, er ließ ihr jedoch keine Zeit, darüber nachzugrübeln. Die ›Weile‹, die er vernünftig sein wollte, war offenbar abgelaufen, denn er zog Maud abermals in die Arme. Plötzlich jedoch sah er sie ernst an.

»Es war eine schrecklich harte Strafe, Maud – aber ein wenig war sie verdient«, sagte er.

»Eine Strafe? Was? Wofür?« flüsterte sie verständnislos.

»Was du gelitten hast – für zu viel Liebe – und zu wenig Vertrauen. Das darf es zwischen uns nicht geben. Wenn du mich wirklich lieb hast, mußt du an mich auch glauben, was auch geschehen mag. Willst du mir das versprechen?«

Maud vermochte von all dem nur seine inständige Bitte zu fassen und bot ihm mit einem wortlosen Nicken den Mund . . .

Tante Ady pflegte glücklicherweise nicht wie eine Elfe durchs Haus zu schweben, und da sie überdies in großer Eile kam, war sie bereits geraume Zeit vor ihrem Auftauchen zu hören. Ihre ungewöhnliche Beweglichkeit hatte einen triftigen Grund. »Nun ist mir endlich eingefallen, wen Geneviève Ramsay geheiratet hat«, platzte sie sofort mit dem letzten Atem heraus, der ihr übrig geblieben war. »Einen Lord Trenton. Ich habe den ganzen Almanach durchgeblättert. Er ist oben in York begütert . . .«

»Oh . . .«, sagte der liebenswürdige Gentleman mit höflichem Interesse. Maud aber hatte für diese wichtige Feststellung so wenig übrig, daß sie sich nicht einmal vom Fenster wandte.

*

Kurz vor zwei Uhr kam Brook zum zweiten Male an diesem Tag in das stille Haus unweit der Westminster Brücke, aber diesmal wurde ihm die Hofpforte nicht von der sanften Mrs. Machennan, sondern von Pheny, dem Mädchen, aufgetan. Pheny machte zur Begrüßung mit ihren stämmigen Beinen eine richtige tiefe Kniebeuge und grinste sehr höflich, und in der Halle deutete sie mit dem besenstieldicken Daumen einladend nach der Treppe zum Oberstock.

Ramsay verriet in seinem Wesen nichts von dem großen persönlichen Erlebnis, das ihm die letzte Stunde gebracht hatte. Er war gelassen wie immer, nur seine Stimme klang etwas belegter als sonst. Brook schrieb dies der Wichtigkeit der Anweisungen zu, die er zu hören bekam, und spannte alle Sinne an, um sich jedes Wort einzuprägen. Er fühlte, daß es wieder einmal der Entscheidung entgegenging, und da konnte jede Kleinigkeit von Bedeutung sein.

»So«, schloß Ramsay endlich, »das wäre alles. Ich will nur die Rückkehr von Mrs. Machennan abwarten, dann mache ich ebenfalls einige Wege. Die beiden Leute mit dem Wagen und der Radfahrer haben pünktlich um vier Uhr beim Hydepark-Eingang in der Oxford Street zu sein. Suchen Sie die tüchtigsten aus, die zur Verfügung sind. Und Sie selbst werden auch gut daran tun, jemanden mitzunehmen, denn das Haus muß scharf beobachtet werden. Vor sechs Uhr dürfte kaum etwas los sein, aber dann passen Sie genau auf, wer aus und ein geht. Merken Sie sich das Aussehen der Leute, und notieren Sie auch die Zeit auf die Minute. Das kann von großer Wichtigkeit sein. Und« – Ramsays ernste Augen hefteten sich vielsagend auf Brook – »falls etwas geschehen sollte, mischen Sie sich nicht ein. Es genügt, wenn wir davon wissen. Spätestens um halb acht können Sie Ihren Posten wieder verlassen. Halten Sie sich dann hier auf; sollte ich aber nicht zu Hause sein, treffe ich Sie und Peter Owen um halb zehn in Chelsea.«

Er nickte verabschiedend, und obwohl Brook wieder einmal höchst aufgeregt war, da er an die gewissen hundert Pfund dachte, von denen einmal die Rede gewesen war, erwiderte er mit seiner gelangweiltesten Miene: »Sehr wohl, Sir.«

Die sanfte Mrs. Machennan war um diese Zeit fast schon an ihrem Ziel angelangt. Sie hatte nach der kurzen Unterhaltung mit ihrem liebenswürdigen Mieter mit großer Sorgfalt Toilette gemacht und sich dabei besonders lange mit einem höchst sonderbaren Armband aufgehalten, das sie um den linken Unterarm legte. Dann hatte sie den neuen Hut aufgesetzt und den neuen Pelzmantel umgenommen und sich mit einem befriedigten Lächeln fast eine Viertelstunde vor dem hohen Spiegel gedreht. Sie sah wirklich sehr vornehm und hübsch aus, und sogar Pheny bestätigte das, indem sie mit einem bewundernden »Kchchch« den großen Mund aufriß, um ihn nicht mehr zuzumachen.

Mrs. Machennan fand es notwendig, ihrer kräftigen Stütze bei dieser Gelegenheit nochmals verschiedene Dinge einzuschärfen. »Ich werde kaum vor zweieinhalb bis drei Stunden zurück sein«, sagte sie. »Sperren Sie also hinter mir gut ab und lassen Sie niemanden ins Haus, der nicht dreimal klingelt. Ich habe es Ihnen ja oft genug vorgemacht. Sollte sonst jemand kommen, so sagen Sie ihm draußen auf den Stufen, es sei niemand zu Hause. Aber sehen Sie sich vor, denn es gibt eine Menge schlechter Leute.« Mrs. Machennan bestaubte mit der Puderquaste leicht die zierliche Nase, und dann setzte sie hinzu: »Wenn es nötig sein sollte, schlagen Sie nur unters Kinn, damit Sie dem Mann keinen zu argen Schaden zufügen. Falls aber Mr. Ramsay nach Hause kommt, vergessen Sie nicht den Knicks, und wenn er etwas wünscht, zeigen Sie sich anstellig. Nachdem ich mir so viel Mühe mit Ihnen gegeben habe, dürfen Sie mir keine Schande machen.«

»Kchchch ...« hatte Pheny unter heftigem Nicken versichert, und Mrs. Machennan war beruhigt ihres Weges gegangen.

Sie trippelte graziös auf die Westminster-Brücke zu, hatte einen rührend sanften Ausdruck in ihrem hübschen Gesicht und hielt die Augen schüchtern zu Boden gerichtet.

Das hinderte sie jedoch nicht, die zwei Männer, die plötzlich kurz vor ihr auf der anderen Seite um eine Ecke kamen, noch in derselben Sekunde wahrzunehmen. Aber ihre Schritte blieben gleichmäßig graziös und gleichmäßig eilig.

Der abgebrühte Simonow bekundete weit weniger Selbstbeherrschung. Es gab ihm einen förmlichen Riß, und dann faßte er das Handgelenk seines Begleiters mit einem so kräftigen Druck, daß der andere erschreckt anhielt. Aber Simonow zog ihn weiter.

»Das ist das Frauenzimmer, das ich suche«, zischte er ihm zu, indem er rasch einen vorsichtigen Blick über die Schulter warf. »Sobald sich's machen läßt, müssen wir hinter ihr her. Vielleicht bekommen wir endlich heraus, wo sie wohnt. Oder sie läuft uns so geschickt in die Arme, daß wir sie einfach aufladen können. Das wird sich zeigen.« Er äugte wieder rückwärts, und da die Frau ruhig ihren Weg fortsetzte, glaubte er, die Verfolgung sofort aufnehmen zu können. »Los!« wies er seinen Begleiter an. »Du mußt nicht allzu vorsichtig sein, denn dich kennt sie ja nicht. Ich halte mich immer zehn Schritte hinter dir auf der anderen Seite.«

Simonow war sehr aufgeregt, und er hatte auch allen Grund dazu. In seinem ganzen recht bewegten Leben hatte er noch nie eine derartige Pechsträhne über sich ergehen lassen müssen, wie in den letzten Tagen. Das hagelte nur so auf ihn herab, so daß man es fast mit der Furcht zu tun bekommen konnte. Und gerade mit diesem Frauenzimmer, das wie eine Puppe auf Rädern vor ihnen herlief, hatte es angefangen. So etwas hatte ihn wahrhaftig mit einem einzigen Hieb in den Dreck gelegt, daß ihm seine fünf Sinne für eine ganze Weile abhanden gekommen waren. Das konnte nicht mit rechten Dingen zugegangen sein. Und all das andere auch nicht: er hätte jeden Eid darauf geschworen, daß der Mann mit der Nelke erledigt war – er hatte das Mädchen draußen in Notting Hill schon so gut wie sicher gehabt und ebenso die drei Diebsgesellen in der verflossenen Nacht – aber dann war im letzten Augenblick immer etwas Unerklärliches geschehen, und seine feine Arbeit war umsonst gewesen. Als gerecht denkender Mann wunderte er sich eigentlich, daß der Chef nicht schon die Geduld verloren hatte. Bei dem ersten und zweiten Fall hatte es zwar einen gehörigen Rüffel abgesetzt, aber der Bericht über den gestrigen neuerlichen Fehlschlag im Dockwinkel und die nächtliche Schießerei war sonderbarerweise sehr glimpflich abgelaufen. Wahrscheinlich sah der Boß ein, daß ihn wirklich keine Schuld traf. Etwas blieb jedoch immer auf einem sitzen, und Simonow hatte daher das dringende Verlangen, die verdammten Scharten der letzten Tage schleunigst irgendwie auszuwetzen. Er war überzeugt, daß die Frau vor ihnen bei der Geschichte, um die es ging, eine wichtige Rolle spielte, und wenn man sich an sie hielt, konnte man vielleicht endlich an das gefährliche Wespennest herankommen, das schon so viel zu schaffen gegeben hatte. Er hatte mit dieser heimtückischen Katze eine persönliche Rechnung zu begleichen, und wenn sie ihm in die Hände geriet, wollte er das gründlich besorgen. Die verschwiegene Kemenate draußen in Camberwell war dazu wie geschaffen.

Die sanfte Mrs. Machennan trippelte inzwischen ahnungslos weiter. Erst jenseits der Westminster-Brücke blieb sie plötzlich stehen und unterhandelte in ihrer freundlichen Art mit einem Taxichauffeur.

Simonow setzte sich in Trab und riß seinen Genossen mit sich fort. Nun hieß es sich eilen und die Augen offenhalten, damit die Person ihnen nicht am Ende doch noch entwischte.

Zur größten Erleichterung des vor Aufregung fiebernden Mannes ging alles glatt. Sie waren blitzschnell in ein anderes Taxi geschlüpft, und Simonow dirigierte den Fahrer. Glücklicherweise hatte es der erste Wagen nicht zu eilig, denn das hatte sich die ängstliche Mrs. Machennan ausdrücklich verbeten. Sie konnte ohne sonderliche Erschütterungen noch etwas Puder auflegen und die Konturen ihres kleinen Mundes mit Rot nachziehen. Als sie damit fertig war, klappte sie die Dose zu, und während sie sie wieder in der Handtasche versorgte, warf sie einen halben Blick durch das rückwärtige Fenster und lächelte unendlich sanft.

Die Fahrt endete in Bayswater vor einem gediegenen Gittertor, und als ein betreßter Pförtner erschien, übergab ihm Mrs. Machennan mit einem bezwingenden Lächeln eine Besuchskarte und einen Brief. Auf der Karte stand ›Mrs. Helen Barlow‹, und der mit einem wappengeschmückten Siegel verschlossene Brief war an Lady Helen Falconer gerichtet.

Dann lohnte Mrs. Machennan das Taxi ab, denn sie war eine sparsame Frau.

Lady Falconer schreckte auf das leise Klopfen zusammen, und den eintretenden Butler empfing ein unwilliger Blick. Der Mann beeilte sich, seine Meldung vorzubringen, denn Madam war in der letzten Zeit sehr launenhaft und gereizt.

»Eine Dame, Mylady. Sie sieht sehr gut aus und kommt mit einer Empfehlung.«

Er präsentierte die Karte und den Brief, aber Lady Falconer deutete auf das Tischchen vor sich, das mit Zeitschriften, Zigarettenschachteln und allerlei Kleinigkeiten bedeckt war, die man bei der Hand haben will.

»Wohl irgendeine Bettelei?« fragte sie, indem sie rasch noch einen Zug aus der Zigarette tat und diese dann zerdrückte.

»Es scheint so, Mylady. Die Dame hat eine Mappe bei sich.«

»Erkundigen Sie sich. Wenn es so ist, so bestellen Sie ihr, daß ich heute nicht empfange, und zeichnen Sie . . .«

In diesem Augenblick begannen die Zwerge der altertümlichen Bronzeuhr auf dem Kamin emsig zu hämmern, und Lady Falconer brach ab und löste mit spielerischer Lässigkeit das Siegel von dem Briefumschlag.

»Warten Sie«, sagte sie, nachdem sie einen flüchtigen Blick auf die wenigen Zeilen geworfen hatte. »Ich werde es mir noch überlegen. Die Dame hat wirklich eine besondere Empfehlung. Sobald ich mich entschieden habe, werde ich klingeln.«

Der Butler zog sich zurück, und Lady Helen wurde mit einem Mal sehr lebendig. Sie sprang auf, hob den Glassturz von der Uhr und drückte auf einen der winzigen Ambosse. Die Zwerge setzten mit ihrem Gebimmel aus, und das Gehäuse öffnete sich wie ein Schrein. Lady Falconer legte eine Muschel, nicht größer als ein Shillingstück, ans Ohr, hauchte zwei kurze Worte und lauschte dann.

Aus dem Gehäuse drang nicht der leiseste Laut, aber die Mienen der Frau verrieten immer mehr Spannung und Erregung.

»Wohin ist sie gegangen?« flüsterte sie plötzlich bestürzt zurück, und als ihr die überraschende Mitteilung wiederholt wurde, kam über ihre verkrampften Lippen ein scharfes Zischen. Aber sie hörte den Bericht ohne Einwurf zu Ende, und erst dann begann sie mit fliegendem Atem wieder zu sprechen. »Ja, machen Sie das so. Der Wagen wird in spätestens einer halben Stunde dort sein. Vielleicht kommt er noch zurecht. Versuchen Sie möglichst viel aus ihr herauszubekommen. Stellen Sie es aber geschickt an, denn Sie haben ja schon erfahren, daß mit diesen Leuten kein leichtes Spiel ist. Sie werden dann das Weitere hören.«

Lady Falconer drückte neuerlich auf den Amboß, dann nach Sekunden noch ein zweites Mal, und während sie wartete, klopfte sie mit der Fußspitze in heftiger Ungeduld auf den dikken Teppich. Ihr Gesicht war fahl und hatte seine gewöhnliche spöttische Überlegenheit völlig eingebüßt. Endlich flüsterte sie kurz, scharf und abgehackt wieder einige Worte in das Gehäuse, dann schloß sie es sorgsam, stürzte das Glas darüber und begann in dem großen Raum, der von der hohen Stehlampe nur matt erleuchtet war, wie gehetzt auf und ab zu laufen. Sie hatte ganz vergessen, daß eine sehr gutaussehende Dame mit sehr guten Empfehlungen auf ihren Bescheid wartete.

Aber plötzlich ließ sie sich wieder in den Lehnstuhl vor dem Kamin gleiten, lockte Achmed, den siamesischen Kater, der schnurrend um sie herum gestrichen war, und bettete ihn an ihrer linken Seite auf ein molliges Polster. Dann streckte sie die Rechte nach dem Klingelknopf aus, und als der Butler in der Tür erschien, sagte sie mit einem leichten, resignierten Seufzer:

»Ich werde die Dame doch empfangen müssen. Lady Williams könnte es mir übel nehmen, wenn ich ihren Schützling so kurz abfertigte. Also, ich lasse bitten . . .«

Mrs. Machennan, die in ihrer schüchternen Verwirrung eine falsche Besuchskarte abgegeben und gewartet hatte, bis sie endlich vorgelassen wurde, war wieder einmal rührend verlegen.

»Oh, Mylady sind zu liebenswürdig«, stammelte sie mit niedergeschlagenen Augen. »Es ist mir schrecklich peinlich, zu so ungelegener Stunde gekommen zu sein. Und ich hätte überhaupt nicht gewagt, Mylady zu belästigen, wenn man mir nicht gesagt hätte, daß Mylady in Ihrer Herzensgüte dem wohltätigen Werk gewiß Ihre Unterstützung angedeihen lassen werden . . .«

Und dann legte die Besucherin den Zweck dieses wohltätigen Werkes sehr eingehend dar. Sie verlor dabei allmählich ihre Schüchternheit, und ihre angenehme Stimme plätscherte in wohlgesetzter Rede ungehemmt dahin. Sogar die sanften Augen hob sie von Zeit zu Zeit, und es lag ein Ausdruck darin, der selbst das härteste Herz erweichen mußte.

Lady Falconer hatte die Gewohnheit, mit größtem Interesse zuzuhören und die eifervolle Fürsprecherin mit einem sehr wohlwollenden Lächeln zu betrachten. Aber endlich wußte Mrs. Machennan über die Sache gar nichts mehr zu sagen und legte die Mappe von ihrem Schoß auf das Tischchen.

»Hier finden Mylady die Persönlichkeiten, die bereits gezeichnet haben«, sagte sie, indem sie den ersten der pergamentartigen Bogen aufschlug. »Wenn Mylady sich vielleicht erkundigen wollten . . .«

Lady Helen lächelte noch liebenswürdiger und hob abwehrend die Hand. Dann ging ihr Blick rasch über das Tischchen, und sie nahm einen Bleistift auf.

»Vielleicht auf dem zweiten Blatt, wenn ich bitten darf, Mylady«, schlug Mrs. Machennan höflich vor. »Das erste ist ja fast schon voll, und es wird dem guten Zwecke gewiß dienlich sein, wenn Mylady auf dem zweiten den Anfang machen.«

Lady Falconer lächelte weiter und traf Anstalten, sich zurecht zu setzen. Aber plötzlich zögerte sie und blickte unschlüssig auf den Kater an ihrer Seite. »Darf man stören?« fragte sie launig; Achmed rührte sich jedoch nicht, sondern ließ bloß ein unwilliges Schnurren hören.

»Also ›Nein‹«, lachte die Lady und gab dann der Besucherin die Erklärung: »Es ist seine Ruhestunde, und da ist er nicht aus meinem Arm zu bringen. Er ist sehr verwöhnt und ein Tyrann. Wenn ihm etwas nicht paßt, kann er recht ungemütlich werden. Sie werden mir also wohl etwas behilflich sein müssen . . .«, fügte sie bittend hinzu, indem sie auf die Bogen wies.

»Oh, selbstverständlich, Mylady«, erklärte Mrs. Machennan mit großem Eifer, ergriff die Mappe und hielt sie Lady Falconer so geschickt hin, daß diese nur leicht die Hand aufzulegen brauchte, um eine Zahl und ihren Namenszug darauf zu setzen.

»Mylady sind wirklich sehr großzügig«, hauchte Mrs. Machennan, indem sie mit flinken Fingern ihre Sachen zusammenraffte.

»Ich wünsche Ihrem guten Werk den besten Erfolg«, sagte Lady Falconer freundlich, und die Besucherin verabschiedete sich mit einem tiefen, zierlichen Knicks.

»Ich danke Ihnen, Mylady. Da Sie die Güte hatten, die Sache so wohlwollend zu fördern, wird sich der Erfolg gewiß einstellen.«

44

Inzwischen war der trübe Wintertag noch unfreundlicher geworden. Als die kleine Pforte im Gittertor sich hinter ihr geschlossen hatte, mußte Mrs. Machennan einige Augenblicke verweilen, um sich über ihren Weg klar zu werden. Aber der Nebel hing so dicht wie eine nasse graue Wand und gestattete nicht einmal auf zwei Schritte Ausblick.

Mrs. Machennan tastete sich also zunächst längs der Gartenmauer durch das Dunkel. Irgendwo mußte ja der Lichterschein eines größeren Straßenzuges durchdringen ...

Es war wiederum eine sehr geschickte und völlig lautlose Arbeit, die Simonow alle Ehre machte, und diesmal gab es keine Störung. Die Frau mit dem eilig verschnürten Sack über Kopf und Oberkörper wurde wie ein Bündel in den Wagen geschleudert, und noch in der gleichen Sekunde setzte sich dieser in Bewegung.

Das erste, was die überrumpelte Mrs. Machennan nach etwa einer halben Stunde durch die unbequeme Haube aufzunehmen vermochte, war eine aufgeregte ölige Stimme, die ihr höchst unliebenswürdige Dinge ins Ohr schrie.

»So, und jetzt werden wir ein Wörtchen zusammen reden, Madam. Versuchen Sie keine Dummheiten, sonst quetsche ich Ihnen Ihre schwarze Seele aus dem Leib. Faß an und halt fest. Bei der muß man auf jede Teufelei gefaßt sein«, fügte die Stimme hinzu, und Mrs. Machennan mußte es geschehen lassen, daß ihre Handgelenke mit eisernem Griff umklammert und ihre Unterarme aus der Verschnürung nach rückwärts gerissen wurden.

Dann machte sich Simonow daran, den Riemen zu lösen, und zerrte schließlich den Sack so rücksichtslos herunter, daß Mrs. Machennans neuer Hut mitging und zu Boden fiel.

Die sanfte Schottin war darüber sehr empört. »Unerhört«, sagte sie, nachdem sie rasch ein bißchen Luft geschöpft hatte. »Wenn Sie gewohnt sind, mit Ihren Sachen so umzugehen – ich nicht! Der Hut hat zwei Pfund acht Shilling gekostet, und ich habe ihn heute zum ersten Male auf ...«

Das machte auf Simonow keinen Eindruck. »Halt's Maul«, gab er grob zurück. »Mich interessieren andere Dinge. Vor allem: Wo wohnen Sie? Wenn Sie nicht damit herauswollen, oder mir irgend etwas aufbinden, werde ich es schon aus Ihnen herauskitzeln.« Er ließ den Blick mit einem bösartigen Grinsen durch den kleinen, schmutzstarrenden Raum gehen, der vor dem einzigen Fenster einen festen Holzladen hatte und nur mit einem Tisch und einem Sessel ausgestattet war. »Wir sind hier ganz unter uns, und ich verstehe mich auf solche Dinge. Besonders bei Weibern. Also wird's?«

Es klang sehr ungeduldig, aber Mrs. Machennan war gekränkt.

»Ich verstehe nicht, wozu Sie das wissen wollen«, sagte sie. »Ich habe wirklich nicht die Absicht, Sie einzuladen. Sie sind kein Gentleman ...«

»So? Meinst du?« höhnte Simonow, indem er sein gelbes schwammiges Gesicht dicht an das ihre brachte. »Na, vielleicht wirst du nachher anders reden. Jetzt habe ich dazu keine Zeit.« Er fuhr ihr mit den klobigen Fingern ans Kinn und spitzte ihre üppigen Lippen. »Ich werde dich vorläufig nur ein bißchen in den faulen Mund beißen, wenn du ihn nicht aufbringst.«

»Gott soll mich schützen!« schnaufte Mrs. Machennan entsetzt, und Simonow ließ rasch los. Zunächst mußte wirklich die wichtige Arbeit getan werden, bevor er an das Privatvergnügen denken durfte, das er vorhatte. Dann sollte es dafür um so ausgiebiger werden. Das Frauenzimmer war zwar nicht mehr die Jüngste, aber trotzdem ...

»Nun?« drängte er begierig, und Mrs. Machennan zeigte sich plötzlich sehr gefügig.

»Wenn Sie es durchaus wissen wollen, ich wohne in Lambeth, die dritte Straße links hinter der Westminster Brücke. Es ist das letzte Haus auf der rechten Seite. Sie werden sich aber umsonst bemühen, falls Sie etwa gleich nachsehen wollen, denn außer dem Mädchen ist niemand daheim. Und Pheny ist sehr einfältig.«

»Um so besser«, lachte Simonow. Er war sehr zufrieden und hatte es nun riesig eilig. Aber die arme Mrs. Machennan mußte noch zusehen, wie er ihre Handtasche durchstöberte, und dann machte er sich auch in den Taschen ihres neuen Pelzes zu schaffen.

»So«, sagte er beruhigt, »da ist nichts, was gefährlich werden könnte. Nun wirst du also eine Weile allein bleiben, mein Täubchen. Laß dir die Zeit nicht zu lang werden und schrei nicht zu viel, es würde dir nichts nützen. Dieses feine Landhaus hat keine Nachbarschaft, die dich hören könnte. Gib acht, Junge, daß sie dich nicht beißt oder kratzt«, warnte er den Mann, der Mrs. Machennans Hände noch immer wie in einem Schraubstock festhielt. »Bring sie ein bißchen in Schwung und dann rasch los.«

Er öffnete die schwere Tür, und der andere wirbelte die sanfte Schottin wirklich wie einen Kreisel herum, daß sie fast den Halt verlor, und sprang flink seinem Genossen nach.

Mrs. Machennan wartete, bis draußen die Schritte verhallt waren, dann unterzog sie die kahle Kammer einer raschen Musterung. Besonders empörte sie die dicke Staubschicht auf dem Sessel, und sie blies sie zunächst vorsichtig weg und rieb dann mit einem alten Zeitungsblatt, das auf dem Tisch lag, gründlich nach. Hierauf hob sie ihren neuen Hut vom Boden auf, glättete ihn liebevoll und drückte ihn wieder auf den Kopf. Sie mußte dazu den kleinen Spiegel aus ihrer Handtasche zu Hilfe nehmen, und die verschmutzte schwache Glühbirne an der Decke gab leider nur ein sehr spärliches Licht. Aber schließlich fand Mrs. Machennan doch, daß sie sich wieder sehen lassen konnte; nur ein wenig Puder und etwas Rot waren vielleicht noch aufzulegen.

Als auch das geschehen war, fischte Mrs. Machennan aus dem linken Ärmel behutsam einen einfachen Ring, den sie an den Zeigefinger der linken Hand steckte.

45

Als es bereits gegen drei Uhr ging, ohne daß seine Hauswirtin zurückgekehrt war, überkam Donald Ramsay eine beklemmende Unruhe, aber er konnte nun nicht länger warten.

Schließlich war ja die ›Turteltaube‹ wirklich eine Frau von Geschick und Erfahrung, und man mußte nicht gleich an das Schlimmste denken.

Pheny, das Mädchen, beeilte sich, dem vornehmen Mieter artig bis zur Hofpforte voranzustapfen, wo sie sich in ehrerbietiger Hockstellung und mit ihrem liebenswürdigsten Grinsen verabschiedete. Dann ging sie zurück in die Küche, und da gerade eine so günstige Gelegenheit war, legte sie wieder einmal das Fünfunzengewicht auf die widerspenstige Zunge.

Ramsay fand sich mit großer Sicherheit durch den dicken Nebel, dennoch bereitete ihm dieses unvorhergesehene Wetter Sorge.

Auf dem nächsten Parkplatz nahm der junge Mann ein Taxi, das ihn nach einer der kleinen Querstraßen der Old Bond Street brachte. Er stieg an der Ecke aus, ging aber dann noch ein Stück weiter und setzte an der Pforte eines schmalen, etwas zurückspringenden Gebäudes den Klopfer in Bewegung.

Der stämmige Diener, der öffnete, trat respektvoll beiseite. »Sir Frederick wartet bereits«, sagte er und geleitete den Besucher in das erste Stockwerk.

In einem recht altmodisch und nüchtern ausgestatteten Raum saß Sir Frederick Legett an einem mit Büchern und Papierstößen bedeckten Tisch. Es war von ihm nicht mehr als ein dunkler Schatten zu sehen, denn die Deckenbeleuchtung war ausgeschaltet, und das Licht der kleinen Stehlampe zeichnete bloß einen scharf abgegrenzten Schein auf die Tischplatte.

»Nehmen Sie Platz, bitte«, sagte er mit seiner dünnen Stimme, indem er Ramsay die hagere Hand entgegenstreckte. »Sie dürfen sich auch eine Zigarette anzünden. Ich selbst rauche zwar nicht, aber es geniert mich nicht.« Er schob dem Besucher eine Kassette und einen Streichholzständer zu, und dann trommelte er mit den Fingern sekundenlang auf der harten Lehne seines Sessels.

»Ich wollte Sie einiges fragen«, begann er endlich. »Telefonisch sind Sie leider schwer zu erreichen.«

»Es gibt sehr viel zu tun«, entschuldigte sich Ramsay, indem er den Rauch rücksichtsvoll zur Decke blies.

»Wie stehen die Dinge?«

»Ich bin zufrieden.«

»Wie lange glauben Sie, daß es noch dauern kann? Sir John wird bereits sehr ungeduldig.«

Der junge Mann dachte einen Augenblick nach, dann zuckte er mit den Achseln. »Es kann vielleicht schon morgen soweit sein – es können aber auch noch Tage vergehen.«

»Jedenfalls sind Sie aber Ihrer Sache sicher?«

»Vollkommen.«

»Was steckt dahinter?«

»Etwas so Böses, daß ich nicht darüber sprechen möchte, bevor ich nicht alle Beweise in Händen habe.«

Sir Frederick machte eine leichte Bewegung, aber erst nach einer kleinen Pause setzte er das so wenig ergiebige Frage- und Antwortspiel fort. »Haben Sie bereits gehört, was mir in der verflossenen Nacht passiert ist?«

»Was ist geschehen?« wich Ramsay aus.

»Ich bin angeschossen worden.« Legett deutete auf seinen linken Arm, den er in einer Binde trug. »Auf dem Heimweg. Es ist aber nur eine Fleischwunde.«

»Oh ...« Es klang überrascht und bedauernd zugleich. »Wann war das und wo?«

Legett mußte einen Augenblick nachdenken. »Eben als ich vom Wobrun Square in die Tottenham Court Road einbog«, erklärte er dann. »Ich kam aus einem Klub, der dort in der Nähe ist, und es dürfte einige Minuten nach halb drei gewesen sein. Man muß einen Schalldämpfer benützt haben«, fügte er hinzu, »denn ich hörte den Schuß kaum.«

Er schien irgendeine weitere Frage zu erwarten, aber Ramsay erkundigte sich: »Werden Sie da heute nacht auf der Themse mitmachen können?«

»Gewiß. Die Kleinigkeit behindert mich nicht.« Sir Frederick beugte sich plötzlich etwas vor, so daß sein spitzer kahler Kopf in den Lichtkreis der Lampe geriet. »Ja – und dann möchte ich gern noch etwas wissen: Sie glauben, daß Sie dem Mann, auf den Oberst Wilkins aufmerksam gemacht hat, begegnet sind?«

Ramsay drückte mit großer Umständlichkeit seine Zigarette aus. »Ja«, erwiderte er, »sogar bereits zweimal. Ich bin fest überzeugt, daß es dieser Mann gewesen ist.«

»Woraus schließen Sie das?«

»Aus seinem sonderbaren Aussehen, und weil er so unfreundliche Absichten gegen mich bekundete.« Er tippte auf das Pflaster an seiner Stirn. Aber so interessant diese Andeutung war, Sir Frederick verriet nicht den Wunsch, mehr darüber zu hören. Er hüstelte, und dann flüsterte er leise eine ganz gleichgültige Frage.

»Sie kennen Miss Hogarth?«

»Ja«, kam es unbefangen zurück.

»Schon seit längerer Zeit?«

»Noch nicht achtundvierzig Stunden.«

»Danke«, sagte der Herr mit dem kahlen Spitzkopf, und Donald Ramsay wurde mit einem flüchtigen Händedruck entlassen.

Es fehlten noch zehn Minuten an der vereinbarten Zeit, als er den Hydepark-Eingang in der Oxford Street erreichte, aber der Wagen und der Motorradfahrer waren bereits zur Stelle. Auf den Vordersitzen des Autos saßen zwei Männer, Ramsay wies jedoch den einen nach hinten, schwang sich neben den Lenker und schärfte diesem verschiedene Verhaltungsmaßregeln ein.

»Der verwünschte Nebel wird uns zwar sehr zu schaffen machen«, schloß er besorgt, »aber es muß gehen. Ich werde schon die Augen offen halten, und Sie müssen den Wagen so in der Hand haben, daß Sie auf mein Kommando sofort einschwenken können.«

Der Mann am Steuer gestattete sich ein verschmitztes Lächeln. »Wir haben neue Lichter, Sir«, sagte er. »Etwas ganz Besonderes. Wo die hineinstechen, wird der schwärzeste Nebel zu einer blitzblanken Fensterscheibe.«

Eine Stunde später erwies es sich draußen in Notting Hill, daß der Mann von seinen Scheinwerfern nicht zuviel berichtet hatte. Der Zweisitzer, dem sie folgten, lief gute zwanzig Schritte vor ihnen, schien aber in ihrem gelben Licht, das in die Nebelwand eine mächtige Bresche schlug, zum Greifen nahe. So nahe, daß Donald Ramsay versuchte, ob er nicht vielleicht auch die Gestalt am Lenkrad erspähen konnte.

Aber Maud Hogarth saß weit vornüber geneigt und hielt den Blick starr auf das ewig wechselnde Schattenspiel vor ihrem Wagen gerichtet. Es wäre ihr nicht eingefallen, diese beschwerliche Fahrt ohne Chauffeur zu unternehmen, der Mann war jedoch am Nachmittag plötzlich erkrankt, und sie wollte Lady Helen nicht im letzten Augenblick absagen. Auch hatten die seltsamen Bemerkungen ihres Verbündeten sie auf die Vermutung gebracht, daß diesem Besuch irgendwelche besondere Bedeutung zukäme, und sie sah ihm daher mit einem Gemisch von Neugier und leisem Bangen entgegen.

46

Simonow hatte unterwegs rasch wieder ein kurzes Telefongespräch geführt und besah sich nun das kleine Haus in der dritten Straße hinter der Westminster Brücke zunächst aus einiger Entfernung. Er gewann einen sehr günstigen Eindruck, und auch die Umgebung beruhigte ihn. Es gab hier gar keinen Verkehr, und man mußte daher keine besonderen Vorsichtsmaßnahmen treffen. Immerhin war aber einiges zu besprechen, und Simonow entwickelte seinem Begleiter, der ihm heute schon so gute Dienste geleistet hatte, knapp den einfachen Plan.

»Du gehst also jetzt hin, läutest und sagst, daß du Madam zu sprechen wünschst. Wenn das Mädchen erwidert, daß diese nicht zu Hause sei, schnauzt du sie an, daß du das wüßtest, daß aber Madam dir aufgetragen habe, auf sie zu warten. Du hast ja gehört, daß das Mädchen sehr einfältig ist, und solche Trampel lassen sich sofort einschüchtern, wenn man recht von oben herab mit ihnen redet. Und wenn du dann drinnen bist, paß den ersten günstigen Augenblick ab, quetsch ihr ein bißchen den Hals zu und dreh ihr einen ordentlichen Knebel in den Mund. Sobald du fertig bist, mach die Tür halb auf, und ich komme hinein und werde mich im Haus gründlich umsehen. Laß mich nicht zu lange warten, denn diese verdammte kalte Suppe kriecht einem durch Mark und Bein.«

Der andere nickte kurz und drückte die Melone noch unternehmender aufs Ohr. Er war ein jüngerer wohlgebauter Mann, der mit seiner blendenden Eleganz und seinen verräucherten Goldzähnen die Herzen der Damenwelt von Peckham bis Deptford in Wallung brachte und eine sehr kräftige und sichere Hand führte. Deshalb begnügte er sich, zu dem Kinderspiel, das man von ihm verlangte, einfach zu nicken und sich mit festen Schritten auch schon dem gewissen Hause zuzuwenden.

Pheny döste in der unbeleuchteten Küche mit geschlossenen Augen und dem Fünfunzengewicht auf der Zunge, und das energische Klingeln schreckte sie so auf, daß sie unter gewaltigem Lärm in die Diele polterte und ohne weiteres die Haustür aufriß.

Der Gentleman an der Schwelle machte seine Sache sehr gut und ließ es an Entschiedenheit nicht fehlen, aber Pheny, die die Türöffnung ziemlich ausfüllte, hatte als Antwort auf die schöne Rede nur ein entschiedenes »Kchchch ...«

Der Mann fand, daß dieses Mädchen wirklich schrecklich einfältig war und daß man da keine Zeit zu verlieren brauchte. »Spucken Sie die Pflaume, die Sie im Mund haben, aus, wenn Sie mit einem Besucher sprechen«, brüllte er sie an, »und machen Sie Platz! Ich ...«

Weiter kam er nicht, denn Pheny gehorchte, und das Fünfunzengewicht flog ihm, wie aus einer Dampfspritze geschleudert, mitten ins Gesicht. Immerhin bewahrte er aber so viel Fassung, daß er sich mit einem wuchtigen Anprall auf die unfreundliche Türhüterin warf und durch diese Überrumpelung ins Haus gelangte.

Die Pforte fiel krachend ins Schloß, und der lauschende Simonow huschte von der andern Straßenseite herüber.

Er mußte eine ganze Viertelstunde warten, denn diese Zeit brauchte Pheny, um den selbstbewußten Gentleman mit den verführerischen Goldzähnen wieder auf seine Beine zu bringen.

Ihn umzulegen, war eine Kleinigkeit gewesen, aber ganz so, wie Madam es ihr eingeschärft hatte, hatte sie sich dabei nicht verhalten können. Das war jedoch nicht ihre Schuld, und sie wollte es Madam schon genau erklären. Der Bursche war ihr ja an den Hals gesprungen, und da er dabei die Arme vor sich hielt, konnte sie nicht zu seinem Kinn gelangen, sondern mußte ihm ein bißchen auf die rechte Kopfseite klopfen. Es war gar nicht so stark gewesen, aber der wehleidige Bengel hatte sich sofort hingelegt und war nun nicht mehr aufzubringen.

Pheny schwitzte gewaltig, und ihr breites Gesicht glühte wie eine Ofenplatte, aber so kräftig sie an dem Mann auch herumzerrte und knetete, er machte keinen Zuck. Endlich erinnerte sie sich, einmal etwas von kaltem Wasser gehört zu haben, und wenn sie damit auch die Diele, die sie erst gestern gescheuert hatte, wieder verdarb, wollte sie es doch versuchen. Sie nahm einen großen Kübel voll Wasser und schwappte ihn dem störrischen Strolch mit einem kräftigen Schwung über den Kopf.

Schon in der nächsten Sekunde gab das bisher reglose Bündel zur gewaltigen Erleichterung Phenys deutliche Lebenszeichen von sich, und sie griff rasch zu. Der Mann torkelte zwar noch, aber sie konnte ihn wenigstens bis zur Tür bugsieren und dort an die Wand lehnen. Dann fischte sie noch die weiche Melone aus der rinnenden Pfütze, drückte sie der schlotternden Gestalt auf das wirre Haar und öffnete ...

Simonow war bei dem geräuschvollen Treiben im Haus etwas unbehaglich geworden, aber nun atmete er auf und war mit einem Satze oben auf den Stufen ...

Zu seiner peinlichen Überraschung blickte er in ein breites, erhitztes Gesicht, und bevor er noch einen Gedanken zu fassen vermochte, hatte Pheny bereits mit der Faust ausgeholt, und es gab draußen auf den Stufen ein heftiges Gerumpel. Dann griff Pheny nach dem schwankenden Etwas, das sie an die Wand gelehnt hatte, und auf den Stufen rumpelte es zum zweiten Mal.

»Kchchch ...«, keuchte Pheny wütend hinterdrein, weil sie soviel unnütze Arbeit gehabt hatte. Und plötzlich fühlte sie, wie etwas in ihr riß, und ohne daß sie sich dessen eigentlich bewußt war, brach ein deutlicher fließender Redestrom aus ihrem breiten

Mund: »Ihr Gesindel, ihr gemeinen Gauner, ich werde euch schon geben! Kommt mir noch einmal vor die Tür, und ich zerklopfe euch eure verlausten Schädel wie Eierschalen!«

Pheny war von ihrer Stimme und plötzlichen Beredtsamkeit so erschreckt, daß sie jäh innehielt und sich kräftig in das stämmige Bein zwickte. Sie mußte einen schweren Traum haben, denn das war ja gar nicht möglich ... Sie hatte es mit dem Reden zwar noch nie so richtig versucht, weil man das gar nicht brauchte, aber wenn die Geschichte ohne jede Anstrengung ging ...

Um völlig sicher zu sein, sandte sie mit ihrer dröhnenden Stimme rasch noch einige freundliche Worte in das Dunkel, obwohl dort nichts mehr zu sehen und zu hören war; und wahrhaftig konnte sie mit einem Mal das H aussprechen, und auch das C, das G und das K spießten sich nicht mehr am Gaumen. Da hatte sie sich also doch nicht umsonst abgerackert ...

Das Fünfunzengewicht! – Pheny erinnerte sich mit Schreck, daß sie es vorhin ausgespuckt hatte, weil der Mann es so wollte, und begann eine eifrige Suche. Als sie es glücklich gefunden hatte, säuberte sie es mit Andacht und faßte einen Entschluß: sie wollte Madam bitten, ihr das wundertätige Gewicht zu schenken.

47

Die Vermutung Maud Hogarths, daß ihr Besuch bei Lady Falconer vielleicht etwas Besonderes bringen werde, bestätigte sich nicht. Die Lady plauderte nach der stürmischen Begrüßung zunächst von allerlei gleichgültigen Dingen und kam dann wirklich sehr eingehend auf die Einladungen zu sprechen, die sie für ihren Abend in der nächsten Woche ergehen lassen wollte. Maud hatte daran nicht das geringste Interesse, aber Lady Falconer ging Namen für Namen durch, knüpfte an jeden eine kleine boshafte Bemerkung, und mancher fand bei dieser nochmaligen gründlichen Prüfung so wenig Gnade vor ihren Augen, daß sie ihn mit einem energischen Strich wieder auslöschte.

Endlich war aber auch dieses Thema erschöpft, und Maud traf

Anstalten zu gehen. Dagegen erhob jedoch Lady Helen lebhaften Einspruch, und sie ließ auch die Entschuldigung Mauds, daß sie noch einen Besuch bei ihrem Anwalt vorhabe, nicht gelten.

»Die Sache wird gewiß nicht so wichtig sein, daß sie nicht noch einen oder den anderen Tag warten könnte«, meinte sie. »Nun, da ich Sie einmal bei mir habe, Liebste, lasse ich Sie nicht sobald wieder fort. Wenigstens noch ein Viertelstündchen müssen Sie bleiben.«

Also blieb Maud wirklich noch einige Minuten, und dann geleitete Lady Falconer den lieben Besuch sogar bis in die Diele hinunter. Hier gab es neuerlich einen längeren Aufenthalt, als sich herausstellte, daß Maud allein gekommen war. Lady Helen war geradezu entsetzt.

»Um Gottes willen, Kind, bei diesem Wetter! Das kann ich nicht verantworten. Ich werde Sie in meinem Wagen heimbringen lassen, und einer meiner Leute folgt mit dem Ihren.«

Sie gab auch sofort den Auftrag, Maud lehnte jedoch entschieden ab. Solche Nebelfahrten hatte sie bereits viele gemacht, und sie würde schon gehörig aufpassen.

Lady Falconer war aber dadurch gar nicht beruhigt. »Sie sind schrecklich eigensinnig, Maud«, sagte sie vorwurfsvoll. »Ich werde keine ruhige Minute haben, bevor ich Sie nicht wohlbehalten zu Hause weiß. Bitte, telefonieren Sie mir also sofort, wenn Sie glücklich in Notting Hill gelandet sind.« Ihre Besorgtheit war so groß, daß sie sich einen Mantel bringen ließ und mit Maud bis an deren Wagen ging. »Fahren Sie nur ja recht langsam, liebes Kind. Sind Ihre Lampen in Ordnung? Und haben Sie die Fenster auch gut geschlossen?« Sie überzeugte sich selbst von all diesen Dingen, dann winkte sie mit großer Herzlichkeit, und Maud Hogarths Zweisitzer glitt vorsichtig aus dem wappengeschmückten Gittertor.

Seine Lenkerin war unentschlossen, welchen Weg sie nun einschlagen sollte, denn die Antwort ihres Verbündeten auf ihre Frage wegen des Besuches bei Gardner hatte recht unklar gelautet. »Ob es dazu kommt, wird sich ja zeigen ...«, hatte Ramsay gesagt. – Was sollte das heißen, und was sollte sie nun wirklich tun? Wieder einmal wollte die alte Gereiztheit in ihr aufsteigen, weil er ständig in solchen Rätseln zu ihr sprach, aber dann fiel ihr ein, um was er sie so eindringlich gebeten hatte. »Wenn du mich wirklich lieb hast, mußt du an mich auch glauben . . .« Und sie hatte es ihm versprochen.

Maud steuerte also ihren Wagen entschlossen hinüber zur Edgware Road. Wenn sie jenseits derselben einige der kleinen Querstraßen nahm, konnte sie in etwa zwanzig Minuten bei Gardners Kanzlei in Hoxton sein. Sie war ja schließlich auch neugierig zu hören, was er ihr mitzuteilen hatte. Vielleicht war es so dringend und wichtig, daß sie heute nochmals die bewußte Nummer anrufen mußte . . .

Die Edgware Road kam mit ihrem verschwommenen Lichterschein bereits in Sicht, als Maud plötzlich eine seltsame Müdigkeit und Benommenheit verspürte. Sie schrieb dies den geschlossenen Fenstern zu, wollte aber doch nicht öffnen, denn der triefende Nebel hätte sich sofort hereingeschlagen. Glücklicherweise konnte sie ihren Wagen gerade noch über die belebte Verkehrskreuzung bringen, dann fühlte sie, wie ihr allmählich die Sinne schwanden. Mit dem Aufgebot ihrer letzten Kräfte bog sie die erste Seitenstraße ein, ließ den Zweisitzer noch eine kurze Strecke hart am Gehsteig auslaufen und hielt dann an. Sie vermochte jedoch nur mehr die Wagentür aufzuklinken . . .

Dicht hinter ihr folgten noch ein Auto und ein Motorrad, gegen den nächsten Wagen aber, der mit einer gewaltigen Lichtgarbe lautlos heranschoß, schwang der Verkehrsschutzmann bereits die rote Scheibe.

Noch in derselben Sekunde wechselte er jedoch blitzschnell das Licht, und auch dieser Wagen flitzte noch über die Sperre . . .

Jenseits erloschen plötzlich die stechenden Scheinwerfer, und Ramsay beugte sich zu dem Radfahrer, der neben dem halb herabgelassenen Fenster auftauchte.

»Der Zweisitzer hält in der nächsten Seitenstraße«, meldete der Mann. »Es scheint irgend etwas nicht in Ordnung zu sein, er fuhr das letzte Stück sehr unsicher. Der andere Wagen ist soeben auch dort eingebogen.«

»Gut«, sagte Ramsay hastig. »Halten Sie sich von nun an hinter dem Zweisitzer, und wir folgen dem andern.«

Der vom Schicksal so arg verfolgte Simonow raste, geladen mit unbändiger Wut, zurück nach Camberwell. Er hatte das scheußliche Gefühl, als ob er im nächsten Augenblick all seine schönen gelben Vorderzähne ausspucken würde, und verfluchte die beiden heimtückischen Weiber, die des Teufels Großmutter aus ihren Röcken verloren haben mußte. Ein kleiner Trost war es für ihn, daß auch sein Kamerad hatte daran glauben müssen. Der elegante Gentleman war so jämmerlich zugerichtet, daß er sich eiligst davon gemacht hatte, um vor allem ins Bett zu kriechen. Auch Simonow hätte sich gern wenigstens ein Ruhestündchen und einen stärkenden Trunk gegönnt, aber vorläufig durfte er sich solche Annehmlichkeiten nicht leisten. Der Chef, dem er so triumphierend gemeldet hatte, daß die Sache in Ordnung sei, erwartete wohl bereits ungeduldig weitere Nachrichten und durfte nicht wissen, daß es wiederum eine Schweinerei gegeben hatte. Schließlich konnte man ja von der Frau selbst mehr erfahren, als wenn man ihre Wohnung umgekehrt hätte. Seine wüste Phantasie ersann alle möglichen netten Foltern, und in der Aussicht darauf begann er, fast vergnügt zu werden.

Das Haus in Camberwell war ein alter, einstöckiger Bau in einem völlig verwilderten Garten am Grand Surrey Canal. Bewohnt wurde es von einem Mann, der mit seinem ernsten glatten Gesicht so salbungsvoll aussah, als ob er eben von einer Kanzel gestiegen wäre. Er ließ sich aber wenig in der Öffentlichkeit blikken, sondern besorgte nur von Zeit zu Zeit seine Einkäufe, zu denen immer einige Flaschen Weinbrand gehörten. Dann war er wieder tagelang nicht zu sehen, oder lustwandelte höchstens hinter der verfallenen Gartenmauer, wobei er mit großen Gesten erbauliche Selbstgespräche führte.

Simonow gab das verabredete Zeichen, und als ihm aufgetan wurde, fragte er sofort: »Hat sie Lärm geschlagen?«

Der salbungsvolle Mann legte bedeutsam einen Finger an die Lippen und wies einladend auf eine halb offene Tür zur Linken, aus der ein matter Lichtschein kam. Der Raum war ebenso verwahrlost wie jener, in den man die arme Mrs. Machennan gestoßen hatte, nur war sein Mobiliar etwas reichlicher. Außer einem zerwühlten Bett und einem verschlissenen Sofa gab es hier auch ein Telefon.

»Sie hat gesungen«, flüsterte der Hüter des unfreundlichen Hauses mit schwerer Zunge und verglasten Augen. »Verruchte weltliche Lieder. Aber ich habe mir die Ohren zugehalten.«

»Du hättest dir besser das Maul zustopfen und nicht so viel trinken sollen«, fauchte ihn Simonow erbost an. »Jetzt heißt es Augen und Ohren offen halten, damit uns niemand auf den Hals kommt. Dazu hat man dich ja hergesetzt, du alter Zuchthäusler.«

»Oh, ich kenne meine Pflicht«, versicherte der andere unter heftigem Schlucken. »Und ich halte die Ohren offen. Eben hat es dort« – er deutete mit geheimnisvoller Miene auf das Telefon – »geklingelt, und ich habe mit einer fernen Stimme gesprochen. Sehr klar und deutlich gesprochen . . .«

»Was war los?« forschte Simonow.

»Man hat mir aufgetragen, rasch noch ein Zimmer herzurichten«, erklärte der Mann. »Und ich habe es bereits getan. Es ist alles in Ordnung. Man kann sich auf mich verlassen. In allem.«

»Hol dich der Teufel mit deinem albernen Gewäsch«, schnitt ihm Simonow ungeduldig das Wort ab. »Jetzt kannst du dir meinetwegen für eine Weile die Ohren zuhalten«, tuschelte er ihm zu. Dann wandte er sich wieder in den Flur und schlich nach hinten. Dort drehte er den Schlüssel in einer Tür, riß diese mit einem Ruck auf und sprang behende zur Seite.

Aber der Angriff, den er offenbar befürchtet hatte, blieb aus, und als Simonow vorsichtig den Kopf in den Raum steckte, bot sich ihm ein beruhigender Anblick.

Mrs. Machennan saß auf dem so peinlich gesäuberten Sessel, hatte die zarten Hände im Schoß gefaltet und begrüßte ihren Entführer mit einem geradezu rührenden Augenaufschlag.

»Haben Sie sich also überzeugt, daß ich Sie nicht angelogen habe?« fragte sie unbefangen. »Haben Sie das Haus gefunden?«

Das war zuviel für Simonow. Er betrat blitzschnell die Kammer, hieb die Tür kräftig hinter sich zu und machte einen Buckel wie ein sprungbereites Raubtier.

Mrs. Machennan war von der wilden Wut wie gelähmt.

»Was haben Sie denn?« stammelte sie. »Sie werden mir doch nichts tun wollen? Ich bin ja eine schwache Frau. Und wenn Pheny unhöflich gewesen sein sollte, so kann ja ich nichts dafür. Ich habe Sie doch darauf aufmerksam gemacht, daß sie ein sehr einfältiges Mädchen ist . . .«

»Ich werde es euch niederträchtigen Weibsbildern schon geben!« zischte Simonow und schlich mit griffbereiten Händen Schritt für Schritt näher. »Wenn du jetzt deine verdammten Pfoten nicht sofort brav hoch hebst, breche ich dir jeden Knochen einzeln . . .«

»Sie sind ein schrecklich roher Patron«, hauchte Mrs. Machennan schauernd, und Simonow war von ihrer Angst sehr befriedigt.

»Jawohl«, bekräftigte er. »Sei aber hübsch vernünftig. Ich werde dir nur die süßen Patschhändchen ein bißchen zusammenbinden, denn ich habe keine Lust, mir von dir das Gesicht zerkratzen zu lassen. Ich könnte dir sonst am Ende nicht gefallen.« Er war jetzt ganz nahe heran gekommen und starrte sie drohend an. »Nun, wird's?« gebot er. »Hände hoch hab' ich gesagt . . .«

Die arme Mrs. Machennan stieß einen verzweifelten Seufzer aus und gehorchte.

Aber während sie langsam die Arme hob, gab es plötzlich einen schwachen Knall, als ob ein Pfropfen aus einer Kinderpistole flöge, und in der gleichen Sekunde taumelte Simonow zurück, rang unter krampfhaften Zuckungen nach Atem und sackte dann wie vom Blitz gefällt zu Boden.

Mrs. Machennan stand bereits an der Tür und lauschte in den Flur. Als sich nichts rührte, huschte sie zurück zu dem erledigten Mann und begann, ihm mit großer Übung und Gründlichkeit seine Habseligkeiten abzunehmen. Sie stopfte alles, was sie fand, wahllos in ihre Handtasche, nur den schweren Browning steckte sie in ihren Pelz. Schließlich sah sie sich als ordentliche Frau noch einmal genau um, ob sie nicht irgendeine Kleinigkeit vergessen hatte, dann öffnete sie geräuschlos die Tür und lugte in den Gang. Sie gewahrte den Lichtschein, der aus dem noch immer halb offenen vorderen Zimmer kam, und umklammerte mit sicheren Fingern die wuchtige Pistole. Ihre Schritte waren jedoch so leise, daß sie völlig unbemerkt bis an die Haustür kam; als sie diese aber aufklinken wollte, fand sie sie versperrt. Es steckte auch kein Schlüssel im Schloß.

Die sanfte Frau machte also wieder kehrt und guckte über die Schwelle des erleuchteten Zimmers.

»Wollen Sie, bitte, die Freundlichkeit haben, mir zu öffnen«, sagte sie zu dem Mann, der sie aus blinzelnden Augen wie ein Gespenst anstarrte. »Dazu sind Sie wohl da . . .«

So umnebelt die Sinne des salbungsvollen Hauswarts auch waren, witterte er doch sofort Unrat. Man ließ die Frau sicher nicht so ohne weiteres wieder davongehen, nachdem man sich solche Mühe gegeben hatte, sie herzuschaffen! Oh, er hatte Augen und Ohren offen und kannte seine Pflicht.

Er faßte mit einem sicheren Griff nach dem Gummiknüppel, den er neben der Weinbrandflasche bereit hielt. Aber Mrs. Machennan kam ihm zuvor.

»Ich habe mir diese Pistole Ihres Kameraden ausgeborgt«, sagte sie, indem sie ihm die Mündung entgegenhielt. »Wenn Sie sich gemein benehmen, schieße ich. Dann werden Sie zuerst mit großen Schmerzen im Hospital liegen, und wenn Sie mit dem Leben davonkommen, wird man Sie einige Jahre einsperren oder gar aufhängen. Wollen Sie also nicht lieber den Schlüssel nehmen und mir aufmachen?«

Das klang so vernünftig, daß der bestürzte Mann den Knüppel hastig unter den Arm klemmte und sich wie ein wohlgeschulter Diener mit großer Höflichkeit verbeugte. »Sehr wohl, Madam, sofort«, stammelte er und langte nach dem mächtigen Schlüssel, der am Türpfosten hing. Dann riß er diensteifrig die Tür auf.

»Danke«, sagte Mrs. Machennan mit ihrer bestrickenden Liebenswürdigkeit, indem sie den Schlüssel rasch an sich nahm. »Mit dem Zusperren brauchen Sie sich nicht aufzuhalten. Das besorge ich selbst von draußen.«

Sie besorgte es auch wirklich, aber kaum war sie einige Schritte getrippelt, als sie mit einem Ruck Halt machte und gespannt in die Finsternis lauschte. Dann holte sie die gewaltige Waffe wieder aus der Tasche ihres Pelzmantels, huschte noch ein Stückchen weiter zur Gartenmauer und ließ auf einmal mit ihrer sanften

Stimme in den dichten Nebel die freundliche Aufforderung ergehen: »Hände hoch, bitte. Die Balgerei hat keinen Zweck. Wer auszureißen versucht, den knalle ich nieder . . .«

49

Der Motorradfahrer, der dem Zweisitzer folgen sollte, hatte zunächst keine schwierige Aufgabe. Der Wagen fuhr kein schnelles Tempo, schlug auch keine überraschenden Haken und hielt bereits einige Straßen weiter wieder an. Es wurde ein ziemlich langer Aufenthalt ohne ersichtlichen Grund, und als der Mann sich vorsichtig heranmachte, um zu sehen, was eigentlich los sei, entdeckte er, daß das kleine Auto leer war. Erst nach weiteren fünf Minuten tauchte plötzlich eine eilige Gestalt auf, die sich in den Wagen schwang und auch schon davonfuhr. Der Beobachter hatte nicht viel mehr wahrnehmen können, als einen Herrenpelz und einen Herrenhut, denn die Sache war zu rasch gegangen. Jedenfalls hatte aber der Lenker gewechselt, denn von Notting Hill und dann auch noch von Bayswater bis zur Edgware Road hatte ja eine Dame am Steuer gesessen. Das hatte er genau gesehen, nur auf dem letzten Stück des Weges hatte er sich nicht darum gekümmert.

Eine Viertelstunde später aber wurde der Mann völlig verwirrt. Der Zweisitzer hatte in Hoxton neuerlich gestoppt, und auch der Verfolger war rasch von seinem Rad gesprungen, jedoch bereits zu spät gekommen. Der Wagen, der vor einem alten Haus mit zahlreichen Geschäftsschildern hielt, war wieder leer, und der Mann beschloß, nun recht scharf hinzuschauen, wenn der Fahrer wieder zurückkehrte. Vielleicht war dies von Wichtigkeit.

Er faßte also in der Nähe des kleinen Autos Posten, hatte aber noch keine Minute dort gestanden, als er plötzlich zu seiner Überraschung in ein bekanntes, höchst gelangweiltes Gesicht blickte.

»Haben Sie vielleicht den Herrn gesehen, der eben hier ausgestiegen ist?« fragt er hastig.

Brook streifte ihn mit einem verwunderten und nicht gerade

schmeichelhaften Blick. »Wo haben Sie Ihre Augen?« gab er im Vorüberschlendern leise zurück. »Das war doch eine Dame. Ich weiß sogar auch wer, denn wenn sie auch verschleiert war, kenne ich doch den Mantel und den Hut ganz genau . . .«

Er ließ den andern verdutzt stehen, denn dieser hätte jeden Eid darauf geleistet, daß er einem Mann gefolgt war.

Aber Brook hatte recht, es war tatsächlich eine Frau gewesen. Sie befand sich bereits im zweiten Stockwerk und bog eben in einen düsteren Gang ein, der durch einen Glasverschlag abgeschlossen war. Durch die matten Scheiben drang nur ein schwacher Lichtschein und auf dem Türschild war zu lesen: »Rechtsanwalt William Gardner.«

Mr. Gardner befand sich seit vierundzwanzig Stunden in äußerst unbehaglicher Stimmung. Man hatte ihn am verflossenen Abend telefonisch wissen lassen, daß nun wirklich ein günstiger Augenblick gekommen sei, um die Sache mit Maud Hogarth wieder aufzunehmen, und man hatte ihm sogar den Brief, den er deshalb schreiben sollte, Wort für Wort vorgesprochen. Dann waren ihm – ohne nähere Erklärung – auch noch einige recht rätselhaft klingende Bemerkungen diktiert worden, mit denen er dem jungen Mädchen zusetzen sollte, und zum Schlusse erhielt er die Anweisung, die Kopie des Briefes auf seinem Schreibtisch bereitzulegen.

Der Anwalt hatte getan, was ihm geheißen worden war, aber die bevorstehende Unterredung bereitete ihm arges Bangen. Er wußte nur zu gut, wie hart und entschlossen seine Klientin sein konnte, und ihre letzten Worte: »Das nächste Mal werde ich wahrscheinlich wirklich das tun, wessen man mich das erste Mal beschuldigte«, waren keine angenehme Einleitung zu der neuerlichen Unterhaltung. Dazu hatte er auch noch die andere Stimme im Ohr, die mit so eigenartiger Betonung gesagt hatte: »Ich erwarte, daß Sie es geschickter anstellen werden als der Mann, der den ersten Versuch unternommen hat . . .« Was würde geschehen, wenn er auch diesmal keinen Erfolg hatte?

Die Vermutungen, die sich ihm dabei aufdrängten, waren so beklemmend, daß sich Gardner immer mehr an eine einzige Hoffnung klammerte: an die Hoffnung, daß seine Klientin der Einladung nicht Folge leisten werde. Dann war er der gefährlichen Aufgabe wenigstens für den einen oder den anderen Tag wieder entronnen, und vielleicht lagen dann die Verhältnisse nicht mehr so günstig, daß man auf dieser Unterredung bestand.

Diese Hoffnung des erregten Anwalts stieg mit jeder Minute, die der langsame Zeiger seiner Schreibtischuhr vorrückte. Er wies bereits auf drei Viertel sieben. So lange würde Miss Hogarth gewiß nicht auf sich warten lassen, wenn sie kommen wollte. Er hatte zwar geschrieben ›nach sechs‹, aber das hieß doch höchstens eine Viertel-, oder allerhöchstens eine halbe Stunde später. Und nun waren es fast schon fünfzig Minuten nach dieser Zeit ...

Gardner fühlte sich bereits so erleichtert, daß er nach einer Zigarette griff und sie in Brand setzte. Nach sieben würde er das ›Grüne Hofzimmer‹ im Klub der Globetrotter anrufen und berichten. Diesmal konnte ihn nicht der leiseste Vorwurf treffen ...

Er hob mit einem Ruck lauschend den Kopf, und die Hand, die rasch die Zigarette ablegte, zitterte. Die Tür des Zimmers zum Vorraum stand offen, und es war ihm, als ob er auf dem Gang leichte flüchtige Schritte vernommen hätte.

Und nun schlug auch schon die Klingel kurz an.

Gardner sprang mit fahlem Gesicht auf und stürzte zur Glastür.

Die Dame schlüpfte herein, und er schloß hastig ab.

»Oh«, sagte er mit trockenem Hals, indem er sich umwandte, »ich hatte bereits ...«

Weiter kam er nicht. Eine Hand stieß blitzschnell gegen seine Brust, und der Anwalt warf die Arme in die Luft und polterte mit einem dumpfen Röcheln zu Boden.

Genau acht Minuten, nachdem die Dame das Haus betreten hatte, erschien sie wieder, schlüpfte in den Zweisitzer und fuhr davon.

Der Mann mit dem Motorrad konnte sich nun selbst überzeugen, daß er sich getäuscht hatte, aber die Sache blieb ihm ein Rätsel. Und die folgende Stunde sollte ihn noch vor einige weitere stellen. Zunächst jedoch erschrak er, weil er den Wagen in dem winkligen Straßengewirr der City plötzlich aus den Augen verlor. Aber nach einer kurzen aufgeregten Kreuzundquerfahrt entdeckte er ihn glücklich wieder mit abgestelltem Motor, und es war wie das erste Mal. Der Wagen war leer, und nach einer Viertelstunde kam keine Frau, sondern wiederum ein Mann, setzte sich ans Steuer und fuhr in Richtung Themseviertel.

Diesmal hatte der Motorradfahrer alle seine Sinne angespannt und wußte bestimmt, daß er sich nicht getäuscht hatte. Er hatte also auch das erste Mal unbedingt richtig gesehen, wenn er sich auch nicht erklären konnte, wieso dann plötzlich eine Dame ausgestiegen war. Er hatte die Figur und den Pelz des Herrn noch deutlich in Erinnerung, daß er sich darüber klar war, nun einen andern vor sich zu haben. Der Mann, der jetzt den Zweisitzer lenkte, war etwas größer und breitschultriger als der erste, aber es würde sich ja zeigen, ob er sich am Ende nicht auch in ein Frauenzimmer verwandelte.

Das geschah zwar nicht, doch ereignete sich etwas anderes, was den Verfolger in noch größere Verwirrung versetzen sollte. Es gab nun keinen Aufenthalt mehr, sondern das Auto lief schnurgerade die Commercial Road hinunter, und der Nebel war hier so dick, daß der Mann auf dem Motorrad es wagen durfte, sich ganz knapp hinter dem Wagen zu halten.

Erst nahe dem Regent's Canal Dock bog der Lenker des Zweisitzers plötzlich scharf nach rechts ab und steuerte auf einem holprigen, etwas eingeschnittenen Weg der Themse zu. Der andere stoppte nach einer kurzen Strecke verwundert, denn er kannte die Gegend genau und wußte, daß es hier zum Wasser ging. Dort lagen vom Frühjahr bis zum Herbst immer die großen Kähne mit Sand und Schotter, und die schweren Fuhrwerke, die dieses Material abführten, hatten in den weichen Boden tiefe Rinnen gegraben. Was konnte der Mann hier wollen?

Bis zum Ufer mochten es nur mehr ungefähr zweihundert Schritte sein, und wenn er nachfuhr, mußte man auf ihn aufmerksam werden. Er zog es also vor, sein Rad abzustellen und vorsichtig weiter zu schleichen. Entwischen konnte ihm ja der Wagen hier auf keinen Fall . . .

Der neugierige Mann hatte noch keine zehn Schritte getan, als von vorn ein heftiges Knattern, Poltern und Krachen kam, und fast im gleichen Augenblick war ein mächtiges Aufbrausen des Wassers zu hören.

Er stürzte mit großen Sätzen dem Lärm nach und hielt erst inne, als er auf dem steinigen Strand zu stolpern begann. Wenige Yard vor ihm rauschte bereits die Flut, aber von dem Zweisitzer war nichts zu sehen. Er mußte irgendwo draußen in der dampfenden Finsternis liegen ...

Der Mann hastete zu seinem Rad zurück, schwang sich hinauf und ratterte in rasender Fahrt davon. Bei der ersten Polizeistreife, der er begegnete, verhielt er einen Augenblick.

50

Gerade als Mrs. Machennan das verwahrloste Haus so fürsorglich abgesperrt hatte, war vorn ein Auto mit abgeblendeten Lichtern vorgefahren. Der Lenker, ein herkulischer Mann in einem Ledermantel, stieg aus und öffnete die hintere Wagentür.

»Geh und laß dir das Haus aufmachen«, flüsterte er in das Innere. »Bring auch jemanden mit heraus, der dir hilft. Ich muß beim Wagen bleiben.«

Auf diese Aufforderung kam eine zweite Person zum Vorschein, aber sie hatte sich noch nicht recht auf die Beine gestellt, als sie durch einen eisernen Griff rücklings zu Boden gerissen wurde. Noch in derselben Sekunde spürte sie auch schon harte Finger am Hals und ein Knie auf der Brust und hatte gerade nur mehr so viel Luft, um ruhig liegen bleiben zu können.

Der Mann im Ledermantel jedoch setzte sich gegen den anderen Schatten, der ihn aus der Dunkelheit angegriffen hatte, gewaltig zur Wehr, und die Wut gab ihm doppelte Kräfte. Wenn das wieder das verdammte Pack war, das ihn draußen in Notting Hill niedergeschlagen hatte, sollte man ihn jetzt kennenlernen.

Er war mit einem Satz an der Gartenmauer, und nun, da er den Rücken gedeckt hatte, sollte man es nur versuchen, an ihn heranzukommen. Und wenn er zwei Sekunden Zeit fand, um mit der

Hand unter den Mantel zu fahren, würde die Sache rasch ein Ende haben. Vorläufig wirbelte er mit den klobigen Armen heftig um sich, stieß mit den Füßen und fauchte seinem Bedränger die wildesten Flüche und Drohungen ins Gesicht.

»Machen Sie kurzen Prozeß«, gebot plötzlich die Stimme des Dritten, der sich an dem Kampf nicht beteiligte, sondern in den Wagen geschlüpft war. »So oder so . . .«

Und wie als Echo klang es im selben Augenblick von irgendwo aus der Dunkelheit: »Hände hoch, bitte . . .«

Der Athlet im Lederrock stutzte vor Überraschung nur einen Augenblick, aber dieser winzige Augenblick genügte . . .

Mrs. Machennan kam mit ihrer schußbereiten Pistole zu spät, hatte aber die Genugtuung, daß ein vornehmer Gentleman sie sekundenlang fassungslos anstarrte und dann mit stürmischer Herzlichkeit an den Händen faßte. Sie hatte nur gerade noch Zeit, die Pistole zu sichern und in den neuen Pelz zu stecken.

»Liebe Mrs. Machennan . . .«, murmelte Ramsay mit ungläubigem Staunen, und seine sanfte Hauswirtin sah ein, daß sie ihm für dieses Zusammentreffen eine kurze Erklärung schuldig war.

»Ja«, sagte sie mit niedergeschlagenen Augen, »ich habe mich auf dem Heimweg von meinem Besuch etwas verspätet. Es ist aber nicht meine Schuld; man hat mich hierher gebracht, ohne daß ich es wünschte.«

So interessant diese schlichte Mitteilung war, Ramsay erwiderte darauf nichts, sondern zog die schrecklich verlegene Frau hastig zu dem Wagen, flüsterte ihr einige Worte ins Ohr und wies auf die rückwärtigen Sitze.

»Oh . . .«, hauchte Mrs. Machennan, nachdem sie einen neugierigen Blick hinein getan hatte, und lauschte dann doppelt begierig dem, was ihr aufgeregter Mieter ihr noch zuraunte.

»Natürlich läßt sich das machen«, erklärte sie lebhaft, als Ramsay endlich Atem schöpfte. »Ich habe ja noch zwei sehr hübsche Zimmer mit Bad, und es wird auch sonst an nichts fehlen. Ich verstehe mich ein bißchen auf solche Dinge. Den Arzt nehme ich am besten gleich unterwegs mit . . .« Damit saß Mrs. Machennan auch schon in dem fremden Auto und entwickelte mit ihren zarten Händen sofort eine geheimnisvolle Geschäftigkeit.

»Danke, liebe Mrs. Machennan«, sagte Ramsay erleichtert. »Sie werden gleich abfahren können. Ich will die Burschen nur noch ins Haus schaffen lassen, dann fährt Sie einer meiner Leute heim. Und ich komme so rasch wie möglich nach.«

»Oh, wenn Sie in dieses schrecklich schmutzige Haus wollen, werden Sie ja den Schlüssel brauchen«, erinnerte sich die tüchtige Frau und brachte das Unding zum Vorschein. »Ich habe ihn für alle Fälle zu mir gesteckt. Ja, und dann werden Sie drin noch zwei andere Männer finden. Aber der eine ist sehr höflich, wenn man ihm gut zuredet, und der andere dürfte kaum vor zwei Stunden aufwachen.«

Es ging bereits gegen acht Uhr, als dasselbe Auto, das sie nach Camberwell gebracht hatte, ohne daß sie es wünschte, Mrs. Machennan wieder vor ihrem Haus unweit der Westminster Brücke absetzte. Sie kam nicht allein, aber Pheny, die mit knallrotem Gesicht, aufgekrempelten Ärmeln und schiefer Haube die Tür aufriß, kümmerte sich nicht darum.

»Madam«, brach sie sofort mit sonorer Stimme klar und deutlich los, »es waren zwei Gauner hier, aber ich habe sie hinausgeschmissen, wie Sie es wünschten. Und weil ich das Fünfunzengewicht so fleißig in den Mund gesteckt habe, kann ich jetzt reden.«

Mrs. Machennan nahm dieses Wunder mit großer Ruhe auf. »Das höre ich«, sagte sie, »aber das kann ich jetzt nicht brauchen. Legen Sie sofort das Fünfunzengewicht wieder auf die Zunge, und dann ziehen Sie Ihre dicken Filzschuhe an, damit Sie mir nicht wie ein Elefant im Hause herumtrampeln.«

»Kchchch . . .«, gurgelte Pheny eingeschüchtert und kam wieder einmal zu der Überzeugung, daß man es Madam nie recht machen konnte.

Eine halbe Stunde später war auch Donald Ramsay da und durfte zunächst einen Blick durch einen Türspalt tun, den ihm seine Hauswirtin, den Finger auf den Lippen, öffnete.

»Der Arzt sagt, es sei keine Gefahr mehr, aber die Hilfe wäre gerade noch zu rechter Zeit gekommen«, flüsterte sie. »Es soll sich um eine Vergiftung durch irgendein Gas handeln.« Sie machte eine Pause, da ihr Mieter mit einem dankbaren Druck ihre Hand ergriff, aber als sie sich darüber etwas beruhigt hatte, hielt sie es an der Zeit, auch noch einen kurzen Bericht über den Verlauf ihres Besuches hinzuzufügen. »Lady Falconer hat mich sehr liebenswürdig aufgenommen«, begann sie mit ihrer harmlosesten Miene, indem sie die Tür zuzog. »Ich mußte ihr aber den Bogen zur Unterschrift hinhalten, weil sie ihren siamesischen Kater im linken Arm hatte. Er ist ein sehr schönes, aber auch ein sehr verzogenes Tier. Glücklicherweise lagen auf dem Tisch mehrere Zigarettenschachteln, und als ich meine Mappe zusammenpackte, habe ich zwei davon mitgenommen. Sie sind bereits angebrochen, und vielleicht finden Sie das darauf, was Sie brauchen. Lady Falconer scheint eine sehr starke Raucherin zu sein, und mit Zigarettenschachteln geht man ja nicht so vorsichtig um . . .«

Mrs. Machennan brachte ein in Papier eingeschlagenes Päckchen zum Vorschein, und Ramsay ließ ein leises belustigtes Lachen hören.

»Sie sind wirklich eine schrecklich gefährliche Person, liebe Mrs. Machennan.«

»Oh«, wehrte diese bescheiden ab, »ich konnte doch nicht ganz unverrichteterdinge zurückkommen. Und auf andere Weise war es nicht zu machen. Ich glaube nämlich, Lady Falconer wußte genau, um was es sich handelte. Sie hat mich eine halbe Stunde warten lassen. – Ja« – Mrs. Machennan brachte in ihrer Verlegenheit die Dinge arg durcheinander – »und auf dem Hinweg bin ich dem Mann begegnet, der mich damals belästigt hat, als ich die Nelken besorgte. Er war in Gesellschaft noch eines andern, und die beiden sind mir dann bis Bayswater gefolgt. Ich dachte mir gleich, daß etwas geschehen würde, und als ich wieder herauskam, sind sie auch wirklich über mich hergefallen und haben mich in das schmutzige Haus in Camberwell geschleppt. Zufällig hatte ich jedoch meine Gaspistole bei mir, eine sehr praktische neue Erfindung. Man schnallt das kleine Rohr innen an den Unterarm, und der Abzug steht mit einem Ring in Verbindung, den man einfach an den Finger steckt. Wenn es Sie interessiert, Mr. Ramsay . . . Ich meine . . .«

Die schüchterne Frau verlor wieder einmal den Faden, weil der große schlanke Gentleman seine Hände auf ihre Schultern gelegt hatte und sie so eigen ansah. Mrs. Machennans Augen flüchteten zwar rasch zu Boden, aber der seltsame Blick ging sogar durch die gesenkten Lider hindurch. Und als Donald Ramsay nun auch noch »Liebe, liebe Mrs. Machennan . . .«, sagte, verspürte die tapfere Schottin ein derartiges Zittern in den Knien, daß sie schleunigst wieder in das andere Zimmer schlüpfte und die Tür behutsam hinter sich schloß.

51

Etwa um dieselbe Stunde wurde Scotland Yard durch zwei Meldungen, die kurz hintereinander einliefen, in Bewegung gesetzt.

Die eine kam von der Polizeistation in Hoxton, die zweite aus Limehouse. Die erste berichtete von einem Mord, dem ein Rechtsanwalt namens William Gardner zum Opfer gefallen war, die andere von einem bisher ungeklärten Unfall an der Themse. Die Strompolizei hatte in dem ungefähr vier Fuß hohen, ziemlich reißenden Uferwasser ein umgestürztes Auto gefunden und unweit davon einen Frauenmantel und einen Hut aufgefischt. In dem Wagen selbst war niemand, aber es sei möglich, daß der Lenker durch eine der offenen Türen hinausgeschleudert war.

Es folgten dann noch die Nummer des Autos sowie eine kurze Beschreibung der Kleidungsstücke, aber der junge ehrgeizige Inspektor Travers, den diese Dinge angingen, hatte für den zweiten Fall zunächst gar kein Interesse übrig. Der Name William Gardner war ihm wie ein elektrischer Schlag in die Glieder gefahren, denn er wußte sofort, wo er ihn hin zu tun hatte. Die Mordanklage gegen Maud Hogarth war für ihn eine Schlappe gewesen, von der er bis heute nicht loskommen konnte. Irgend etwas hatte er dabei versehen, er wußte aber nicht was.

Nun bot sich ihm hierzu vielleicht endlich eine neue Gelegenheit. Wenn es nicht zwei Anwälte des gleichen Namens gab, wenn es sich wirklich um den Verteidiger Maud Hogarths handelte, konnten sich Umstände ergeben, die auch den Mord an Major Foster restlos aufklärten. Jedenfalls wollte er bei seinen

Erhebungen von vornherein mit einem gewissen Zusammenhang rechnen.

Travers saß mit seinen Leuten bereits im großen Polizeiauto, als ihm doch noch die Meldung aus Limehouse einfiel, und er sandte einen der Detektive rasch zum Yard zurück, um den Besitzer der betreffenden Wagennummer feststellen zu lassen.

Der Mann war in wenigen Minuten wieder zur Stelle.

»Der Wagen gehört Miss Maud Hogarth in Notting Hill«, berichtete er, und der Inspektor erhielt einen zweiten Schlag.

»Los!« gebot er dem Chauffeur aufgeregt, aber am Tor wurde das Auto vom Posten angehalten.

»Oberst Ashford wünscht Sie sofort zu sprechen«, meldete der Konstabler mit der Hand am Helm. »Es ist eben telefoniert worden.«

Der Inspektor war mit einem Satz wieder aus dem Wagen, raste über einige Höfe und eine breite Treppe hinauf. Er wurde im Augenblick vorgelassen.

»Es ist mir lieb, daß ich Sie noch erreicht habe«, empfing ihn Oberst Ashford, und in seinem sonst so beherrschten ledernen Gesicht war wirklich Erleichterung zu lesen. »Es handelt sich um die beiden Vorfälle in Hoxton und Limehouse«, fuhr er in seiner eintönigen, knappen Art fort. »Ich glaube, sie werden Ihnen nicht viel zu schaffen geben. Wichtig ist, daß vorläufig keine Einzelheiten in die Öffentlichkeit gelangen. Also keinerlei Mitteilungen an die Presse, außer den nackten Tatsachen, wie sie die ersten Meldungen der Reviere enthielten. Sie verstehen mich?«

»Gewiß, Sir«, versicherte Travers mit einigem Unbehagen. Das sah ja ganz so aus, als ob der Chef bereits mehr von den Dingen wußte, und in diesem Fall mußte sich seine eigene Arbeit doppelt verantwortungsvoll gestalten. Das machte ihm zwar nichts aus, aber das Gefühl, unter einer Art Kontrolle zu stehen, war keineswegs angenehm. Man wurde unsicher und nervös.

»Sobald Sie zurückkommen, erstatten Sie zunächst mir persönlich Bericht«, sagte der Oberst noch, dann neigte er mit einem kurzen Ruck den angegrauten Kopf, und der Inspektor war entlassen.

Schon der erste Augenschein in Hoxton brachte Travers eine

gewisse Beruhigung. Das schien kein Fall, bei dem man so leicht in die Irre tappen konnte. Der Mord war vom Hauswart entdeckt worden, der, wie allabendlich, um halb acht die Runde gemacht hatte. Im Haus befanden sich fast durchweg Geschäftsräume, die spätestens um sechs Uhr geschlossen wurden, und der Mann hatte die Pflicht nachzusehen, ob alle Türen versperrt waren. Als er heute im Vorraum von Gardners Kanzlei Licht bemerkte, hatte er die Klinke niedergedrückt, die auch wirklich nachgab, und im selben Augenblick hatte er auch schon die reglose Gestalt und die mächtige Blutlache auf dem Fußboden entdeckt.

Travers besah sich vor allem die Waffe, mit der der tödliche Stich geführt worden war, und fand, daß er schon damit ein sehr wichtiges Beweisstück in Händen hatte. Es war ein venezianischer Dolch von alter gediegener Arbeit. Den Besitzer dieser Waffe zu ermitteln, konnte kaum allzu schwierig sein. Sonst allerdings lieferte der Tatort zunächst keinerlei weiteren Anhalt. Die Räume waren in tadelloser Ordnung, und es zeigte sich nirgends die Spur eines Kampfes.

Rein gewohnheitsmäßig nahm der Inspektor schließlich noch ein Briefblatt auf, das auf dem Schreibtisch Gardners unter einem Beschwerer lag, aber kaum hatte er einen Blick darauf getan, als er förmlich erstarrte. Erst nach langem Besinnen faltete er das Papier zusammen und steckte es zu sich.

»Vorläufig bin ich hier fertig«, sagte er zu dem über diese Schnelligkeit etwas enttäuschten Inspektor des Reviers. »Wollen Sie nun noch Ermittlungen anstellen, ob vielleicht in der kritischen Zeit eine fremde Person im Hause gesehen wurde?«

Eine Minute später jagte Inspektor Travers bereits nach Limehouse. Er glaubte nun genau zu wissen, welche Bewandtnis es mit dem Unglück an der Themse hatte. Diese schöne stolze Maud Hogarth tat ihm aufrichtig leid, denn er hatte von ihr trotz allem einen sehr guten Eindruck gewonnen. Aber über dieses Mitleid ging seine Genugtuung. Dieser zweite Fall lag schon nach den bisherigen Ergebnissen weit klarer und würde voraussichtlich auch sein Vorgehen in der Mordsache Foster rechtfertigen. Wenn es ihm damals auch nicht gelungen war, die Beweiskette lückenlos zu schließen, so hatte er doch sicher nicht daneben gegriffen.

Er war nach der Briefkopie, die er bei sich trug, fest überzeugt, daß Maud Hogarth auch diesmal wieder im Spiel war, und er deutete sich den rätselhaften Unfall in Limehouse im nächstliegenden Sinne: da sie einsehen mußte, daß es ein zweites Mal keine Rettung für sie gab, hatte sie sich ihrer hoffnungslosen Lage durch einen letzten verzweifelten Entschluß entzogen ... Und was Travers am Themseufer sah, schien ihm recht zu geben, wenn auch die Suche nach der Besitzerin der aus dem Wasser gefischten Kleidungsstücke bisher keinen Erfolg gehabt hatte. Aber das war bei der herrschenden Flut und bei der Unsichtigkeit, gegen die auch die Scheinwerfer der beiden Polizeiboote nicht aufkamen, schließlich kein Wunder. Wenn es erst Morgen wurde und der Nebel schwand, würde sich wohl auch der Leichnam finden.

Der Inspektor übergab den triefenden Mantel und den Hut einem seiner Leute und richtete dann unter fingiertem Namen von der Polizeistation rasch noch eine Anfrage nach Notting Hill.

Nein, kam es zurück. Miss Hogarth sei nicht zu sprechen. Sie habe gegen vier Uhr eine Ausfahrt unternommen, sei aber noch nicht heimgekehrt.

Dieser Bescheid war eine Bestätigung seiner Annahme, und genau zweieinhalb Stunden nach seiner Abfahrt war Travers wieder im Yard.

Oberst Ashford hatte gewartet, bekundete aber nun für den Bericht überraschenderweise kein allzu lebhaftes Interesse. Er schenkte der Waffe, der Briefkopie und den Kleidungsstücken kaum einen flüchtigen Blick, und noch sonderbarer als diese Gleichgültigkeit berührte den Inspektor das kalte, verbissene Lächeln des Chefs.

»Sie haben also den Eindruck gewonnen, daß auch diesmal wieder vor allem Miss Hogarth als Täterin in Betracht kommt und daß sie Selbstmord begangen hat?« fragte der Oberst endlich.

»Allerdings«, gab Travers ein bißchen unsicher zu. »Aber zunächst möchte ich doch noch die Herkunft der Waffe feststellen.«

»Oh, ich bin fest überzeugt, daß auch der Dolch Miss Hogarth gehört«, sagte Ashford und lächelte noch seltsamer. »In dieser

Hinsicht dürfte wohl alles stimmen.« Aber plötzlich verfiel er wieder in seine gewöhnliche Trockenheit und überrumpelte Travers mit der Frage: »Ist seinerzeit festgestellt worden, ob Major Foster einen Hausschlüssel besaß?«

»Major Foster – einen Hausschlüssel?« Der Inspektor mußte nachdenken, und mit einem Mal kam ihm zum Bewußtsein, daß da vielleicht die bewußte bedenkliche Lücke war ... Wenn Foster wirklich einen Hausschlüssel besessen hatte – und wenn jemand vielleicht noch vor Miss Hogarth zu ihm gekommen war – und wenn dieser Jemand die Minuten, in denen der Pförtner hinauf in die Wohnung und wieder herunter gefahren war, gewandt ausgenützt hatte ... Dem Inspektor wurde sehr heiß.

»Soviel ich mich erinnere, ist dem nicht nachgegangen worden«, mußte er endlich ziemlich kleinlaut bekennen. »Aber das läßt sich wohl noch feststellen. Ich werde mich sofort mit dem Hauswart in Verbindung setzen.«

»Ich warte«, sagte Oberst Ashford, wurde aber nicht zu lange aufgehalten. Schon nach zehn Minuten war der Inspektor wieder zurück und mittlerweile offenbar eine bedrückende Sorge los.

»Foster hatte seinerzeit einen Torschlüssel«, meldete er lebhaft, »aber dieser wurde im Vorraum der Wohnung gefunden, wo er immer zu hängen pflegte. Man hat ihn dann dem Pförtner mit den übrigen Schlüsseln übergeben.«

Wenn der Chef durch diese Mitteilung irgendwie enttäuscht wurde, so ließ er es jedenfalls nicht merken. Er starrte sekundenlang auf einen mit flüchtigen Notizen bedeckten Zettel, und dann kam wieder das kurze Nicken der Verabschiedung.

»Danke, das wäre alles. Machen Sie über die Vorfälle in Hoxton und Limehouse bloß Ihren Bericht. Was sonst noch zu tun ist und wie sich die Dinge abgespielt haben, werden wir vom ›Haus im Schatten‹ hören.«

Inspektor Travers warf überrascht den Kopf hoch. Teufel noch einmal – das also steckte dahinter ... Und wahrscheinlich war es auch schon im Falle Foster um solch eine Sache gegangen ... Da hatte er eigentlich verdammtes Glück gehabt, denn man sah es gar nicht gern, wenn die Polizei die Nase zu tief in derartige Geschichten steckte.

52

Peter Owen drückte sich mit dem gewissen alten Bekannten, der ein großes Tier geworden war, auf dem Cadogan Pier herum und sprach sich den nagendsten Groll seines Lebens von der Seele.

»Mit dem Kochlöffel!« zischte er. »Hat man so was schon gehört? Und sie hat ihn richtig mit dem ersten Griff erwischt. Dabei war er noch ganz frisch und bestimmt einen guten halben Finger lang.«

Er spritzte aus dem Mundwinkel einen braunen Strahl in den Nebel, und hinter dem Tabaksaft kam ein ellenlanger Fluch.

Brook hörte diesem Erguß schweigend, aber mit großem Interesse zu. Welch eine Frau! Er kam gerade aus dem Haus bei der Westminster Brücke, und die sanfte Mrs. Machennan beschäftigte ihn fast noch mehr, als die hundert Pfund, mit denen es nun Ernst zu werden schien. Er hatte Mr. Ramsay gerade nur seine allerwichtigsten Beobachtungen in Hoxton melden können, denn während seines Berichts war einige Male die Turteltaube ins Zimmer geschlüpft und hatte dem Gentleman einige Worte ins Ohr geraunt, worauf dieser immer auf den Fußspitzen in den Korridor geeilt war. Mrs. Machennan hatte mit der feinen weißen Haube und der blütenweißen Schürze noch netter und sanfter ausgesehen als sonst, und in Brook war bei den halb freundlichen, halb vorwurfsvollen Blicken, mit denen sie ihn gestreift hatte, ein verlockender Gedanke immer lebendiger geworden: wenn er in den nächsten Tagen die hundert Pfund wirklich bekam, dann waren es gerade zweitausendachthundert, die er sich als sparsamer Mann bereits beiseite gelegt hatte; und da Mrs. Machennan eine Schottin war, würden es bei ihr vielleicht sogar noch mehr sein. Wenn man das alles zusammenlegte . . .

Gerade als Brooks wundervolle Träume ihren Höhepunkt erreichten, tauchte Donald Ramsay auf und bekundete sehr große Eile.

»Wir wollen uns also nun den ganzen Bau einmal gründlich von außen besehen«, sagte er. »Sie, Brook, nehmen die Front am Themseufer, Owen die Straße rechts und ich jene links. Achten

Sie auf alle Zugänge, und, wenn es möglich ist, interessieren Sie sich auch dafür, wohin diese führen. Schlag zehn treffen wir uns wieder an dieser Stelle.«

Peter Owen bekundete durch einen energischen Spritzer aus dem Mundwinkel, daß er verstanden hatte, und dann setzten sie sich in Bewegung.

Aber bloß Ramsay war es vorbehalten, eine Entdeckung zu machen. Er hatte an seiner Straßenfront, die unregelmäßig vor- und zurücksprang, bereits zwei Einfahrten und drei Tore festgestellt, als er zu der halb offen stehenden Pforte eines schmalen, nach seiner ganzen Bauart uralten Hauses kam, das man wohl nur als Bindeglied mit in den Klubkomplex einbezogen hatte. Wenigstens deutete der einheitliche Anstrich darauf hin, daß es mit dazu gehörte. Es hatte lediglich ein Stockwerk, und das Erdgeschoß war ganz von der Einfahrt und den Lagernischen zu deren beiden Seiten eingenommen. Dahinter lag ein kleiner Hof, an dessen Ende eine Betonmauer bis zur Höhe der beiden weit ansehnlicheren Nachbarhäuser emporstieg. Es gab dort außer einigen aufgestapelten Kisten und Fässern nichts zu sehen, und das Auffallende an dem Gebäude war nur, daß man es trotz seiner Wertlosigkeit und Unverwendbarkeit so unberührt stehen gelassen hatte, während an den übrigen Objekten, die nach und nach hinzugekauft worden waren, mehr oder weniger herumgemodelt worden war. Das mußte seine Gründe haben, und Ramsay beschloß, der Sache ein bißchen nachzugehen. Einen Pförtner schien es ja hier nicht zu geben, wenn nicht etwa im Hof eine Aufsicht war. Aber der Hofraum lag völlig dunkel und hatte zu beiden Seiten bloß überdachte Gänge, die bis zu der Betonmauer führten.

Ramsay tastete sich in einem derselben vorsichtig weiter und hielt neugierig Umschau. Es gab hier nirgends einen Zugang, und auch die abschließende Mauer im Hintergrund hatte weder Tür noch Fenster. Wenn eine Verbindung mit den übrigen Klubgebäuden bestand, mußte sie vorn im ersten Stockwerk oder hinter der massiven Betonwand sein, die sogar noch ein Stück über die Dächer der Nachbarhäuser hinausragte. Diese Mauer war ein seltsamer Bau, über dessen Zweck man sich nicht recht klar werden konnte, und Ramsay schenkte ihm ganz besondere Aufmerksamkeit. Einer mehrere Stockwerke hohen Verbindung hätte man doch gewiß Tageslicht gegeben, und ein Luftschacht konnte es auch kaum sein, da für einen solchen nicht die geringste Notwendigkeit bestand. Jedenfalls war es verlockend, das Bild auch noch von dem gegenüberliegenden Häuserblock aus zu betrachten, und er wollte auf dem Rückweg die Schritte bis zur Ecke des Themseufers zählen, um für drüben eine ungefähre Orientierung zu haben.

Die Gestalt, die vorn durch die Pforte hereinschlüpfte, kam völlig lautlos und huschte wie ein Schatten an dem Mauerwerk hin, aber Ramsay gewahrte sie noch rechtzeitig genug, um sich mit einer raschen Wendung in den nächsten Winkel zu drücken. Das Versteck war nicht sehr verläßlich, doch bekundete der Ankömmling glücklicherweise keine große Vorsicht. Er bog in den gedeckten Gang zur Rechten ein und hastete dessen anderem Ende zu.

Ramsay hielt den Atem an, denn wenn der Mann seinen Weg beibehielt, mußte er dicht an ihm vorbeikommen.

Und der Mann behielt seinen Weg bei. Erst kurz vor der rätselhaften Wand machte er Halt und stand nun Ramsay so nahe, daß dieser trotz des tiefen Dunkels das Gesicht des andern erkennen konnte. Und was er sah, sagte ihm, daß er den Herrn mit dem buschigen Schnurrbart vor sich hatte, dem der Handschuh gehörte . . .

Die Gestalt verharrte einige Sekunden dicht an der Mauer, dann begann sie, rasch in sich zusammenzusinken. Die Steinquader, auf der sie in die Tiefe glitt, lief ohne jedes Geräusch, und als Ramsay sich vorneigte, um einen Blick nach unten zu tun, kam er bereits zu spät.

Immerhin glaubte er aber, das Geheimnis, das die Mauer barg, nun zu kennen und damit unmittelbar vor seinem Ziel zu stehen. Wenn er noch den geringsten Zweifel gehegt hätte, so wäre dieser jetzt geschwunden. Es war nun so weit, daß er die Geschichte der ›Chinesischen Nelke‹, die der armen Maud Hogarth so furchtbare Erlebnisse gebracht und dem Admiral Sheridan so schwere Sorgen bereitet hatte, jeden Augenblick aufklären konnte.

Sollte er den letzten Schritt noch heute, noch in dieser Nacht tun, damit Maud Hogarth und Admiral Sheridan endlich zur Ruhe kamen?

Ramsays Gedanken flogen in ein Zimmer in dem stillen Hause bei der Westminster Brücke, und er kämpfte einen schweren Kampf . . .

Aber dann dachte er an den Kahlkopf, dem er gestern nacht eine Kugel in den Arm gejagt hatte und hinter dem auch Oberst Wilkins so eifrig her war, und er sagte sich, daß die Stunde für den letzten Schritt noch nicht gekommen sei. Auf keinen Fall durfte Wilkins jenen Mann zur Strecke bringen, auch das wollte er selbst besorgen . . .

»Es ist alles in Ordnung, ich brauche Sie nicht mehr«, erklärte Ramsay, als er Schlag zehn Uhr zu dem Treffpunkt zurückkehrte und der geräuschvolle Spritzer, den Peter Owen aus dem Mundwinkel tat, verriet, wie unzufrieden er mit diesem Verlauf der Dinge war.

Dafür entschädigte ihn Brook durch eine beharrliche Einladung zu einem Glas Bier, und als er gar noch hinzufügte: »Sie müssen mir die Geschichte mit Mrs. Machennan noch einmal ganz genau erzählen«, sah der ehemalige Oberbootsmaat die Fortsetzung dieses langweiligen Abends in einem viel freundlicheren Licht.

Der Herr der geheimnisvollen Räume im Klub der Globetrotter hatte einen aufregenden Tag hinter sich.

Der Mann mit dem buschigen Schnurrbart rannte in seinen sorgsam gesicherten vier Wänden ruhelos auf und ab und suchte sich über die Gefahr klar zu werden. Daß sie nun wirklich da war, darüber konnte er sich keiner Täuschung mehr hingeben, aber von welcher Seite kam sie, und was konnte sie bringen?

Davon hing die Entscheidung ab, die er treffen mußte. Wenn die bedenklichen Geschehnisse von jenen Leuten ausgingen, die die Kassette gestohlen hatten, lagen die Dinge noch immer nicht allzu schlimm. Gewiß, diese Bande, die er leider unterschätzt hatte, war ihm bereits verdammt nahe an den Leib gekommen, aber schließlich hatte er von ihr nichts Ernstliches zu befürchten.

doch früher solchen Verabredungen lieber ausgewichen war, wenn er nicht gerade Geld brauchte?

Der Chef begann, in seiner Unruhe wieder auf und ab zu laufen. Vielleicht kam von seinen Leuten doch noch eine Nachricht ... Und die Nachricht kam endlich.

Als es ein Uhr morgens geworden war, hielt es der Mann für notwendig, auf alle Fälle gewisse Vorkehrungen zu treffen. Er fuhr mit dem Aufzug in die Tiefe, hielt aber plötzlich mitten in dem engen Schacht an und machte sich an dessen Holzverschalung zu schaffen. Eines der Bretter wich zur Seite und gab einen schmalen Eingang in eine kleine Kammer frei. Sie wies außer einem Sessel und einem eingebauten Schrank nicht den kleinsten Einrichtungsgegenstand auf, und auch die weiß getünchten Wände waren völlig leer. Nur ein dichtes Netz von Drähten lief über das Mauerwerk und mündete in dem massiven Schaltkasten.

Der Chef öffnete eine Klappentür desselben und betrachtete mit zuckendem Gesicht das System von Hebeln, Schaltern und Kontakten, das hier untergebracht war. Diese komplizierte Anlage, an der Wochen hindurch Nacht für Nacht fremde, verschwiegene Männer mit lautloser Emsigkeit gearbeitet hatten, bildete mit der Tastatur oben in seinem Schreibtisch den Schlüssel zu seinem geheimnisvollen Betrieb. Er konnte Gespräche auf einen eigenen Kurzwellensender umschalten und nach Belieben irgendwohin ausstrahlen, und er konnte damit Fahrstühle in Bewegung setzen und ferne Türen öffnen und schließen ...

Und wenn es einmal zum Äußersten kam, konnte er damit auch noch etwas anderes ...

Er griff mit zaghaften Fingern nach einem rot isolierten Leitungsdraht, der lose herabhing, und zögerte sekundenlang. War es wirklich schon so weit, daß er für diese Möglichkeit sorgen mußte?

Entschlossen stieß er den Stecker der roten Schnur in eine winzige rote Steckdose, schloß die eine Klappentür und öffnete die andere. Diese enthielt bloß ein hölzernes Gehäuse und davor einen kleinen Morseapparat. Wieder überlegte der Herr mit dem buschigen Schnurrbart einen Augenblick, dann drückte er auf den Taster. Es war besser, er schickte die Warnung zu früh in die Welt, als daß sie zu spät kam. Wenn gewisse Dinge geschahen und er plötzlich schwieg, sollte man dafür eine Erklärung haben ... Tack – tack – tacktack – tacktacktack ... hallte es in wechselndem Rhythmus durch den kleinen kahlen Raum.

53

Tack – tack – tack – ... machte im gleichen Augenblick auf der nebelverhüllten Themse auch ein anderer Apparat, und der Mann, der seit ungefähr einer Stunde geduldig harrend davor saß, wandte lebhaft den Kopf.

»Die Welle, Sir«, flüsterte er über die Schulter.

»Verdammt ...«, zischte Admiral Sheridan und lauschte mit einem Gesicht, das seinen ganzen ohnmächtigen Grimm verriet. Dann ließ er den Blick in einen Winkel der engen Kajüte gehen, wo Sir Frederick Legett, den Arm in der Binde, dünn und schweigsam auf einem Deckstuhl hockte. »Da hören Sie nun den Spuk. Man könnte aus der Haut fahren. Da unterhält sich so ein Schweinehund mit wer weiß wem in der Welt über Dinge, die uns wahrscheinlich sehr viel angehen, und wir verstehen nicht ein Wort davon. Aber ich hoffe, daß wir ihm bald ziemlich nahe auf die Bude rücken werden. Ich habe von Reading bis Sheerness und von Enfield bis Brighton acht Stationen mit Rahmenantennen und den feinsten Peilinstrumenten auf der Lauer liegen, und es müßte der Teufel sein Spiel treiben, wenn wir dieses gefährliche Tratschmaul nicht in die Zange bekommen sollten.«

Aus dem Halbdunkel des Raums löste sich eine vierte Gestalt und trat hinter den Funker. »Deserteur!« grollte der übelgelaunte Sir John, aber Donald Ramsay schien es nicht gehört zu haben.

»Haben Sie die Richtung?« fragte er den Mann an den Instrumenten.

»Jawohl – hier ...«, erklärte dieser und deutete auf eine feine Linie, die er eben auf einem großen Plan von London zog.

Ramsay verfolgte den Strich, dann richtete er sich plötzlich auf. »Stimmt!« sagte er kurz, und in derselben Sekunde verstummte der Apparat.

Admiral Sheridan fuhr so lebhaft in die Höhe, daß er um ein Haar an die niedrige Decke gestoßen wäre, und faßte Ramsay unter dem Arm. »Kommen Sie auch mit, Frederick«, raunte er diesem zu und bugsierte beide vor sich her in eine noch winzigere Deckkabine des unscheinbaren grauen Flußbootes. Dort drückte er den jungen Mann kurzweg in eine Ecke und stellte sich vor ihn hin.

»Stimmt? – Was stimmt?« drängte er gebieterisch; als aber die Antwort auf sich warten ließ, schlug er eine sanftere Tonart an. »Wissen Sie, auf Leute, die mir ausreißen, weil sie es bei mir zu langweilig finden, bin ich eigentlich nicht gut zu sprechen. Wenn Sie mir aber in dieser Sache einen Dienst leisten, sind wir wieder die alten Freunde ...« Und als auch diese verlockende Verheißung nicht nützte, wandte sich der Admiral gekränkt und verärgert an Legett. »Helfen Sie mir doch. Wenn Sie es ihm befehlen, muß er ja damit herausrücken ...«

Der Herr mit dem kahlen Spitzkopf hob die schmalen Schultern und lächelte dünn. »Meine Herren handeln auf eigene Verantwortung und Gefahr«, erklärte er kaum hörbar. »Und sie pflegen auch mich nicht ins Vertrauen zu ziehen, solange sie mir den betreffenden Fall nicht zuverlässig und in allen Einzelheiten darlegen können.«

»Feine Wirtschaft!« knurrte der enttäuschte Sir John bissig. »Da arbeitet es sich mit Wilkins wahrhaftig viel angenehmer. Bei dem gibt es keine solche Geheimniskrämerei, er hält mich wirklich brav auf dem laufenden.« Er ließ den Blick von einem zum andern gehen, und dann spielte er einen gewaltigen Trumpf aus. »Eben, bevor ich hierher kam, hat er mich wieder angerufen und mir mitgeteilt, daß er nun den berühmten Kahlkopf fassen will.«

Diese Neuigkeit tat ihre Wirkung. Sir Frederick hüstelte nervös, Donald Ramsay aber fragte kurz: »Wann?«

Sheridan grinste befriedigt. »Er meint, schon morgen nacht. Es wäre mir zwar nicht lieb, wenn gerade Wilkins diesen Erfolg hätte, aber ...«

»Darüber kann ich Sie beruhigen, Sir John«, unterbrach ihn Ramsay. »Oberst Wilkins wird diesen Erfolg nicht haben. Wenn er aber morgen nacht wirklich darauf ausgehen sollte, werden Sie noch vor Morgengrauen eine interessante Geschichte zu hören bekommen.«

»Was für eine Geschichte?«

»Eine Geschichte, die Ihnen sagen wird, warum Bexter Sie vor seinem Tod so dringend zu sprechen wünschte, warum Major Foster ermordet wurde, warum Maud Hogarth auf die Anklagebank gebracht wurde – und weshalb es nicht geschehen durfte, daß Oberst Wilkins den Kahlköpfigen faßte. Und wenn Sie die Mitteilungen des Geheimsenders aufbewahrt haben ...«

»Habe ich ...«

»... werden Sie diese in einigen Tagen wahrscheinlich ohne weiteres entziffern können. Dann wird sich ja zeigen, ob und wie viel Unheil damit angerichtet wurde.«

»Don - ner - wet - ter!« Sir John stand sekundenlang wie versteinert, dann breitete er plötzlich die wuchtigen Arme aus und riß den schlanken Gentleman an die breite Brust. Und dann folgte ein Geräusch, als ob irgendwo ein Teppich geklopft würde.

In dem stillen Hause unweit der Westminster Brücke gab es eine ziemlich bewegte Nacht. Mrs. Machennan glitt in lautloser Geschäftigkeit unablässig treppauf und treppab, und von Zeit zu Zeit setzte sie sich ans Telefon, um eine besorgte wißbegierige ältere Dame in Notting Hill zu beruhigen.

»Es ist wirklich gar nichts Ernstliches, verehrte Mrs. Derham«, versicherte sie immer wieder. »Miss Hogarth ist während der Rückfahrt von einem leichten Unwohlsein befallen worden und befindet sich in bester Pflege. Es ist absolut nicht nötig, daß Sie sich deshalb herbemühen. Die Patientin bedarf nur völliger Ruhe und eines ausgiebigen Schlafs. Sobald sie hergestellt ist, werde ich sie Ihnen selbst zurückbringen, wenn Sie dies gestatten. Sollte sich inzwischen vielleicht jemand nach ihr erkundigen, so wollen Sie, bitte, sagen, daß sie bereits heimgekommen ist, sich aber nicht ganz wohl fühlt. Miss Hogarth wünscht nicht, daß von ihrem kleinen Mißgeschick zu viel Aufhebens gemacht wird.«

Immerhin fand aber Mrs. Machennan auch noch Zeit, sich mit anderen Dingen zu beschäftigen, und als sie wieder einmal aus dem Krankenzimmer in die Küche kam, durfte die begierige Pheny endlich das Gewicht aus dem Mund nehmen und haarklein ihr aufregendes Abenteuer erzählen. Es ging sehr gut, und Madam zeigte sich im allgemeinen recht zufrieden, aber schließlich hatte sie natürlich doch wieder einiges auszusetzen.

»Ich fürchte, Sie haben dem armen Mann schrecklich weh getan«, sagte sie mit einem Seufzer ehrlichen Mitgefühls. »Und vielleicht wird er sich in den nassen Kleidern auch noch eine Grippe oder etwas Ähnliches geholt haben. Wenn ich zu Hause gewesen wäre, hätten wir ihn wenigstens eine Weile an den warmen Ofen gestellt. Und was Ihr Sprechen betrifft, das sie nun endlich weg haben, so klingt es vorläufig noch furchtbar roh und ungebildet. Wenn Mr. Ramsay oder sonst jemand Sie hörte, müßte ich ja vor Scham in den Boden sinken. Lassen Sie es also einstweilen noch sein, bis ich Ihnen beigebracht habe, wie ein Mädchen in einem guten Hause sich auszudrücken hat.«

»Kchchch . . .«, machte Pheny bereitwilligst, denn sie war gar nicht so darauf erpicht, sich anzustrengen und dafür dann auch noch einen Tadel von Madam anzuhören.

Nach drei Uhr morgens kam Ramsay heim und erschrak zunächst, als er das ganze Haus wach und in derartiger Bewegung fand. Aber Mrs. Machennan flüsterte ihm einen langen, sehr befriedigenden Bericht ins Ohr und mußte es sich wieder einmal gefallen lassen, daß der Gentleman nach ihrer kleinen zarten Hand griff und diese in der seinen behielt . . .

»Ich danke Ihnen, liebe Mrs. Machennan«, sagte er überschwenglich. »Sie haben mir einen sehr großen Dienst erwiesen. Ich . . . Sie müssen nämlich wissen . . .«

Diesmal war es der sonst so selbstsichere junge Mann, der sich verhaspelte und nicht weiter konnte, und es war seine sonst so schüchterne Hauswirtin, die mit einem verständnisvollen Lächeln der verlegenen Pause ein rasches Ende machte.

»Der Arzt meinte, daß Miss Hogarth in den ersten Vormittagsstunden erwachen und zwar noch sehr schwach, aber völlig hergestellt sein wird«, ergänzte sie hastig ihren Bericht. »Sie darf dann auch schon Besuche empfangen, und ich werde Sie sofort benachrichtigen, Mr. Ramsay.«

»Danke, liebe Mrs. Machennan«, sagte Ramsay nochmals, und die kleine zarte Hand verspürte wiederum einen sehr herzlichen Druck. »Ich habe Ihnen schrecklich viel Unruhe ins Haus gebracht, und diese Nacht werden Sie mir nun schon ganz opfern müssen. Um sechs Uhr kommt nämlich Brook. Es handelt sich um eine wichtige und dringende Sache. Inzwischen werde ich ein Bad nehmen und mich umkleiden.«

»Oh, und natürlich frühstücken«, fügte Mrs. Machennan mit hausfraulichem Eifer hinzu, indem sie ihre Hand schweren Herzens aus dem freundlichen Druck löste und in die Küche eilte. Auf ihren Wangen lag ein so frischer Hauch, und ihre Augen leuchteten so lebhaft und klar, als ob sie gerade einen längeren, erquickenden Schlummer hinter sich hätte.

Gegen Morgen, als sie den säuberlich rasierten Mr. Brook einließ, machte Mrs. Machennan darüber einige Bemerkungen. Zunächst allerdings bekam der Mann mit dem gelangweilten Gesicht wieder einen sehr vorwurfsvollen Augenaufschlag ab, der jedoch durch die Begleitworte einigermaßen gemildert wurde.

»Guten Morgen, Mr. Brook«, begrüßte sie ihn mit ihrer sanften Stimme. »Mr. Ramsay ist noch nicht fertig, und Sie müssen sich daher eine Weile gedulden. Vielleicht nehmen Sie mit mir eine Tasse Tee. Sie werden gewiß auch noch nicht gefrühstückt haben.«

Sie deutete einladend nach der offenen Tür zum Speisezimmer, und der überraschte Brook dankte mit eifrigen und sehr ehrerbietigen Bücklingen. Mrs. Machennan hatte zwar die hübschen Augen niedergeschlagen, merkte aber doch ganz genau, daß er plötzlich aufgeregt war, und empfand darüber große Befriedigung.

»Eigentlich sollte ich sehr böse auf Sie sein, weil Sie geplaudert haben«, sagte sie mit einem koketten Schmollen, nachdem sie den wirklich hungrigen Mann erst einmal in aller Ruhe das Frühstück hatte verzehren lassen. »Mr. Ramsay wäre gewiß nicht auf den Einfall gekommen, mich mit der Sache zu betrauen, denn er hatte ja keine Ahnung . . .«

Brook hatte noch ein halbes Brötchen im Munde und konnte daher zunächst nur durch eine lebhafte Geste widersprechen. »Er hatte bereits sehr viel von Ihnen gehört«, würgte er dann mit rotem Kopf hervor.

»Oh, er hatte bereits von mir gehört . . .«, flüsterte Mrs. Machennan. »Da haben Sie es! Wahrscheinlich lauter übertriebene Räubergeschichten. Ich muß mich ja schämen . . . Aber eigentlich bin ich doch ein bißchen froh, daß es so gekommen ist«, gestand sie dann. »Die kleine Abwechslung nach so langer Zeit hat mich nämlich sehr befriedigt. Vielleicht hätte ich mich doch nicht so ganz zurückziehen sollen. Das ›Haus im Schatten‹ schickt mir ja immer wieder sehr nette Mieter, aber nur von fern zuzusehen, ist doch nicht das Richtige. Ohne jede Beschäftigung kommt man sich als alleinstehende Frau furchtbar unnütz vor . . .«

Mrs. Machennan seufzte ein klein wenig, und der feinhörige Mr. Brook fand, daß jetzt oder nie die Gelegenheit war, von seinen zurückgelegten zweitausendachthundert Pfund zu sprechen.

Da es sich um eine reale und unverfängliche Sache handelte, hob die sanfte Schottin den Blick und hörte mit großer Aufmerksamkeit zu.

»Das ist eine ganz hübsche Summe«, sagte sie anerkennend. »Und Sie scheinen ja ein sehr solider und sparsamer Mann zu sein. Das trifft man selten. Hoffentlich haben Sie aber das Geld auch gut angelegt. Das ist heutzutage fast noch schwieriger, als etwas zu ersparen. Gottlob kenne ich mich in diesen Dingen ein wenig aus. Meine Dreitausendzweihundert stecken in sicheren Industriepapieren und tragen mir durchschnittlich sechseinhalb Prozent. Wenn Sie in dieser Hinsicht einmal einen Rat brauchen sollten . . .«

»Sechseinhalb Prozent . . .«, murmelte Brook mit einem Gesicht, aus dem alle Langweile gewichen war. »Ich wäre Ihnen herzlich dankbar, liebe Mrs. Machennan . . .«

Die liebe Mrs. Machennan nickte. »Das gefällt mir an Ihnen, daß Sie den Wert des Geldes so zu schätzen wissen, lieber Mr. Brook. Wenn Sie also gelegentlich Zeit haben, können wir darüber sprechen. Ich bin fast jeden Nachmittag zu Hause und nehme den Tee um fünf. Und wenn Sie einmal an einem Sonntag zu einem einfachen Mittagessen kommen wollen, so bitte um ein Uhr. Aber in diesem Falle wäre es mir lieb, wenn Sie sich vorher ansagten.«

Mr. Brook konnte nur heftig nicken, und Mrs. Machennan war mit dieser Antwort völlig zufrieden.

Maud Hogarth versuchte vergeblich, sich in der fremden Umgebung, in der sie plötzlich erwacht war, und in den Geschehnissen, die sie hergebracht hatten, zurechtzufinden. Ihr Kopf war noch so benommen, daß ihr jeder Gedanke sofort wieder entglitt, und sie schloß und öffnete immer wieder die matten Augen, um sich zu vergewissern, daß dies alles nicht bloß ein wirrer Traum war. Aber das fremde Bild blieb – und auch das vertraute Männergesicht, das sie dicht vor sich sah, schwand nicht. Es war mit einem Ausdruck besorgter Zärtlichkeit über sie gebeugt und weckte in ihr allmählich so liebe, vertraute Erinnerungen, daß sich ein ganz, ganz kleines Lächeln in ihre Mienen stahl.

Und dann fühlte sie plötzlich einen frischen Mund auf ihren fiebrigen Lippen, auf den schweren Lidern und der heißen Stirn, und eine kühle Hand strich ihr liebkosend über die zuckenden Finger.

Es währte noch eine geraume Weile, bis Maud völlig in die Wirklichkeit zurückfand, aber dann sprudelte sie mit einem Mal eine Menge aufgeregter, ängstlicher Fragen hervor.

Ramsay schüttelte jedoch mit dem Kopf und verschloß ihr den Mund. »Morgen, Liebling«, vertröstete er sie. »Vorläufig mußt du Ruhe haben.«

»Ich werde keine Ruhe finden, bevor ich nicht alles weiß«, schluchzte sie auf und krampfte ihre Finger um seine Hand. »Alles. Auch wieso Sie – wieso du mir jenes Versprechen geben konntest. Wenn du dich vielleicht täuschst – wenn es vielleicht doch geschehen könnte – wenn alles umsonst gewesen wäre . . .«

Sie war in fieberhafte Erregung geraten, so daß Ramsay über ihren Zustand erschrak. Glücklicherweise durfte er aber nun die Sorge, die sie am meisten bedrückte, von ihr nehmen. Oberst Wilkins wollte ja bereits in der kommenden Nacht allen Rätseln ein Ende machen, und es bedeutete daher keine Gefahr mehr, wenn das arme, gequälte Mädchen um einige Dinge wußte.

»Nein, Maud, ich täusche mich nicht«, sagte er bestimmt. »Und wenn du nur ein klein wenig nachdenkst, wirst auch du alles in einem ganz anderen Licht sehen.« Er schob den Arm stützend unter ihren halb aufgerichteten Kopf und blickte in die dunklen Augen, die in erwartungsvoller Spannung an seinen Lippen hingen. »Ist es dir denn noch nie aufgefallen, daß Onkel Bexter sich mühsam so viele Worte abgerungen hat, als er dir die Papiere anvertraute?« fragte er. »Während doch ein einziges genügt hätte – wenn sie für ihn von jener schlimmen Bedeutung gewesen wären, die du befürchtest. Wenn er selbst schon nicht mehr imstande war, es zu tun, so hätte er sicher bloß das eine Wort ›Vernichten‹ gesprochen, und die Gefahr wäre aus der Welt geschafft gewesen ...«

Maud lag reglos mit starr geweiteten Augen. »Ja«, nickte sie.

»Ja«, bestätigte auch Ramsay. »Statt dessen aber hat er von dir verlangt, daß du den Umschlag gut aufbewahren und niemandem geben solltest. Und dann wollte er noch etwas sagen ...«

»Ja ...«

»Dieses Etwas war auch nur ein einziges Wort, Liebling, und es war ein furchtbares Verhängnis für dich, daß er es nicht mehr aussprechen konnte. Wahrscheinlich hätte er dir unter anderen Umständen überhaupt bloß dieses eine Wort gesagt, aber in jener Stunde schien es ihm nicht sicher genug. Denn dieses Wort war ein Name, und der Mann, der ihn trägt, war damals nicht zu erreichen.«

»Wer?«

»Sheridan. Erinnere dich an die Telefongespräche. Onkel Bexter hatte mit den Papieren der ›Chinesischen Nelke‹ nichts anderes zu tun, als daß sie ihm durch einen Zufall in die Hände gekommen waren. Dann hat er sie entziffert, und als er ihre Bedeutung erkannte, wollte er sofort Sir John verständigen. Aber er hörte, daß dieser über See sei. Und als noch in derselben Stunde die Katastrophe eintrat, fürchtete Bexter wohl, du könntest für die Weitergabe des gefährlichen Materials einen falschen Weg wählen, wenn er dir nur den Namen nannte. Er wollte dir wahrscheinlich sagen: ›Niemandem – außer Sheridan.‹ Ich nehme an, daß sich in dem Umschlag auch einige Zeilen an den Admiral finden werden. Das Telefongespräch sollte ihm die wichtige Sendung wohl bloß ankündigen. So war es, Liebling . . .«

In Mauds totenblassem Gesicht arbeitete es. »Und – und – der Zettel . . .?« brachte sie endlich mühsam hervor.

»Eine Fälschung oder eine geschickte Täuschung. Damit wollte man dich zwingen, die Papiere herauszugeben.«

Maud Hogarth schien nicht ganz begriffen zu haben, denn sie verharrte noch lange in unheimlicher Ruhe. Aber plötzlich rang sich ein Aufschrei von ihren Lippen, und der bestürzte Ramsay fühlte sich von zwei Frauenarmen stürmisch umfangen . . .

54

»Wie die Dinge sich abspielen werden, läßt sich natürlich nicht voraussehen«, sagte etwa um die gleiche Zeit Oberst Wilkins zu seinem Sergeanten Anthony, »aber wenn die Zusammenkunft heute wirklich wieder stattfindet und Sie sich genau an meine Befehle halten, kann es keinen Fehlschlag geben. Auf keinen Fall dürfen Sie, was immer auch geschehen mag, etwas unternehmen, bevor ich Sie durch mein Alarmsignal verständige. Nehmen Sie bloß noch zwei Leute mit. Dann sind wir vier, und das genügt vollkommen. Übrigens werde ich wieder eine halbe Stunde vorher an Ort und Stelle sein und Ihnen weitere Weisungen geben, falls dies notwendig sein sollte.«

»Zu Befehl, Sir«, erwiderte der Sergeant und machte sich eilig auf den Weg nach Rotherhithe, um sich dort zwischen den Hafenbecken ein bißchen genauer umzusehen. Es war eine recht dreckige Gegend, in der man sich bei Nacht leicht verlaufen konnte, und darauf wollte er es nicht ankommen lassen. Es schien sich ja diesmal um eine besonders wichtige Sache zu handeln, denn sein Vorgesetzter verriet eine Nervosität, wie er sie bisher an ihm noch nie beobachtet hatte.

Fast Seite an Seite mit dem eifrigen Sergeanten fuhr auch Mr.

Brook nach dem Osten. Er hatte sein gelangweiltestes Gesicht aufgesteckt, aber in seinem Kopf arbeitete es fieberhaft. Nun, da ihm die hundert Pfund bereits so gut wie sicher waren und Mrs. Machennan ihm eine so freundliche Gesinnung verraten hatte, konnte er ganz ernsthaft eine Berechnung anstellen, wieviel zweitausendachthundert und dreitausendzweihundert Pfund, wenn man sie zusammen legte, zu sechseinhalb Prozent an Zinsen ergaben. Und nachdem er das Resultat gefunden und überprüft hatte, kam er zu dem Entschluß, sich bereits für nächsten Sonntag bei der gastfreundlichen Schottin zum Mittagessen anzusagen.

Auch Oberst Wilkins erwog und berechnete in dieser Stunde nochmals verschiedene Dinge. Es war unbedingt höchste Zeit, daß der Kahlkopf unschädlich gemacht wurde, denn je länger dieses Spiel dauerte, desto gefährlicher konnte es werden. Deshalb hatte er sich, als er in der verflossenen Nacht von der neuen Gelegenheit erfuhr, dafür entschieden, den großen Schlag nicht länger aufzuschieben; und um in diesem Vorhaben nicht mehr wankend zu werden, hatte er sogar den ungeduldigen Admiral Sheridan davon verständigt.

Nun würde es also geschehen, und er mußte sich über die Möglichkeiten, die sich ihm für seine Zwecke boten, bis ins kleinste klar werden. Es waren ihrer nicht allzu viele, und jede Möglichkeit erforderte ein rasches, entschlossenes Handeln. So oder so würde er den Mann, den er brauchte, schon in die Hände bekommen. Aber, wie würde es mit dem andern werden, der den Wagen lenkte? Wenn er den nicht mitfaßte, blieb eine Frage offen, auf die er eine Antwort finden mußte . . .

Mitten in diesen wichtigen und aufregenden Gedanken wurde der Oberst von Lady Falconer mit einer telefonischen Einladung zum Lunch überrascht. Lady Helen war sehr liebenswürdig, und Wilkins tat sehr beglückt, wenn ihm auch diese verheißungsvolle Artigkeit gerade heute gar nicht gelegen kam. Er war zu sehr von der einen Sache in Anspruch genommen, um gleichzeitig auch die andere entsprechend betreiben zu können.

Er fand Lady Falconer in sehr empfindsamer Stimmung.

»Sie vernachlässigen mich«, empfing sie ihn vorwurfsvoll. »Seit zwei Tagen habe ich nichts von Ihnen gehört, und wenn ich mich nicht selbst gemeldet hätte, wäre es Ihnen wohl nicht eingefallen, nach mir zu sehen?«

»Ich habe gewartet«, entschuldigte sich Wilkins mit einem heißen Blick.

»Gewartet? Worauf?« Sie hatte die Augen niedergeschlagen, und in ihrer Frage lag diesmal nichts von dem Spott, mit dem sie sonst derartigen Anspielungen begegnete.

Der Oberst wagte plötzlich zu hoffen, daß er vielleicht eine besonders günstige Stunde getroffen habe. Er wäre jetzt nicht in der Verfassung gewesen, sich mit dem koketten Spiel der gewandten Frau abzugeben, aber sie schien ihm heute so ganz anders, als er sie bisher gesehen hatte. Selbst auf die Gefahr hin, durch ihre unberechenbaren Launen eine neuerliche Enttäuschung zu erleben, mußte er jedenfalls einen Versuch wagen. Gelang er, dann konnte ihm dieser Tag mit einem Schlag alles bringen, was er erreichen wollte.

»Daß Sie mich rufen werden, Helen«, erwiderte er. »Sie hatten es mir ja versprochen. Und Sie wissen auch sehr gut, welche Hoffnungen ich daran geknüpft hatte . . .«

»Vielleicht . . .«, sagte sie nach einer kleinen Pause. »Jedenfalls habe ich mein Versprechen gehalten.« Sie neigte sich zu Wilkins und legte ihre Hand, über die ein kostbarer Spitzenbesatz fiel, leicht auf die seine. »Ich fühle mich schrecklich einsam, lieber Freund, und diese trostlosen englischen Winter gehen mir auf die Nerven. Ich liebäugle immer heftiger mit dem Gedanken, für einige Monate auf und davon zu gehen . . .«

Wilkins erschrak ehrlich. »Das dürfen Sie mir nicht antun«, stieß er bestürzt hervor. »Ich – Sie wissen doch . . . Oder machen Sie es möglich, daß ich mit Ihnen gehen kann«, drängte er leidenschaftlich. »Einmal müssen Sie mir nun doch endlich klaren Bescheid geben. Sagen Sie wenigstens ein kurzes ›Nein‹, wenn ich nichts zu erwarten habe. Es wird mich allerdings furchtbar treffen . . .«

Schon der Gedanke an diese Möglichkeit brachte den Oberst so außer Fassung, daß sein dunkles Gesicht alle Farbe verlor, und in dem Blick, den er auf die schweigende Frau gerichtet hielt, lag fast Verzweiflung.

»Gut«, sagte Lady Falconer plötzlich, »ich will Ihnen also eine klare Antwort geben. Wir sind gesetzte Leute, und es ziemt uns, solche Dinge mit dem nötigen Ernst zu behandeln. Wenn ich mich nicht irre, soll ja das, was Sie mir schon so lange sagen wollen, ein richtiger Heiratsantrag werden?«

»Ja.« Wilkins war so erregt, daß er kaum zu sprechen vermochte. »Ich weiß zwar, Helen, daß ich Ihnen damit schwere Opfer zumute, die ich durch nichts aufzuwiegen vermag, aber ...«

Lady Helen löste die Hand aus der seinen und schüttelte den Kopf. »Das spielt alles keine Rolle«, unterbrach sie ihn. »Auf die Dinge, die ich aufgeben müßte, lege ich keinen Wert. Aber wenn ich mich noch einmal binde, möchte ich es besser treffen als die beiden ersten Male. Es müßte diesmal ein Mann sein, dem ich wirklich etwas bin, der sich mir widmet und mir in allem eine Stütze ist. Sie sehen, ich werde alt und sentimental«, schloß sie mit einem leichten Seufzer.

»Helen ...!« Es klang alles mögliche aus diesem einen Wort: lebhafter Widerspruch, überschwengliche Beteuerung und unsägliche Befreiung, aber als Wilkins die gewährende Frau an sich zog, geschah es doch nicht mit jenem Ungestüm, das er vor zwei Tagen entwickelt hatte. Er benahm sich sogar so auffallend steif und unsicher, daß Lady Falconer plötzlich belustigt auflachte.

»Ich glaube, du befürchtest, daß wieder Achmed auftauchen und uns stören könnte. Aber ich habe ihn heute verbannt. Einmal, weil ich ahnte, was kommen würde«, gestand sie mit einem verschämten Augenaufschlag, »und dann hat er sich auch sehr garstig zu mir benommen ...«

Der Butler machte den Vertraulichkeiten ein Ende, und beim Lunch ging es sehr fröhlich und ziemlich schweigsam zu.

»Ich bin vor Glück völlig außer mir, Helen«, tuschelte Wilkins, als sie endlich einen Augenblick allein waren, und sein ganzes Gehaben bestätigte es. Er war zerfahren, zeigte in all seinen Bewegungen eine unbeholfene Eckigkeit und handhabte sogar das Besteck ungeschickt.

Lady Falconer entging das nicht, und sie fand seine Erklärung hierfür nicht ausreichend. »Du bist heute so sonderbar«, sagte sie, als der Kaffee serviert war und die Dienerschaft sich zurückgezogen hatte. »Und du siehst gar nicht aus wie ein Mann, der endlich das erreicht hat, was er sich wünschte. Hattest du Unannehmlichkeiten, oder quälen dich Sorgen? Eigentlich habe ich ja nun ein Recht, davon zu erfahren.«

Wilkins verneinte mit übertriebener Lebhaftigkeit. »Es ist nur der Rückschlag, Helen«, versicherte er. »Du hast es mir ja nicht leichtgemacht. Und ich werde die Befürchtung nicht los, daß alles nur ein Traum sein könnte . . .«

Er zog sie wieder mit großer Behutsamkeit an sich, und zwischen seinen Küssen stellte Lady Falconer eine Frage.

»Wird es dir nicht doch zu schwer werden, deine Karriere aufzugeben? Denn dieses Opfer verlange ich wirklich von dir. Wenn du unlängst nicht davon gesprochen hättest, wäre meine Entscheidung ganz anders ausgefallen. Ich mag mit niemandem teilen, auch mit deinem Beruf nicht.«

»Wie du wünschst«, erklärte Wilkins eifrig, wurde aber dann plötzlich verlegen und suchte nach Worten. »Allerdings – da ich leider kein Vermögen besitze und . . .«

»Oh, wir werden uns eben einschränken«, kam ihm Lady Helen zu Hilfe und lächelte so schelmisch, daß der Oberst sich mit leidenschaftlicher Zärtlichkeit über ihre Hand stürzte.

»Danke, Helen«, stammelte er. »Nun erst kann ich meines Glückes wirklich froh werden. Es war ein sehr bedrückendes Bewußtsein, dir so gar nichts bieten zu können.« Er atmete erleichtert auf, und in seiner gehobenen Stimmung fühlte er sich zu einer Mitteilung gedrängt. »Es trifft sich sehr gut, daß ich mir eben jetzt einen besonders ehrenvollen Abgang schaffen kann«, vertraute er ihr an. »Ich bin nämlich einer Affäre auf die Spur gekommen, deren Aufdeckung man mir gewiß sehr zugute halten wird.«

Lady Falconer zeigte für diesen Ehrgeiz wenig Verständnis. »Oh, da werde ich also von dir wohl schon in den ersten Tagen zu hören bekommen, daß du keine Zeit für mich hast?« fragte sie enttäuscht. »Ist denn die Sache gar so wichtig? Kannst du sie nicht jemandem sonst übertragen?«

Wilkins schüttelte lächelnd den Kopf. »Sie wird uns nicht

stören, Liebste. Nur für heute mußt du mich noch beurlauben. Heute nacht erledige ich alles, und von morgen an stehe ich dir ganz zur Verfügung.«

»Heute nacht . . .«, wiederholte Helen halblaut und schauerte leicht zusammen. »Schrecklich. Und ich kann zusehen, wie ich den langen Abend allein verbringe . . .«

»Morgen mittag bin ich wieder bei dir«, tröstete sie Wilkins, aber die verwöhnte Frau hatte dafür bloß ein sehr vorwurfsvolles Schmollen. »Morgen mittag . . . Wie du das so leichthin sagen kannst. Das ist ja eine endlose Ewigkeit . . .«

55

Es war einige Minuten vor zehn, als sich Mrs. Machennan nach einem kritischen Blick in den Spiegel in die Diele begab. Sie trug ein sehr hübsches Besuchskleid, denn sie war erst vor einer Stunde aus Notting Hill zurückgekehrt, wo sie eine junge Dame abgeliefert und mit einer älteren Dame ziemlich lange geplaudert hatte. Nun wäre allerdings inzwischen genügend Zeit gewesen, die Toilette zu wechseln, aber der Besucher, den Mr. Ramsay erwartete, sollte von der Frau des Hauses einen recht vorteilhaften Eindruck erhalten.

Schlag zehn schrillte die Klingel der Haustür, und Mrs. Machennan zupfte rasch noch einmal an ihrem Kleid und öffnete mit ihrem allersanftesten Lächeln die Tür.

Der hagere Herr mit dem harten, ledernen Gesicht wurde durch die angenehme Erscheinung zu besonderer Höflichkeit veranlaßt. »Mr. Ramsay, bitte?«

»Bitte . . .«, hauchte Mrs. Machennan und ging graziös voran.

»Oh, wir haben uns bereits einmal irgendwo gesehen«, sagte Oberst Ashford überrascht, indem er Ramsay die Hand schüttelte. »Es ist doch wirklich seltsam, welche Anziehungskraft das ›Haus im Schatten‹ ausübt.« Er nahm Platz. »Aber ich kann das vollkommen verstehen. Es ist ja dort immer etwas los. Noch mehr als bei uns.«

»Ja«, stimmte Ramsay lächelnd bei. »Wenn man eine bedenkliche Dosis Unruhe und Abenteuerlust im Blut hat, kann man sie bei uns halbwegs loswerden. Hat es in Camberwell noch etwas gegeben, Oberst?«

»Nein. Von den zwei Burschen, die uns gestern abend noch in die Hände gelaufen sind, wissen Sie ja bereits. Aber es ist aus ihnen ebensowenig herauszubekommen wie aus den andern. Nun haben wir also im ganzen bereits sieben von der Bande in Verwahrung. Wenigstens nehme ich an, daß sie zusammengehören.«

»Mehr oder weniger, ja. Bis auf den ersten, den wir uns eigentlich bloß als Zeugen gesichert haben. Diesen können Sie wieder laufen lassen, falls wir ihn nicht brauchen sollten. Das wird sich heute nacht ergeben. Dann erfahren Sie auch, welche Anklagen gegen die Leute zu erheben sind. Wenn es sich irgendwie vermeiden läßt, soll von der eigentlichen Sache nicht gesprochen werden, und das ›Haus im Schatten‹ muß auf jeden Fall aus dem Spiel bleiben.«

Ashford nickte kurz. »Ich verstehe. Hoffentlich klappt alles. Ich habe zwanzig Mann in Zivil, davon die Hälfte Motorradfahrer, im Bezirk verteilt.«

»Sie werden kaum etwas zu tun bekommen«, meinte Ramsay mit einem sonderbaren Lächeln. »Es handelt sich lediglich darum, daß wir ein genaues Bild davon erhalten, was sich abspielt. Die eigentliche Arbeit wird Oberst Wilkins mit seinen Leuten besorgen. Wir wollen ihn dabei nicht stören und es überhaupt vermeiden, daß er auf unsere Maßnahmen irgendwie aufmerksam wird.«

Der Chef des Konstablerwesens räusperte sich, und Ramsay blickte nach der Uhr.

»Wir können langsam aufbrechen, Oberst«, sagte er. »Da wir Admiral Sheridan und Sir Frederick abholen müssen, haben wir einen ziemlichen Umweg zu machen, und es wäre gut, wenn wir schon kurz nach elf in Rotherhithe wären. Ich habe zwar bereits einen Mann draußen, der genau weiß, um was es sich handelt, aber wir wollen doch auch von Anbeginn mit dabei sein.«

Ashford erhob sich, und während er die Handschuhe anstreifte, fragte er so nebenbei: »Können Sie mir verraten, was Sir Frederick mit der Sache zu tun hat?«

»Sir Frederick?« Ramsay, der eben in den Mantel schlüpfte, zeigte ein höchst unbefangenes Gesicht. »Er ist mit Sheridan sehr befreundet und begleitet ihn.«

»Hmmm . . .«, machte der Chefkonstabler. »Und der Herr von Ihrem ›Haus im Schatten‹ kommt nicht mit?«

»Sie meinen MacDowell? Nein. Er verläßt sich völlig auf uns«, erklärte Ramsay.

Aber Oberst Ashford hatte noch eine Frage. »Sie glauben also, daß mit der Sache Gardner auch der Fall Foster wieder aufgerührt werden wird?«

»Das wird sich nicht vermeiden lassen. Ich habe jedoch das Gefühl, daß diese unangenehmen Dinge sich sehr rasch und einfach erledigen werden.«

»Wir wollen es hoffen«, murmelte der Chef des Konstablerwesens etwas bedrückt. In diesem Augenblick meldete sich das Telefon, und Ramsay eilte ins Nebenzimmer.

»Wir können uns einen Weg sparen«, sagte er, als er nach wenigen Minuten wieder erschien. »Sir Frederick macht nicht mit. Er hat eben telefoniert, daß er sich für diese nächtliche Expedition nicht wohl genug fühle.«

»Oh«, meinte Ashford, während sie zur Tür schritten, mit einem harmlosen Lächeln, »ich gebe gern zu, daß ein Spielchen im Klub um diese Stunde ein weit größeres Vergnügen sein mag.«

Als der Wagen die Grenze von Bermondsey erreicht hatte, blendete er die scharfen Lichter ab und bog in eine der zum Southwark Park führenden Straße ein. Brook wartete bereits und setzte sich neben den Chauffeur.

»Wir können noch ein Stück fahren«, meldete er über die Schulter. »Vermutlich wird sich alles in dem Viertel um den Park abspielen, denn dort hat der Sergeant sich hauptsächlich umgesehen. Auch Oberst Wilkins war gegen Abend hier und ist die ganze Gegend bis hinunter zur Bahnkreuzung abgegangen.«

Admiral Sheridan schnaufte vor verhaltener Erregung, Oberst Ashford aber stellte eine rasche Frage.

»Haben Sie irgendwelche Leute bemerkt?«

Brook wußte, was das heißen sollte, und gab eine vorsichtige Antwort. »Bemerkt habe ich sie eigentlich nicht, Sir, denn sie verhalten sich sehr unauffällig, aber ich weiß, daß sie da sind. Bis jetzt habe ich siebzehn gezählt.«

Hinter der Bermondsey-Station ließ Brook den Wagen halten und übernahm die Führung. Die Nacht war stockdunkel, und die Beleuchtung in dem von den Schienensträngen der großen Bahnlinien durchschnittenen Viertel war recht spärlich, aber glücklicherweise herrschte kein Nebel.

Unweit des Parks gab es am Bahndamm eine geschützte Stelle, die ziemliche Übersicht und in einer dicht daneben gelegenen Unterführung nötigenfalls auch Deckung und Bewegungsfreiheit bot. Der Admiral, Oberst Ashford und Ramsay nahmen hier Aufstellung, und es zeigte sich, daß auch einer der Detektive den Platz sehr günstig gefunden hatte. Brook verschwand sofort wieder, und es verging eine halbe Stunde, bevor er endlich etwas atemlos zurückkehrte. Er blickte einige Minuten angestrengt zum Parkrand hinüber, dann deutete er auf drei Gestalten, die dort auftauchten.

»Der Sergeant mit seinen Leuten«, flüsterte er. »Wahrscheinlich werden sie in die zweite Straße links einbiegen.«

Der Weg der drei ließ sich nicht weiterverfolgen, aber es war wirklich so, wie Brook angenommen hatte. Anthony hatte sich mit seinen beiden Begleitern einen aufgelassenen Zimmerplatz ausgesucht, wo man sowohl die Süd- wie die Westseite des Parks vor sich hatte, und wenn es mit der Sicht auch nicht besonders gut bestellt war, einen Wagen konnte man immerhin auf größere Entfernung wahrnehmen. Schließlich würde ja der Oberst wohl die Stelle wissen, wo die Begegnung stattfinden sollte, und dann konnte man sich immer noch entsprechend verteilen.

Aber Oberst Wilkins schien die Stelle heute nicht genau zu wissen. Er trat kurz vor Mitternacht plötzlich von irgendwoher aus der Dunkelheit, und seine erste Frage galt dem Kahlkopf. Als er erfuhr, daß von dem Mann bisher nichts zu sehen gewesen sei, dachte er einen Augenblick nach und wiederholte dann die Anweisungen, die er am Vormittag gegeben hatte.

»Bleiben Sie also diesmal beisammen«, sagte er mit einer Stimme, die Anthony völlig verändert schien. »Ich habe Sie dann wenigstens alle sofort bei der Hand, sobald ich Sie brauche. Ich werde mich nun selbst nach unserem Mann umsehen, und Sie haben nichts anderes zu tun, als auf mein Signal zu achten. Meinen Pfiff kennen Sie ja, und wenn es etwas entfernter sein sollte, werde ich Sie durch meine Hupe rufen. Solange Sie aber nichts von mir hören, rühren Sie sich auf keinen Fall von Ihrem Platz, auch wenn sich um Sie herum noch so seltsame Dinge abspielen sollten. Ich weiß genau, warum ich das anordne, und erwarte, daß Sie sich strengstens an meinen Befehl halten werden.«

Damit nickte er kurz und verschwand.

Auf die Minute eine Viertelstunde nach Mitternacht – zwei Leute von Scotland Yard konnten den Vorgang genau beobachten – kam ein Wagen in schneller Fahrt vom Themse-Tunnel an der East London-Bahnstrecke herunter. Beim Canada-Dock hielt er einen Augenblick, um einen Mann in einem langen Mantel und plumpen hohen Filzstiefeln aufzunehmen, der sich bis dahin im Schatten der Allerheiligen-Kirche herumgedrückt hatte. Dann setzte das Auto seine Fahrt fort und nahm die Richtung gegen den Southwark-Park.

»Also«, fragte der Herr am Steuer, »was macht Oberst Wilkins?«

»Ich habe Ihnen doch schon mitgeteilt, daß von dieser Seite nichts mehr zu befürchten ist«, gab der Kahlkopf durch das Mikrophon zurück. »Man muß es schon etwas geschickter anstellen, wenn man mich fangen will. Im übrigen habe ich erfahren, was es mit Wilkins' Betriebsamkeit für eine Bewandtnis hat. Sheridan ist wegen Ihrer Funkerei außer sich und hat den Oberst auf die Beine gebracht. Nun schnüffelt dieser überall herum; und Sheridan hat in der verflossenen Nacht wieder Peilungen vornehmen lassen.«

»Oh – und was hat man gefunden?«

»Das konnte ich noch nicht herausbekommen. Aber ich hatte Ihnen doch geraten, eine Weile Ruhe zu geben.«

»Sonst gibt es gar nichts Bedenkliches?«

»Nein.«

Der Wagen lief lautlos weiter, und der Kahlkopf prüfte mit hastigen Griffen die Wände. Wohin er faßte, spürte er kalten Stahl, und auch die Fenster waren innen mit starken Platten verdeckt. Es gab für ihn bloß eine einzige Möglichkeit, und diese mußte er sich nun schaffen.

Sein Begleiter unterbrach das Schweigen: »Es ist Ihnen doch bekannt, daß Gardner gestern ermordet worden ist?«

»Ich habe davon gelesen.« Es klang sehr gleichgültig, aber dann kam doch eine Frage, die das verhaltene Interesse verriet. »Wissen Sie etwas Näheres darüber?«

»Nicht mehr, als in den Zeitungen stand. Und das war auffallend wenig. Fanden Sie das nicht auch? Scotland Yard und die Reporter pflegen doch sonst bei derartigen Fällen viel geschwätziger zu sein.«

Der Kahlkopf wurde lebhafter. »Was wollen Sie damit sagen?«

»Daß mir diese Schweigsamkeit nicht gefällt«, gab der Mann am Steuer zurück. »Und auch verschiedene andere Dinge nicht. Wenn Sie mir nicht so nachdrücklich versicherten, daß von Wilkins und Sheridan keine unmittelbare Gefahr droht, wäre ich äußerst beunruhigt. Es ist nämlich gestern auch mit dem Mädchen aus Notting Hill etwas geschehen, was ich mir nicht erklären kann; und auch wegen einiger meiner Leute mache ich mir Sorge. Sie sind seit vierundzwanzig Stunden spurlos verschwunden ...«

Diese überraschenden Neuigkeiten klangen auch dem Kahlkopf sehr übel, aber er fand es zwecklos, darüber im Augenblick ein Wort zu verlieren. Wenn das, was er vorhatte, getan war, hatten alle diese Dinge für ihn keine Bedeutung mehr. Es galt also, nun schleunigst zu handeln.

»Dafür habe ich heute für Sie etwas Erfreuliches«, flüsterte er geheimnisvoll in die Muschel. »Es wird Sie zwar ganze zweitausend Pfund kosten, aber es ist das Geld wert. Ich habe nämlich eine jener Sachen von Sheridan in der Tasche, hinter denen Sie hauptsächlich her sind. Es ist allerdings unbedingt notwendig, daß ich Ihnen dazu einige kurze Erläuterungen gebe ...«

»Bitte, erläutern Sie ...«

»Das geht jetzt nicht«, erklärte der Kahlkopf kurz und ungeduldig.

»Wie wollen Sie es sonst machen?«

»Nachher beim Aussteigen. Bereiten Sie das Geld vor, und ich übergebe Ihnen die Papiere. Es sind drei fotografische Pläne, aber es fehlt darauf die Beschreibung. Ich muß Ihnen daher sagen, um was es sich handelt. Am besten wird es sein, Sie setzen mich an der Bahnstrecke hinter der Surrey-Docks-Station ab. Dort sind wir völlig ungestört.«

Er wartete begierig auf die Antwort.

»Also, so stellen Sie sich das vor? Gut, wie Sie wünschen«, sagte der Mann am Steuer endlich, und Nummer Drei bereitete sich auf den entscheidenden Augenblick vor. Er schob die Rechte in die Manteltasche, die den Browning mit dem Schalldämpfer barg, und holte mit der Linken ein Bündel Papiere hervor. Es mußte alles in der kurzen Zeitspanne einer Sekunde geschehen. Während er dem andern die Papiere hinreichte, mußte auch schon der sichere Schuß fallen. Hierauf galt es noch einige rasche Handgriffe zu tun und einen zweiten Schuß abzufeuern – und das gefährliche Wagnis war geglückt.

Dann gab es keine Schlinge um den Hals mehr, sondern ein neues Leben, von dem endlich alle Sorgen genommen waren ...

Der Kahlkopf wurde ungeduldig. »Sind wir noch nicht bald am Ziel?« fragte er nach einigen Minuten.

»Wir sind bereits an der Bahn«, erhielt er zur Antwort. »An der ersten passenden Stelle werde ich halten.«

Die Gruppe am Bahndamm machte sich bereit, in der Unterführung Deckung zu suchen, denn wenn der Wagen, der mit winzigen Lichtern heranrollte, nicht in der nächsten Minute abbog, mußte der Fahrer sie entdecken.

Aber in einer Entfernung von etwa vierzig Schritten hielt das Auto plötzlich an.

»Einen Augenblick, ich will bloß das Geld abzählen, damit wir uns nicht zu lange aufhalten«, kam es von vorn durch das Sprachrohr. »Es ist etwas viel, was Sie verlangen – aber wir werden ja sehen.«

»Sie werden zufrieden sein«, versicherte der Kahlkopf eifrig und wartete mit gespannten Muskeln, bis die Tür aufspringen würde. Anders konnte er ja aus dem verdammten Kasten nicht heraus, und es war ihm nicht einmal möglich, sich wenigstens über den Ort, an dem man hielt, zu orientieren. Dies alles gestaltete sein Vorhaben so schwierig, aber er mußte es ausführen, so ungünstig die Verhältnisse auch lagen.

In diesem Augenblick verlöschten die Lichter des Wagens, und Donald Ramsay fuhr aus seiner starren Ruhe auf.

»Ich glaube, jetzt kommt die Entscheidung«, flüsterte er seinen Begleitern zu, und vier scharfe Augenpaare bohrten sich in fieberhafter Erwartung in die Dunkelheit. Es war aber zu weit, um mehr als die Umrisse des Autos wahrnehmen zu können. Nur Brook sah plötzlich noch etwas.

»Eben ist jemand ausgestiegen«, flüsterte er. »Auf der Seite zur Bahn. Er muß hinter dem Wagen sein . . . .«

Es verging eine weitere Minute, und dem Kahlkopf währte es nun bereits viel zu lange. Er fühlte, wie die Spannkraft seiner Nerven immer mehr nachließ, und auf einmal war es ihm, als ob ein eiserner Reif sich um seine Brust legte . . .

»Zum Teufel – lassen Sie mich schon heraus«, keuchte er mühsam, und in seinen Augen stand wahnsinniges Grauen . . .

In die nächtliche Stille fuhr ein dumpfer Knall, und die hohe Stichflamme, die aus dem Wagen schoß, schuf mit einem Schlag eine lohende Helle.

»Alle Ihre Leute, Oberst«, rief Ramsay, indem er mit langen Sätzen vorwärts stürzte, und Ashfords Signalpfeife schrillte auch schon durch das Gelände. Im Nu kam von allen Seiten ein vielfaches Echo, und bereits in der nächsten Minute ratterte es wie eine Hetzjagd heran.

Das Viertel um den Southwark-Park war plötzlich von Lärm erfüllt, und Sergeant Anthony hielt sich auf dem Sprung. Nun konnte jeden Augenblick das Signal seines Vorgesetzten kommen. So angestrengt er aber auch lauschte, er vernahm weder das Signal noch die Hupe. Und er fühlte sich immer mehr versucht, doch rasch einmal nachzusehen, was der Spektakel drüben an der Bahn zu bedeuten haben mochte. Aber der Befehl Oberst Wilkins' hatte ganz klar und deutlich gelautet, und Sergeant Anthony war ein Mann von Disziplin. Also blieb er gehorsam auf seinem Posten ...

Ramsay und Brook waren die ersten bei dem brennenden Wagen. Die Explosion war so heftig gewesen, daß sie Rahmen und Karosserie teilweise aus den Fugen gerissen hatte, und auch eine der Türen war aufgeflogen.

Über das Trittbrett baumelte ein menschlicher Fuß, und die Flammen fraßen bereits an dem unförmigen Filzstiefel.

Brook sprang ohne Zögern in die züngelnde Glut und riß den reglosen Körper aus dem Wagen.

»Bitte, lassen Sie den Platz in einem recht weiten Umkreis absperren«, rief Ramsay dem Chefkonstabler zu. »Niemand darf in die Nähe. Auch Ihre Leute nicht.« Dann trat er zu dem Geborgenen, den Brook in einiger Entfernung auf den Bahndamm gebettet hatte. Er wußte bereits, was er zu sehen bekommen würde, und war daher von dem Anblick gar nicht überrascht.

Der stoische Brook aber zeigte sich recht betroffen. »Nichts mehr zu machen ...«, murmelte er, nachdem er seine kurze Untersuchung beendet hatte.

Admiral Sheridan stand breitbeinig mit vorgestrecktem Kopf und starrte fassungslos in das fahle, verzerrte Gesicht des Toten.

»Das ist der gefährliche Mann, von dem man Ihnen berichtet hat, Sir«, sagte Ramsay, indem er auf den kahlen Schädel wies, von dem die Kappe geglitten war. »Und hier« – er tastete rasch den linken Arm des Verunglückten ab –, »jawohl, hier sitzt der Schuß, den ich ihm vorgestern nacht nachgeschickt habe.«

Auf seinen Wink streifte Brook dem Kahlkopf auch den Mantel und die hohen Filzstiefel ab, und der erbitterte Sir John preßte etwas durch die verbissenen Zähne, was glücklicherweise nicht zu verstehen war.

»Diese Verwandlung konnte mit wenigen Handgriffen in einer Minute geschehen«, bemerkte Ramsay mit Nachdruck. »Sie werden nun begreifen, warum auf keinen Fall Oberst Wilkins den Mann zur Strecke bringen durfte. Damit, daß der andere so auf der Hut sein würde, konnte man ja nicht rechnen.«

»Was ist mit dem andern?« fragte Sheridan höchst ungeduldig.

»Das gehört zu der Geschichte, die ich Ihnen in Aussicht gestellt habe, Sir. Es wäre gut, wenn Oberst Ashford sie mit anhörte, denn sie ist auch für Scotland Yard von Interesse.«

»Bitte«, sagte der Chefkonstabler lebhaft. »Aber es ist hier noch etwas zu erledigen: man meldet mir, daß oben bei der Kirche ein verlassener Wagen steht. Was soll damit geschehen?« – Er wandte den Kopf über die Schulter zurück. »Und mit dem dort?«

»Das alles wird Brook besorgen«, erklärte Ramsay. »Lassen Sie, bitte, bloß das Auto heranbringen. Und vielleicht wollen Sie Ihren Leuten noch zu verstehen geben, daß es sich bei der Sache um einen bedauerlichen Unfall handelt. Solche Dinge sind ja immer möglich ...«

56

»Um die Mittagsstunde erwarte ich Oberst Wilkins«, sagte Lady Falconer zu dem Butler. »Sonst empfange ich niemanden, und bis dahin will ich auch nicht gestört werden.«

»Sehr wohl, Mylady«, erwiderte der Butler und verschwand in großer Eile, denn Mylady war nach den vertraulichen Mitteilungen ihrer Zofe heute noch reizbarer als sonst.

Trotzdem sah sich der Mann bereits eine halbe Stunde später veranlaßt, dem erhaltenen Auftrage zuwiderzuhandeln, denn diesen Besucher abzuweisen, wollte er auf keinen Fall auf seine Verantwortung nehmen.

Der Empfang, den er fand, rechtfertigte seine schlimmen Befürchtungen. Lady Helen schnellte bei seinem Eintritt mit wutverzerrtem Gesicht auf, warf den Stoß von Zeitungen, mit dem sie sich seit Stunden beschäftigte, zu Boden.

»Was habe ich Ihnen befohlen?« kreischte sie.

Der Butler bewahrte seine steife Würde und verlor kein Wort der Entschuldigung. Nur den Blick, den er auf das Tablett mit der Besuchskarte gerichtet hielt, ließ er sprechen.

Lady Falconer riß die Karte an sich, aber kaum hatte sie sie mit den Augen gestreift, als sie ihre Beherrschung wiederfand.

»Das ist natürlich etwas anderes. Selbstverständlich empfange ich. Warum haben Sie nicht gleich den Namen genannt?«

Der geschulte Diener sammelte rasch die Blätter vom Boden auf, und wenige Minuten später trat Sir Frederick Legett über die Schwelle. Er trug noch immer den Arm in der Binde, aber das tat seiner Geschmeidigkeit keinen Abbruch.

Lady Falconer gab ihrer freudigen Überraschung sehr lebhaften Ausdruck. »Endlich, Sir Frederick!« rief sie ihm mit leisem Vorwurf entgegen. »Nachdem ich Sie so oft eingeladen hatte, wagte ich wirklich schon nicht mehr zu hoffen. Dabei ließ ich Sie doch sehr deutlich merken, daß ich eine besondere Sympathie für Sie hege.«

Der schmächtige Mann mit der gepflegten riesigen Glatze nickte und lächelte. »Ich weiß, Lady Falconer. Aber nennen wir es vielleicht besser Interesse für das ›kleine Große Fragezeichen‹.«

»Ja«, bekannte sie freimütig und lachte etwas zu laut. »Sie sind mir doch hoffentlich wegen dieses Scherzes nicht böse?«

»Durchaus nicht«, versicherte Sir Frederick. »Ich habe mich sogar darüber gefreut; wirklich außerordentlich gefreut.«

»Das ist nett.« Lady Falconer sprühte plötzlich vor guter Laune. »Schließlich darf ja eine Frau ein bißchen neugierig sein, nicht wahr? Es hat mir einfach keine Ruhe gegeben, daß ich nicht etwas mehr über den geheimnisvollen Sir Frederick erfahren konnte. Außer einigen belanglosen Kleinigkeiten«, fügte sie schalkhaft hinzu.

»Oh . . .«, murmelte Legett und hob zum ersten Mal den Blick. Seine farblosen Augen waren von einer beklemmenden Kälte und Ausdruckslosigkeit.

Lady Helen drohte ihm mit dem Finger. »Jawohl. Unter anderem habe ich mir sagen lassen, daß Sie bloß für jene Damen etwas übrig haben, die Ihnen aus den Karten zulächeln. Das ist für uns Frauen von Fleisch und Blut recht kränkend.«

»Nur ein kleiner Zeitvertreib«, gestand Sir Frederick kühl. »Ich wußte wirklich nicht, daß man davon spricht. Ein Mann in meinen Jahren ohne Familie verfällt leider sehr leicht Zerstreuungen.«

»Sie müssen mir mehr von sich erzählen«, drängte Lady Falconer und bekam vor Eifer rote Flecken auf den Wangen. »Der Anfang ist ja nun gemacht, und da wir so hübsch unter uns sind, ist dies die beste Gelegenheit. Sie sehen, wie schrecklich neugierig ich bin.«

Wieder schlug Sir Frederick für eine Sekunde die Lider auf. »Ich hoffe, daß ich Sie nicht enttäuschen werde«, sagte er, und in dieser harmlosen Bemerkung klang etwas mit, was der beherrschten Frau einen leichter Schauer durch die Glieder jagte. Sie mußte einige Male ansetzen, bevor sie ihrer Stimme Herr wurde.

»Da werden wir also zunächst ein Stündchen gemütlich plaudern, und dann bleiben Sie auch noch zum Lunch. Wir werden nicht allein sein, Oberst Wilkins speist mit uns.«

»Bitte«, erklärte Legett höflich. »Wenn Oberst Wilkins wirklich kommt . . .«

»Ja, er kommt«, fiel Lady Falconer fast ungeduldig ein, und die Flecke auf ihren Wangen zeichneten sich noch etwas schärfer ab. »Er war gestern bei mir, und ich habe ihn eingeladen. Als ob ich geahnt hätte, wie gut sich das treffen würde.«

Sie ließ wiederum ein etwas zu lautes Lachen hören, brach aber ab, weil der Blick, dem sie begegnete, ihr den Atem benahm.

Sir Frederick sah jedoch bereits wieder auf seine hageren, schmalen Hände und schüttelte nur den spitzen kahlen Kopf.

»Oberst Wilkins wird leider nicht kommen«, sagte er kaum hörbar. »Ich – hm – ich dachte, Sie wüßten bereits davon . . .«

Lady Helen fuhr mit einem erstickten Laut auf. Ihr Gesicht war welk, grau und alt, und ihre Augen flackerten irr und gehetzt. »Was . . .«, stammelte sie endlich mühsam, »um Gottes willen . . . , ich weiß gar nichts – was ist geschehen?«

»Wilkins ist in der vergangenen Nacht verunglückt«, erklärte Legett mit kalter Sachlichkeit. »Ein schwerer Autounfall. Aber so bedauerlich das tragische Geschick ist, bedeutete es in diesem Fall wohl eine glückliche Lösung . . .«

Sir Frederick machte eine Pause, Lady Falconer aber lag verstört und verfallen in dem tiefen Sessel am Kamin. Erst die unheimliche Stille ließ sie jäh aufschrecken.

»Das alles kann ich nicht verstehen . . .«, flüsterte sie.

»Ja, es ist unfaßbar«, gab Legett mit einem ernsten Nicken zu und wurde mit einem Mal überraschend mitteilsam. »Wilkins hat sich nämlich nicht nur in seiner Stellung des schimpflichsten Vertrauensbruchs schuldig gemacht, sondern hat auch noch andere, fast möchte ich sagen weit schrecklichere Dinge begangen. Die einzige Erklärung dafür ist, das er wohl schon seit längerer Zeit nicht mehr ganz zurechnungsfähig war. Es geht das auch daraus hervor, daß er für seine zweite Existenz eine recht auffallende Maske gewählt hatte. Leute, die ihn so gesehen haben, behaupten, daß er darin« – Sir Frederick zögerte – »eine gewisse Ähnlichkeit mit mir gehabt habe. Ein sehr komischer Geschmack. Aber Wilkins trieb diesen absonderlichen Einfall sogar so weit, daß er es für notwendig hielt, mich mit einer gleichen Verwundung herumlaufen zu lassen, als er vor zwei Tagen einen Schuß in den linken Arm davontrug. Das ist offenkundiger Irrsinn. Und auch die außerordentliche Kaltblütigkeit und Verschlagenheit, die er bei allen seinen Verbrechen entwickelte, sprechen für einen krankhaften Geisteszustand. So hat er beispielsweise nach der Ermordung Fosters, die zweifellos auch ihm zur Last fällt, noch durch dessen Telefon den Hauswart angerufen und erst nach diesem Gespräch die Verbindung unterbrochen. Dann hat er den Hausschlüssel Fosters an sich genommen und den Augenblick, da der Pförtner in das vierte Stockwerk fuhr, benützt, um zu flüchten. Als er dann als Oberst Wilkins wieder erschien, war es ihm ein leichtes, den Schlüssel unbemerkt wieder an den früheren Platz zu hängen. Er war jedenfalls bereits in Fosters Wohnung, als Miss Hogarth kam, und hat in einem Nebenzimmer die Unterredung belauscht. Und als diese nicht so verlief, wie es seinen Zwecken entsprochen hätte, hat er Foster aus dem Weg geräumt. Er hatte diesen nämlich in sein verbrecherisches Treiben verwickelt und befürchtete nun, daß dessen Mißerfolg zu einer Entdeckung führen könnte. Außerdem fügte es sich ja so günstig, daß ein anderer in den Verdacht der Täterschaft geraten mußte. Foster war wie Wilkins ein leidenschaftlicher Spieler«, schloß Sir Frederick mit einem maskenhaften Lächeln, »und das sollte eigentlich für mich eine Warnung sein.«

»Entsetzlich . . .«, murmelte Lady Falconer und aus ihren Augen schrie eine angstvolle Frage. Aber Legett verstand sie nicht.

»Ich kann mir denken, wie schwer diese Dinge Sie treffen«, sagte er mit höflicher Teilnahme, »denn Wilkins zählte ja zu Ihrem Freundeskreis. Deshalb glaubte ich auch, Ihnen einige Einzelheiten über sein Schicksal anvertrauen zu dürfen, obwohl ich damit eigentlich eine arge Indiskretion begehe. Das ›Haus im Schatten‹ pflegt sonst über derartige Angelegenheiten tiefstes Stillschweigen zu bewahren ...«

Aus dem Lehnstuhl beim Kamin kam ein unartikulierter Laut, der wie Röcheln klang, aber Lady Helen versuchte nur, die Stimme für eine Frage frei zu bekommen.

»Oh – Sie haben mit dem Intelligence Service zu tun?« flüsterte sie heiser. »Ich dachte, MacDowell ...«

Sir Frederick lächelte. »MacDowell steht nominell an der Spitze, ich aber leite die Stelle«, erklärte er bescheiden. »Es wissen nur sehr wenige Eingeweihte um diese zweckdienliche Zweiteilung, Lady Falconer. Aber da Ihnen meine Wenigkeit solches Kopfzerbrechen verursachte, möchte ich Ihnen dieses kleine Geheimnis nicht vorenthalten. Sie sollen sogar etwas mehr über die peinliche Affäre wissen. Ich glaube, es ist uns gelungen, sie ziemlich restlos aufzuklären, und Wilkins ist uns dabei sehr behilflich gewesen, indem er einige Unvorsichtigkeiten beging. Vor allem hat er bei dem Weihnachtsdinner, dem Sie ja auch beiwohnten, für gewisse Vorgänge ein auffallendes Interesse bekundet, und dann hat er sogar auf den Kahlkopf selbst aufmerksam gemacht. Es geschah dies vermutlich, weil er sich durch einen sehr fein ausgeklügelten Plan von der Abhängigkeit von seinem Auftraggeber befreien wollte: wenn er diesen in seiner eigenen Maske unschädlich machte, hatte er sich nicht nur des einzigen Mitwissers um seine Verfehlungen entledigt, sondern auch den Mann aus der Welt geschafft, der für die verschiedenen Verbrechen des Kahlkopfes verantwortlich war. Zu dieser gründlichen Lösung dürfte Wilkins nicht bloß die ständig wachsende Gefahr einer Entdeckung, sondern auch der Umstand gedrängt haben, daß er in der letzten Zeit eine Möglichkeit zu sehen glaubte, aus seinen völlig zerrütteten Verhältnissen auf andere Weise herauszukommen. Seine Berechnungen sind aber daran gescheitert, daß er sich über seinen Auftraggeber nicht im klaren war, während dieser wohl wußte, mit wem er es zu tun hatte. Und in dieser Unkenntnis hat Wilkins dann abermals eine kleine Unvorsichtigkeit begangen. Denn als er heute nacht zum entscheidenden Schlag ausholen wollte, kam ihm der andere zuvor ...«

Lady Falconer richtete sich langsam halb auf, und in ihren Mienen lag eine verzweifelte Entschlossenheit.

»Wie interessant«, sagte sie, und es klang ein wenig spöttisch. »Ein richtiger Kriminalfilm ...«

»Ja«, stimmte Legett bei, »und dabei ist dieser Kriminalfilm noch nicht zu Ende. Wir haben uns nämlich auch ein wenig um Wilkins Verbündeten gekümmert und sind zu der überraschenden Feststellung gelangt, daß dieser – eine Frau war ...«

Legett räusperte sich, Lady Falconer aber fiel wieder in sich zusammen, als hätte sie ein wuchtiger Schlag getroffen.

Nun war also das Ende wirklich da, und es gab für sie keine Hoffnung mehr. Sie hatte ja ein Unheil geahnt, als der geheimnisvolle Mann in dieser kritischen Stunde plötzlich den Weg zu ihr gefunden hatte, und mit jedem seiner Worte war es näher und drohender herangekrochen. Aber bis zu diesem Augenblick hatte sie sich doch noch an eine Hoffnung geklammert: es konnte ja sein, daß das ›Haus im Schatten‹ von ihr bloß etwas mehr über Wilkins erfahren wollte – oder daß man dort zwar einiges vermutete, aber nichts Bestimmtes wußte und nun lediglich vorfühlen wollte ...

Aber die letzten Worte hatten ihr verraten, daß es für den Mann mit dem unheimlichen Blick kein Geheimnis mehr gab und daß er mit ihr nur wie die Katze mit der Maus spielte. Und daß er vielleicht schon in der nächsten Minute zufassen würde ...

Sir Frederick wurde jedoch gar nicht unangenehm, sondern spann leise und eintönig seine Geschichte weiter.

»Die Frau ist in England geboren«, erklärte er, »aber als Kind mit ihrer Familie nach den Staaten gegangen. Dort hat sie sich bereits sehr früh als Brettlsängerin betätigt und wurde von einem reichen Chinesen entdeckt, der sie mit nach Hongkong nahm. Er richtete ihr ein Teehaus ein, und Miss Mitchell entwickelte eine derartige Geschäftstüchtigkeit, daß ihr Lokal, dem sie den poetischen Namen »Zur chinesischen Nelke« gegeben hatte, bald zu den beliebtesten Vergnügungsstätten zählte. Nach drei Jahren machten aber einige üble Spielaffären diesem blühenden Unternehmen ein Ende, und Miss Mitchell wandte sich einer anderen Beschäftigung zu, die ihrem regen Ehrgeiz mehr entsprach. Sie verfügte nun über beträchtliche Geldmittel, die ihr ein entsprechendes Auftreten ermöglichten, sie hatte sich verschiedene einflußreiche Beziehungen geschaffen, und auch ihre Intelligenz und ihre Sprachkenntnisse kamen ihr sehr zustatten. Sie wurde also in Anbetracht der äußerst günstigen Konjunktur im Fernen Osten politische Agentin und soll als solche recht gute Dienste geleistet haben. Dann ging sie plötzlich nach Europa, tauchte als reiche, müßige Weltbummlerin in verschiedenen Hauptstädten auf und ließ sich endlich zu einem bestimmten Zweck in London nieder. Erst nachdem sie sich hier durch Erwerbung eines klangvollen Namens eine besondere gesellschaftliche Stellung und durch den Kauf eines einträglichen Spielklubs einen etwas abenteuerlichen Apparat geschaffen hatte, ging sie an ihre Arbeit, und Wilkins und Foster waren die ersten, die sie hierfür gewann. Bedauerlicherweise entwickelte sie bei ihren verschiedenen Unternehmungen ziemlich gewalttätige Methoden, und das Sündenregister des Herrn mit dem buschigen Schnurrbart, als der sie auftrat, ist recht arg. Denn wir haben bei uns einen Mann, der von gewissen Papieren und von einem Dolchstich in die Hand erzählen kann, wir haben einen sehr deutlichen blutigen Fingerabdruck auf einer Banknote, die sich im Besitz eines politischen Abenteurers namens Simonow fand, und wir haben Fingerabdrücke auf Zigarettenschachteln, die die Frau in der Hand hatte. Und wie für die Identität haben wir auch für alle Dinge, die geschehen sind, lückenlose Beweise. Auch für den gestrigen Mord an dem Rechtsanwalt Gardner. Wir wissen genau, warum, wie und durch wen er geschehen ist . . .«

Sir Frederick Legett brach unvermittelt ab und erhob sich.

»Ich habe Sie sehr lange aufgehalten«, sagte er mit großer Förmlichkeit, »aber es war leider notwendig. Wir wollen nämlich die Sache ohne allzuviel Aufsehen aus der Welt schaffen.«

Lady Falconer schnellte auf, und noch einmal malte sich in ihren verzerrten Mienen eine wahnwitzige Hoffnung.

Der Mann, der aufgehört hatte, für sie ein Fragezeichen zu sein, stand bereits an der Tür.

»Wir geben der Frau eine Stunde Zeit«, klang es von dorther. »Es wäre zwecklos, noch etwas zu unternehmen, denn wir haben uns im Klub der Globetrotter bereits umgesehen, und der rote Kontakt ist unterbrochen. Er hätte auch nichts mehr an den Dingen ändern können. Es bleibt nur ein einziger Ausweg, und wenn die Frau klug ist, wird sie ihn wählen.«

Lady Falconer war eine kluge Frau und nahm nicht einmal die Stunde, die man ihr eingeräumt hatte, voll in Anspruch.

57

Diese Tage drohten, die nette Mrs. Adelina Derham wieder einmal aus ihrem wohlbehüteten seelischen Gleichgewicht zu bringen. Das waren ja schrecklich aufregende Dinge, die man zu hören bekam: Oberst Wilkins tödlich verunglückt – und Lady Falconer plötzlich gestorben. – Beide fast zu gleicher Zeit. Da mußte man sich doch seine Gedanken darüber machen. – Und die Zeitungen, die sonst über die langweiligsten Geschehnisse nicht genug erzählen konnten, kamen einem gerade diesmal gar nicht zu Hilfe. Zwei kurze Zeilen ohne jede Einzelheit über jeden Todesfall waren das einzige, was sie darüber brachten.

Glücklicherweise ging aber in diesen Tagen das Telefon vom Morgen bis zum Abend, und es gab keinen der ehemaligen Bekannten, der sich nicht mit teilnehmenden Nachfragen und vielen Entschuldigungen wieder gemeldet hätte. Man konnte sich also über die Sensation wenigstens ein bißchen ausplauschen, und Tante Ady nahm begierig und dankbar alles auf, was man ihr über die näheren Umstände und Zusammenhänge anvertraute. Es lautete zwar aus jeder Quelle anders, aber es war immer riesig interessant, und man wußte nicht, was man lieber glaubten sollte.

An diesem Morgen aber hatte Mrs. Derham einen lähmenden Schrecken bekommen, weil sie in den Blättern plötzlich auf den

Namen Maud Hogarth gestoßen war. Um Gottes willen, hatte das Kind vielleicht schon wieder etwas angestellt? Hing das am Ende mit jenen vierundzwanzig Stunden zusammen, die Maud weg gewesen war und über die man trotz aller Bemühungen von ihr nichts erfahren konnte?

Tante Ady hatte sich mit flimmernden Augen über die Notiz gestürzt, aber schon nach den ersten Worten war ihr der schwere Stein vom Herzen gefallen.

Man erinnere sich wohl noch an den aufsehenerregenden Prozeß gegen Maud Hogarth, eine sehr schöne junge Dame aus vornehmer und verdienter Familie – hieß es nämlich darin –, der zur allgemeinen Befriedigung mit dem Freispruch der sympathischen Angeklagten endete. Nun hätten sich plötzlich verschiedene Umstände ergeben, die alle Rätsel des geheimnisvollen Falles völlig lösten. Es stehe jetzt fest, daß durch den wohlerwogenen Spruch des Gerichts tatsächlich ein verhängnisvoller Justizirrtum verhindert wurde. Miss Hogarth dürfte daher darauf Anspruch haben, daß ihr vor aller Öffentlichkeit eine volle Rehabilitierung zuteil werde ...

Mehr verrieten die Blätter leider nicht, und Mrs. Derham hatte also noch eine Sache, über die sie sich den Kopf zerbrechen konnte. Mit Maud war ja leider über all diese Dinge nicht zu sprechen. Sie saß verträumt herum und war so zerstreut, daß sie alle Fragen überhörte, und es schien fast, als ob sie wieder in die alte Gereiztheit verfallen wollte, denn hier und da zeigte sich bereits wieder die böse Falte zwischen ihren Brauen.

Maud Hogarth war wirklich zwar nicht in gereizter, aber in sehr bedrückter Stimmung. Die eine schwere Sorge war ja endgültig von ihr genommen, denn sie hatte die Papiere der »Chinesischen Nelke« geöffnet und wirklich einen Brief des Oheims an Admiral Sheridan darin gefunden. Aber dafür war eine andere Sorge über sie gekommen, die sie mit neuem beklemmenden Bangen erfüllte. Was würde nun werden? Sie liebte den Mann, der sie so fürsorglich durch alle Fährlichkeiten geführt hatte, mit leidenschaftlicher Hingabe, und sie war bereit, ihm zu folgen, wer und was immer er auch sein mochte – aber ...

Das war heute bereits der dritte Tag, daß sie nichts mehr von ihrem Verbündeten gehört hatte. Und beim Abschied in dem Haus bei der Westminster-Brücke hatte er ihr doch so glühende Beteuerungen zugeflüstert. Warum kam er nun nicht – und warum meldete er sich nicht einmal? Und warum hatte sie, als sie in ihrer wachsenden Unruhe gestern die bewußte Nummer anrief, nur ein höfliches, aber kurzes ›Verreist‹ zur Antwort bekommen? Verreist – ohne sie auch nur zu verständigen?

Es war genau zwölf Uhr mittags, als der alte Diener in der Tür erschien und mit geziemender Feierlichkeit meldete:

»Lady Trenton.«

Mrs. Derham war nach dem kleinen Aufschrei höchster und angenehmster Überraschung noch nicht wieder so ganz bei Atem, als die Besucherin bereits auf der Bildfläche erschien. Eine schlanke Frau mit silberweißem Haar und einem frischen, jungen Gesicht.

»Welch eine Freude!« stammelte Tante Ady. »Und welch ein Zufall. Vor einigen Tagen erst habe ich von Ihnen erzählt . . .«

»Ja, nun erinnere ich mich Ihrer auch«, lachte Lady Trenton. »Sie waren damals ein süßer, kleiner pausbackiger Engel.«

»Oh . . .«, hauchte Mrs. Derham geschmeichelt und ließ einen etwas wehmütigen Blick an ihrer stattlichen Fülle niedergehen.

Die lebhafte Lady Trenton aber wandte sich bereits an Maud und umfaßte diese mit einem Blick voll Neugier und Wärme. »Und das ist wohl Maud Hogarth?« fragte sie. »Ich habe bereits schrecklich viel von Ihnen gehört, liebes Kind . . .«

»Und wahrscheinlich viel Schreckliches«, erwiderte Maud wenig freundlich. Sie fand die Bemerkung der völlig Fremden einfach taktlos, denn wenn man von ihr sprach, konnte sich das ja immer nur auf die eine Sache beziehen.

Aber Lady Trenton nahm den spitzen Ton gar nicht übel. »Ich konnte mir wirklich nicht alles merken, Liebste«, erklärte sie mit einem schalkhaften Lächeln, das ihr feines Gesicht geradezu mädchenhaft erscheinen ließ. »Es war so unendlich viel, und außerdem war es ziemlich konfus. Deshalb bin ich selbst gekommen, um Sie mir anzusehen. Ich habe Ihnen auch etwas mitgebracht. Da es aber ziemlich umfangreich ist, habe ich es in der Diele zurückgelassen. Sind Sie gar nicht neugierig?«

Maud Hogarth war nicht neugierig, aber sie verstand den Wink und verschwand mit einem eisigen Nicken.

Tante Ady war dies sehr recht, denn nun konnte man sich gründlich ausplaudern. Es drängte sich ihr auch bereits eine Fülle begieriger Fragen auf die Lippen, aber bevor sie sich noch entscheiden konnte, welche sie zuerst stellen sollte, begann Lady Trenton von sich zu sprechen. Auch das war Mrs. Derham recht, und sie sammelte sich zu gespannter Aufmerksamkeit.

»Lord Trenton ist leider unabkömmlich, sonst hätte er mich begleitet. Er ist sehr seßhaft und hat zu jeder Jahreszeit irgendeine wichtige Beschäftigung, die ihn auf dem Lande zurückhält. Augenblicklich jagt er noch. Dafür habe ich aber einen einzigen Sohn, der gar nicht seßhaft ist und dem das Leben nicht bewegt und aufregend genug sein kann. Nicht einmal als Seeoffizier hat es ihm behagt, und er ist auf etwas noch Abenteuerlicheres verfallen. Ich war seinetwegen oft in großer Sorge – aber nun dürfte das, Gott sei Dank, vorüber sein . . .«

»Ja . . .«, sagte Tante Ady erwartungsvoll, da Lady Trenton eine Pause machte, wo doch die Geschichte gerade erst richtig interessant zu werden versprach.

Von den wirbelnden Ereignissen, die die nächsten Minuten brachten, vermochte die nette Mrs. Derham zunächst nur das eine festzuhalten, daß sie mehrmals stürmisch umarmt und sogar richtig abgeküßt wurde und daß in der zärtlichen Runde, die sie umgab, plötzlich auch ein höchst sympathischer junger Mann war. Aber endlich faßte sie sich doch und wußte nun auch sofort, was sich für diese Stunde geziemte.

»Vielleicht«, schlug sie ein bißchen zaghaft vor, »könnten wir jetzt das Radio einschalten. Es ist eben das tägliche Schallplattenkonzert drin, und man hört da so hübsche und – und – so stimmungsvolle Schlager . . .«

»Gut«, sagte die verständige Lady Trenton mit ihrem schalkhaften Lächeln, »setzen wir beide uns also ans Radio. Die Jugend, vermute ich, wird sich unterdessen auch ohne Schallplatten zurechtfinden.«

Für Penthouse schreiben Fritz Dürrenmatt, Frederick Forsyth, Alberto Moravia, Erich von Däniken, Helmut Qualtinger... Penthouse – das Format für Männer mit Format
Y&R
Foto: P. Kopp

LIT. KRIMI

IM GOLDMANN-TASCHENBUCH

Castangs Stadt ist real, erfüllt von pulsierendem Leben, erschreckend und heiter – und bewohnt von den Phantasiegestalten eines höchst originellen Autors: Henri Castang und seinen Kollegen, Freunden und Bekannten. Castang, der Kriminalinspektor, der für Commissaire Richard den Mord an dem Finanzier Etienne Marcel aufklären soll ...

Nicolas Freeling
Castangs Stadt
Bestell-Nr. 5221 DM 6,80

Im Jahre 1886 steht Adelaide Bartlett im Old Bailey vor Gericht – unter der Anklage, ihren Mann vergiftet zu haben. Viele Indizien deuten auf ihre Schuld – doch Adelaide wird freigesprochen!
Ein Sittenbild aus dem viktorianischen England und zugleich ein faszinierender, spannender Kriminalroman.

Julian Symons
Der Fall Adelaide Bartlett
Bestell-Nr. 5220 DM 6,80

Verlangen Sie das Gesamtprogramm beim
Goldmann Verlag · Neumarkter Straße 18 · 8000 München 80